[日] 京极夏彦 著

柳和曦 译

讨厌的小说

北方联合出版传媒(集团)股份有限公司
万卷出版有限责任公司

著作权合同登记号：06—2019 年第 152 号

ⓒ 京极夏彦 2022

图书在版编目（CIP）数据

讨厌的小说 /（日）京极夏彦著；柳和曦译 . —沈阳 : 万卷出版有限责任公司，2022.5
 ISBN 978-7-5470-5399-7

Ⅰ . ①讨… Ⅱ . ①京…②柳… Ⅲ . ①长篇小说—日本—现代 Ⅳ . ① I313.45

中国版本图书馆 CIP 数据核字（2020）第 141532 号

IYA NA SHOSETSU
by KYOGOKU Natsuhiko
Copyright ⓒ 2009 KYOGOKU Natsuhiko
All rights reserved.
Originally published in Japan by SHODENSHA Publishing Co., Ltd., Tokyo.
Chinese (in simplified character only) translation rights arranged with
RACCOON AGENCY INC., Japan
through THE SAKAI AGENCY and BARDON-CHINESE MEDIA AGENCY.

出 品 人：王维良
出版发行：北方联合出版传媒（集团）股份有限公司
　　　　　万卷出版有限责任公司
　　　　　（地址：沈阳市和平区十一纬路 29 号　邮编：110003）
印 刷 者：辽宁新华印务有限公司
经 销 者：全国新华书店
幅面尺寸：145mm×210mm
字　　数：250 千字
印　　张：10.5
出版时间：2022 年 5 月第 1 版
印刷时间：2022 年 5 月第 1 次印刷
责任编辑：史　丹
封面设计：八牛设计
版式设计：鄂姿羽
责任校对：张　莹
ISBN 978-7-5470-5399-7
定　　价：45.00 元
联系电话：024-23284090
传　　真：024-23284448

常年法律顾问：王　伟　　版权所有　侵权必究　　举报电话：024-23284090
如有印装质量问题，请与印刷厂联系。　　　　　　　联系电话：024-31255233

目 录

讨厌的孩子	1
讨厌的老人	58
讨厌的门	110
讨厌的祖先	146
讨厌的女友	194
讨厌的房子	241
讨厌的小说	288

讨厌的孩子

1

"讨厌啊……"

同事深谷突然间发出这样的叹息。

不知道是不是我听错了,他说这话时,似乎是在喘气。我朝深谷的方向看过去。

他趴在吧台上,我看不到他的表情,只是从他肩膀的线条上看,重重地压着他的疲惫和厌倦,似乎已经肉眼可见。他已经完全放任自己的身体听从重力的摆布,松弛的肌肉仿佛要坠落到地面,流露出一种沉甸甸的苦闷。我很怀疑,这个男人是否还能再度依靠自己的力量站起来。

"真的很讨厌啊。"

深谷再次说道。

泡沫经济时期,公司业绩曾经强势上扬,然而随着泡沫经济的崩溃,公司的形势也变得不乐观,赖着不走的无能上司更是一手导致了业绩的逐步下滑。经济不景气,职场的氛围也十分糟糕啊。

想要抱怨的心情,大家都是一样啊。

"怎么啦?"虽然也没有什么意义,不管怎么说,我还是问问看吧——这本来就是即便过问也无可奈何的事，不过保持沉默也不大合适。

"又是因为部长吗？"

"是啊。殿村先生离开之后，龟井那家伙神气得很啊！"

深谷和我们无能上司之间的关系并不融洽。虽然话可以这么说，不过事实上，应该是深谷单方面地遭到部长的厌弃。

部长龟井已经过了四十五岁，还依然保持着单身。他给人的第一印象有点神经质，说得更直白一些，有那么一点歇斯底里。简单说就是那种绝对没人想在他手下做事的上司。

最近，他在每件事上都非常执拗地盯着深谷。责备的方式不但偏激扭曲，还饱含着个人情绪，简直幼稚得让人听不下去——总之很过分。仅仅是文件的装订方式不合他心意，他就能扩展到从人格到生活环境，甚至是父母兄弟等各方面进行全面批判。这种做法换谁都受不了。

深谷也积累了不少压力吧，我这样想。

女性职员要是被龟井斥责过一次，再遇到刁难就会辞职了。没有受气的女性职员（也就是龟井比较中意的）也会因为难以容忍性骚扰而辞职。结果，我们部门，就只剩下那些对这种事情比较迟钝、工作也马马虎虎不好不坏的女性职员。

啊，不对，辞职的不仅仅只有女性职员。上个月就有一位已经工作了十年的老员工和一名入职不久的新员工成为龟井的目标，最后都被迫辞职了。当着部长的面，大家连送别会都不能为他们举行。部门内的气氛糟糕透顶。

这么一想的话，不得不说，若无其事留下来的我有些不可思议吧。

有能力的人都被排挤了，部门的战斗力不足，以致全员士气低下，当然业绩也不断下滑——让龟井这样的人担任重要职位，对于企业来说应该算是非常严重的失误吧。虽然目前的经济形势已经陷入不景气的深渊，但是在这样的时期，中层管理人员的性格缺陷究竟会对公司造成怎样的影响，其实很难判断清楚，因为对于经营者来说，这样做也许反倒可以利用龟井减轻公司的人员负担呢。

不管怎么说，之前被瞄准的两个人离职之后，下一个被盯上的大概就是深谷了。

在我看来，深谷似乎并不是一个合适的目标。他在工作上非常出色。不过，这种事情，当事人的工作业绩并不是问题的关键。上个月离职的两人也是如此。

重点在于——龟井讨厌深谷。

单从业绩上来看，龟井并不比深谷逊色。但是，深谷是那种热爱工作、不擅长搞关系、也不玩弄权术的人。而像龟井这样欠缺协调性和忠诚心、不注重数据、总是犹如热带鱼一般在公司内部上蹿下跳四处游走的男人，对和自己的处事方式完全相反的深谷便十分不屑。

虽说是公司，说到底不过是人们长时间彼此面对、共同置身的地方罢了。彼此合不来就会毫无理由地发生冲突，心情不好的话也会吵架。但是只有权利关系是格外明朗的，因而就会产生公然的欺负和排挤。

深谷现在就处在被欺负的状态中。

今天也是因为"报价单的明细区分令人费解"这样的理由，深谷被反反复复地批评了大约一个半小时。我在头脑中设想了一下那样的场面，如果换了是我的话，一定无法忍耐。

"那是他龟井自己不好！说费用过于细致很麻烦、要求改变格式的人不就是他自己吗？我觉得他看不明白并不是格式的错，而是他头脑不好的缘故吧？"

"不是你不好啊。""对于那种白痴上司来说，你这种部下超出他的能力范围了。"——虽然知道没用，我还是努力劝慰他。深谷将他那张布满了疲惫的脸孔转向我。

"那种事情……"

深谷的声音毫无生气。

"那种事情我也知道啊！"

"那就不要在意了。"

"什么啊……"

深谷用充血的眼睛瞪着我。

"什么叫作不要在意了啊！就算再怎么讨厌那个笨蛋，又怎么可能像你现在说得这么轻巧？跟他说'是因为你自己笨'这种话，你说得出口吗？"

"喂，深谷……"

深谷一边大叫"喂什么喂啊"一边敲打吧台。

放在酒里的冰块，大都已经溶解掉了。

"总之，你现在才说这种话，为什么在我挨批的时候你不说呢？

'那不是深谷君的错,是您自己的脑子不大好,为了公司着想,您辞职怎么样呢'——你当时这么说不就好了吗?一个一个都装作睡着了看不见一样,和面对满员的地铁车厢里争抢座位的场面却冷眼旁观有什么两样!"态度恶劣地大骂一通后,深谷再度趴到吧台上。

按说——的确是那样。

龟井的歇斯底里同天灾无异。大家要是觉察出苗头,便都纷纷低下头、做出埋首于工作的样子等待风暴过境。要是随便抬头,就有可能受牵连。我也是一样的。上个月辞职的那名老员工就是个正义感十足的人,会对一些事情说出不同意见,因而被盯上了。

所以,要是因为这个原因被谴责,我也没有什么可反驳的。因为事情确如深谷所言。

"你啊,倒是很好呢……"

保持着头朝下的姿势,深谷嘟囔着。

"在我们这些部下当中,最受那家伙待见的不就是你了吗?你也不跟他去打高尔夫,也不和他来往,为什么却没有被他为难过?我啊,在那家伙的要求下,连很贵的俱乐部都埋单了哦!那又怎么样呢?为了确保工作进度加班、揉着困乏的眼睛奉陪,结果却被他说:'你这样的状态给人印象不好,就不要出现在客户面前了吧!'"

"我明白……我明白。"

深谷把手搭在我的肩上用力摇晃。

"你就很好啊!你有那么好的老婆,也买了房子,部长也很待见你。你这不是根本就没有什么烦恼吗?你明白什么啊?你根本什么都不明白!"

"……你真是卑鄙、狡猾！"深谷开始如这般咒骂我。随后又说我的存在多少让人感到有些不爽，到了最后终于怒吼着让我"滚回去"。

我一言不发地站了起来，结账之后走出了酒吧。

有一种非常讨厌的感觉。

酒吧外正下着烟雾状的细雨。

我没有带伞——白天的时候是闷热得让人受不了的大晴天，我想应该没有人会在那样的天气里带着伞出门。

我打了一个寒战。

要说也快到冬天了，怎么还是这种天气？夏天也一点都不热，到了现在大家都认为秋天快要结束的时候，却要被迫忍受夏日的余威。用深谷的话说，这天气不合时宜，就好像是年终时候搞道路工程。

走到地铁入口只有几分钟路程，我就像是被雾气吹扫过一样，全身被非常均匀地淋湿了。与其说淋湿，不如说是浸湿。我倒宁可遭遇突如其来的骤雨，反倒更加干脆和彻底一些。

地铁车厢中开着暖气，有几分怪异。乘客们浑身湿漉漉的，又被热气蒸腾，简直如进了蒸气浴室。汗水和雨水的湿气混杂在一起，白衬衫紧贴在肌肤上，真叫人不舒服。

啊啊！真的是很不舒服啊！

无端地感到不愉快，真不知道为什么。

车厢内悬挂的广告杂志前面，站着一个高个子男人，他的脑袋我看着觉得很不顺眼。因为那颗脑袋的关系，杂志封面上富有感染力的宣传语给挡掉了一半。也不是说我对那玩意儿有多感兴趣，只是因为我已经下意识地从头开始念了。

旁边学生的口臭也很讨人厌。不，不是口臭，而是为了消除口臭咀嚼口香糖的味道——这本来已经令我感到非常讨厌了，而那学生吧唧吧唧的咀嚼声传入耳中更是令人不快——我只要想到那肮脏的口腔里正活跃地分泌出大量唾液，就感到胸口发闷。

在我斜前方的座位底下滚来滚去的空咖啡罐也很碍眼。随着列车摇晃，罐子忽左忽右地滚动，正当我想着它干脆滚到一边就算了的时候，那滚到一半的罐子又滚回来了。我完全无法静下心来。咖啡罐里好像还有一点点残留，把车厢的地板染成了茶色，和泥水混杂在一起，显得很脏，不断滚动的时候发出的咔啦咔啦的声音让人烦躁不已。

——讨厌啊。

我也是有烦恼的。确实，我在部门中的情况相对来说比较好，工作也能够胜任，看起来自由。但是，能够不向那位龟井部长谄媚，而且也没有被抓住小辫子，这全都是靠着不寻常的努力换来的。为了能够平安无事地一天一天生活下去，我究竟有多么劳神费心，深谷又怎么会了解？

真的，别人是无法体会的。

购买住宅的辛苦也是一样的。

我是出于怎样的考虑购买了现在的房子，像深谷这样的男人是绝对不会明白的。

就算不买房子也是可以生活下去的吧。要说租间房子已经足够的话，那确实是足够了。结婚其实也就是这么一回事。换作独身的话，其实也没有什么不方便的不是吗？

买房、娶妻，都要辛苦地背负起相应的责任。深谷他们不就是因为觉得麻烦所以才不肯结婚置业吗？

我不认为自己应该被那些讨厌麻烦的人擅加评论。

独身主义、丁克主义、不贷款主义，不管什么都叫个"主义"。随随便便就说是什么"主义"，根本就是逃避辛苦的一种方式吧？

根本就不知道他人的辛劳！

"混账东西！"我说出了声。

旁边的学生一脸惊讶地看着我。

我不是说你哦。你也有你的辛苦吧？不知为什么，我这样想道。

学生不再咀嚼口香糖，扭过脸去，开始阅读一本文库本①的书。

这样也好吧，我想。

我环抱起双臂闭上眼睛，脑中开始浮现与深谷有关的记忆——全都是不太愉快的记忆。对此我也无可奈何。本来我就已经处于无论面对什么都会生气的状态，我自己也无法理解。

——明天，不管怎么样都会好一些吧。

我回到家中，用了差不多两个小时。

和妻子是学生时代在志愿者小组里认识的。五年前我们结了婚。

妻子是个性格认真的女人。我是因为亲人当中有残疾人，从小就经常与弱势人群打交道，因而对这类人的态度非常自然，就参加了志愿者小组。妻子的理由要更为深刻——她是拥有信念的那种人。

---

① 文库本：在日本，文库本是平装书籍的小型规格，售价更便宜，也便于携带。

我可以理解那些差别主义者用另类眼光对待残障人士的心态，年轻时的妻子却一直都对这类人十分生气。我们结婚之后，她慢慢地也开始变得圆滑一些了，不过对这类事情的反应却依然十分敏感。她是不会妥协的。

但是，不管怎么样，在外人看来，我的妻子看上去就是那种容易相处、有教养的女人。见过她的人都这样评价她。大家都说她是个贤内助，整洁干净、温柔，还是个非常吸引人的美女。虽然他们是在称赞她，不过我觉得那些言辞多少有些过头。

轻视女性的男人常常用高兴的口吻宣称，他们极力忍耐着住在家里，只是因为女性仅存的性吸引力。但我认为做家务是一种很了不起的工作，家庭主妇也是社会组成的一部分——所以，认为女性因隶属于丈夫才值得尊重的那种看法，我无论如何也无法接受。

妻子虽然的的确确是个家庭主妇，但她不是那种爱挑剔的人。她性格认真，做家务也得心应手。实际上，她有属于自己的想法。也就是说，从某种意义上讲，她是很难驾驭的女人。

如果我要否定那些溢美的言辞，就一定会被认为是在谦虚。如果极力表明我不是在谦虚呢？那就定会遭到反诘："原来你妻子那么糟糕的吗？"

我也不知道究竟是哪里不够完美——就我的本意而言，我对妻子并无任何恶意，但要直截了当地说了实话，就变成好像我是在说妻子的坏话了。

不过我自己因与那些保持旧观念的人从一开始就合不来，不管别人说什么我也不在乎。故而无论别人怎么评说，我都是一副无所谓的样子。渐渐地，其他人也就不怎么说了。

在此期间，我逐渐变得不怎么喜欢谈及妻子和家庭。因为我的内心中产生了一种奇怪的违和感，我很疑惑为何会产生这种不自然的感觉。

那些评论者固然不好，但是妻子就完全没有不足吗？我竟不由自主陷入了对这个问题的执拗之中，这般的我也是很奇怪的吧？

即便如此，我对妻子也并没有什么实质性的不满。

都是一些无关紧要的事，让我和妻子之间产生了隔阂，毫无意义的吵架的次数也增加了。

之后，使我俩之间的隔阂彻底扩张的事件，是妻子的流产。我们刚刚确认怀孕的事实，正从疑惑转变为喜悦，可那萌芽仅有一个月的生命之火便匆匆熄灭了。我们之间的关系因而变得更加生疏。但是尽管如此，表面上我们依然以幸福夫妇的姿态吸引着旁人羡慕的目光。

谁也不知道我是抱着多么痛苦的心情来维持这个家的。大家依然对我们报以和新婚时一样的赞美之词。我感到痛苦非常。

不过这也是没办法的。因为妻子流产的事情谁也不知道，就连父母，我也没有告诉。

确切地说，我只对跟我一起进入公司的深谷倾诉过妻子流产的事。然而，现在也正是这个深谷对我说出那样不近人情的话，让我感到很不是滋味。

又是这样吗？

又要回到以前那样子吗？

真是无聊呢。

反复擦拭后依然无法抹去的不愉快的情绪，从我的脸上浮现出来。

正和这烟雾般的细雨一样。

我匆忙地沿路走回家，家里距离车站并不太远。

空气非常冷，但我却提不起精神来。穿过新建住宅区的僻静道路，一路上连路灯都没几个。风狂乱地刮着。

我买下这所房子是去年的事。

自流产以后，妻子就陷入抑郁之中，最终发展成自律神经障碍，之后便卧床休养。精神侵蚀着肉体，同时肉体也侵蚀着精神，以至于最终出现了抑郁症的症状。这般发展的结果，就是妻子开始抱有奇怪的幻想。她认为有些事情自己没能做到，都是身为丈夫的我的缘故。

我把这理解为爱情的另外一面——强烈依赖心的表露。但是在日常生活中，这就成了一种负担。有一段时间，家里几乎所有的事情都是我来做的。我当然无法做到尽善尽美，每次只要发现我兼顾不到的地方，妻子便会如同火山一般愤怒地爆发。

我被她责骂成一个什么事都做不好的男人，一个无能的人。要是我尽可能把家务做得完美，她又会讽刺我说"你一个人就能生活下去了""这个家不是我的容身之处"什么的。虽然我能理解，她这副样子都是由于生病的关系，可仅仅因为一件小事就被她责骂到这种地步，我还是挺痛苦的。何况我还要应付工作。这种压力委实不同寻常啊。

和妻子一起生活，带给我的负担持续增大。要是忍耐到极限的我抛却这负担，那将引起多大的波澜——妻子一定会寻死觅活。这是理所当然的——因为妻子罹患的抑郁症，本身就是一种期盼死亡的疾病。当然，即便我了解这其中的利害关系，我也有无法忍耐的时候。

然而，面对着时不时突然恢复正常、哭着跟我说"对不起"的妻子，我什么话都说不出来。

即便妻子主动跟我说分手，那也是无法答应的啊。"和我这样的女人在一起，你的人生会变得乱七八糟的。"不发病的时候，妻子心意已决地这般劝我。然而就是这同一张嘴，隔天就又责骂起我来了。

妻子说，这样的生活她实在是厌烦了。明明喜欢我，却控制不住责骂我，这样的生活她已经厌烦了。"虽然心里明白，却控制不了自己，毫无办法啊！"她哭着如此说道。

我反反复复对她说，这也是没办法的，你生病了，只要我忍耐就好了，一定会设法治好你的病，这不是你的错——我当然是这么想的，固然是辛苦，但我的想法不曾改变，因而也背负起了沉重的负担。

"想要一栋属于自己的房子啊。"

前年，妻子这样对我说。她说讨厌住在公寓那种上下左右都装了人的箱子里，要是有院子的话，就可以种花，也可以养狗了。于是我便把购买住宅当作了挽救人生的希望。

没有什么能够保证说买了房子，我和妻子的关系就一定能得到改善——即便如此，因为"也许可以"这种想法成了原动力，在购置房产的过程中，我渐渐确信，这或者真的是可行的。

所以，我没有余暇加入公司里的无聊纷争。若不能做到抓住要领、有效率，并且精力充沛地奔走的话，我是无法实现我的目标的——公司不会照顾我一辈子，但夫妻到死都是夫妻。要从公司辞职的话我是不会有什么犹豫的，但无论多么艰辛，我也没有想过同妻子离婚。

现在看来称之为"奇迹"也一点都不为过。我在大约一年的时间里就购买了一套二手住宅——房子距离市中心有点远，也不是很方便；并且房子也不是很大，我们夫妻二人居住也就只是刚好合适。不过重点在于，我妻子对这套房子相当满意。

自我们搬家以来，妻子就慢慢恢复，现在甚至可以像以前一样开怀地笑了。尽管如此，我却有些多余的担心，害怕她什么时候又会回到之前的状态中去。

小雨中显得朦朦胧胧的家出现在我的视线中。

2

我打开正门，一个孩子站在玄关处。

我有些蒙了。

那确实是个孩子。

那孩子发出啪嗒啪嗒的脚步声，朝着屋内走去，只是一眨眼的工夫，就消失不见了。这时妻子说着"欢迎回来"走了出来。

"今天有点晚了啊。你说过和深谷先生有约的对吧?"

"啊……先别管这个了。那孩子是哪里的?"

"那孩子?哪个孩子呢?"

"什么哪个孩子……"

我脱了鞋,把包递给妻子,朝着那孩子消失的房间看了看。那是一间平常不用的客房,此刻一片黑暗。

"……刚才就在这里。"

"讨厌,这样说真让人发毛。里面没有人啊!"

妻子把我挤到一边,走进房间打开灯。房间里空无一人。

"咦?真奇怪呢!刚才……"

"会不会是座敷童子①出来了啊?如果是的话,不是很好吗?能变成有钱人吧?"

"别开玩笑了。我……"

不对,在妻子面前一直说"孩子""孩子"的可不太妙。我瞬间想起了这一点。有些话还是不要说的好,免得刺激到好不容易才安定下来的妻子。而且,妻子也不是那种爱说谎的女人。

但是,如果说妻子不知道的话,那么我刚才看到的究竟是什么?是幻觉吗?可是我连脚步声都听到了啊。

"啊,你没有听到脚步声吗?"

"这个嘛……"妻子扭头四下看着,"你喝醉了呢,还是太累了?"

---

① 座敷童子:日本传说中的一种精灵,会以孩子的形象出现。传说他常戏弄家里的人,会使家族繁盛。

"都有。算了，不管怎么说今天都好像不是什么好日子。洗了澡就睡觉吧。"

是幻觉吗？那个孩子……

……那确实是个孩子。

"你有没有锁门？没关系吧？独栋住宅要是发生了什么事都是因为不小心。还是小心一点好。"

"所以你早点回来又能怎么样呢？"

"这个嘛……"

这样的对话只会变成没有意义的吵架。

单程就要两个小时，是没可能早点回来的吧。像今天这样下班后有约的情况另当别论，我平常都是一下班就回家的，即使这样也要将近十点才能到家。如果碰到稍稍加一会儿班的情况，即使不吃饭，回到家里也是十二点之后了。我要维持现状已经是极限了。

"那我尽量吧，"我回答，"我不会让你孤单一人的。"

我说出了这种肉麻的台词。虽说是真心话，但却显得不太含蓄。

我索性到每个房间都转了一圈——不过反正房子也不大就是了。随后我去泡澡。我的身体已经冷透了，我可不想感冒。因为现在，这个搭建在沙丘上的楼阁一样的家，需要我的体力来守护。

——不是你不好……吗？

我想起了分别对深谷和妻子说过的这句同样的话。我把身体深深埋浸在浴缸里。

——果然还是你们不好啊。

内心的某处，我确实是这么认为的。不管是妻子还是朋友，都敏锐地察觉到了我的言不由衷。只要冷静想一下就能明白的。妻子和深谷都不是那么笨的人，他们应该十分了解我存在着的一些——不——是很多的不足。这样的话，他们说不定也看穿了我内心深处的想法，明白我只是口头上对他们表示鼓励而已。

我并未感到释怀，胸中充满了罪恶感。我明明没有什么不对的。没有什么不对，却是比谁都过分的人，即便我没有任何恶意。

干净而单调的巴士进入了我的视线。从现在这栋房子的浴室内看到的景色和在公寓住着的时候看到的并没有什么太大的不同。

我注意到换衣间有动静，一下子想到也许是妻子吧。真是不可思议，至今为止一直黯淡的心境，突然间有了微妙的波动。

照理来说应该是不会的。我记得我们夫妻俩一起入浴只有过寥寥数次，并且也只是到互相擦背这种非常暧昧的程度而已。除此之外，妻子对性方面比较冷淡，从来不曾主动要求。我们都还年轻，夫妻生活也是一种自然行为。然而自从流产事件以来，我们的夫妻生活就变成了一件必须经过各种麻烦的步骤才能成功的很费劲的事。

即使这样我也很期待。即使什么都不做也可以。我想见到妻子的笑容。

我朝着磨砂玻璃的另一侧看去。

很小。

不是妻子。

——是小孩子吗？

接着，两只手搭上了磨砂玻璃。

两只小小的手。

"啊……"

那孩子随即恶作剧地把自己的脸颊贴在了玻璃上。

"喂！孩子！孩子！"

我从浴缸里站了起来。那孩子敲了一下玻璃就逃走了，留下了啪嗒啪嗒的脚步声。我伸手推开了玻璃门，探出头去，妻子正打开换衣间的门朝里面看过来。

"什么啊？怎么了？"

"你还问我怎么了，刚才就在那里！"

妻子朝自己的背后看了看，再一次说了句："什么啊？"

"刚才从这里出去的吧？"

"这里……从换衣间？谁啊？"

"谁……"

就只是短短一眨眼的工夫，不可能没有和站在那里的妻子擦肩而过。不对，我根本没有注意到换衣间的门曾经被拉开又被关上。这样的话……

我湿着身体冲出浴室，在换衣间里到处寻找。放毛巾的筐子、洗衣篮、洗衣机、洗脸台……都找过了。我甚至还拉开洗脸台下的柜子门，确认了用来放东西的收纳柜。

"你在干什么啊？这是要感冒的。而且你把地板弄得这么湿要怎么办啊？"

"啊……"

妻子困惑地说了句"你记得擦干净"，便走了出去。

我用浴巾慢慢擦了身体，按照妻子的叮嘱擦拭被弄湿的地板。

什么啊……

那是什么？是幻觉吗？如果是的话为什么我会产生那样的幻觉？

不管再怎么疲惫，我也不应该产生看到一个孩子在家里四处游荡的幻觉啊。到底是怎么回事？

裸着身体的我站在擦脚用的垫子上摊开两手，说不出话来。

浴室的磨砂玻璃上，残留着小小的手掌的痕迹。

"喂，和子！喂！"我大声喊道。

"怎么了？到底怎么回事啊？"

妻子手里拿着看了一半的书，再次出现在刚才她站立过的位置。

"看……看这个！这个手掌的形状不是我的吧？也……也不是你的吧？"

妻子疑惑地蹲了下来，稍微歪着脑袋，问道："这是手的形状吗？"

"是手的形状啊！刚刚就在这里——对了，是大约五六岁的小孩子！"

"别傻了！"

"要是你觉得我在胡说，那你说这是什么？这个手掌形状是谁的，是什么时候印上去的？"

"你光着身子激动个什么劲啊！"妻子冷冷地说。

被她这样一说，我也感到阵阵寒意，急忙披上浴袍。我并不是觉得冷，而是赤裸着身体那种毫无防备的感觉让我觉得恐怖。

"当然，我也不是说没看见这个手掌印……"

妻子这样说着，把自己的手指放在玻璃上的手掌印上方比画着。

"啊！好像是一样的嘛！这肯定是人的身体的某个部分留下的痕迹！没错的！"

"你怎么能说出这么随随便便的话！要用人体的哪个部分、用什么方式按在玻璃上，才能弄出这么小的手掌形状的痕迹啊？这个是……"

"你说这是小孩子的手掌印？"妻子扭头看着我，"你的意思是说在这个家里，有个不知道是哪里来的谁家的小孩子偷偷地溜了进来，到这么晚了还在到处乱转？会有这么离奇的事情吗？"

"是离奇啊！就是因为看到了这样离奇的事情我才嚷嚷着叫你过来的。"我拼命说着。

"可这附近没有这种年纪的小孩子啊！对门家的才三个月大，邻居家的已经是中学生了，住在我们周围的全都是要么还小、要么更大的了。幼儿园和小学都不在这附近，我可没见过类似年纪的小孩子！"

"也不一定就是附近的孩子。"

不，那真的是个孩子吗？会不会只是身高矮小而已呢？身高只有一米二、一米三的成年人也是有的。我说出了自己的想法后，妻子的脸上浮现出嫌恶的表情。

"怎么可能！又不是老掉牙的半吊子侦探小说！"

"我也是这么想的。不过，我是亲眼看到的，而且也确实有痕迹留在这里不是吗？你要怎么给出一个合理的解释呢？"

"解释！解释！！解释！！！"

妻子用暴躁的口吻说着，朝客厅的方向走去。

"你不管什么时候都要解释说明！你认为不管什么事都是可以解释的！世上的事物也不全都是合理的吧？这种事情就算解释不了也没什么关系不是吗？浴室的门上残留着什么痕迹——事情就只是这样而已不是吗？就为了这么件事你就好像要上天入地一样闹腾！"

"所以说你……"

不可理喻。

妻子的状态已经朝着不太好的方向发展了。

让她持续这样的激动的话，她就会愈发不讲道理。那样一来，她的思维就会被毫无缘由的愤怒充斥。而到那时，以一己之身承受她郁结之愤怒的，就是我了。

如果事情发展到那个地步就无法挽救了。随后收拾局面要花上好几天的时间，消耗双方的体力，折磨双方的精神，到头来只会留下令人厌恶的记忆。但是，现在，在这样的场合下……

"我已经受够了！"

妻子暴躁地把手中的书扔到桌子上。

"是你啊！不合常理的是你才对啊！住在这样的郊外，算什么啊这个家！我整天都是一个人，连个说话的人都没有！每天就只是呆呆地等着你回来而已！一直！一直！你是说要我一直等到死？！"

"我可没有说过这种话啊！"

"那你就想点办法啊！"

"想点办法……你怎么突然说出这种话？事到如今还被你这样说……"

"我不是突然才说的啊！"

妻子怒吼。

"我每天每天都在想着这件事！因为觉得你回家都已经很累了所以我才没说的呀！我是为你考虑啊！我是考虑到你才忍耐的，你根本就不知道！"妻子瞪着我，暴躁地说着，"说有个什么孩子！别把我当白痴啊！"

"我没有在戏弄你。而且，现在也不是说那种事的时候吧？"

"什么叫'那种事'？这是很重要的事啊！"

争执已经偏离了方向。如果就这样一直顺着她的思路，只能是越偏越离谱。但是，我无论如何都无法用应付的态度对待妻子。对于她的质问，我都认认真真地回答。这样一来，事态就要朝着不可收拾的地步发展了。

"那么为什么要在这样的时候跟我说这么重要的事情呢？在这种根本无法冷静下来的时候，根本没法讨论这种重要事情的是吧？"

"但是，不管什么时候你都不在家不是吗？"

妻子的声音带着哭腔。

"要我什么时候跟你说？你说要我怎么办啊！"

"我才想这么问你呢！我责备过你吗？这几年来，你是怎么过日子的？你过着多么漫不经心的懒散生活？我都没说过你什么不是吗？抱怨的人一直都是你不是吗？我是怀着怎样的心情……"

"我果然是负担！"

唉！进展到这般境地——已经——没用了啊。

"'全都交给我吧！''我会处理好一切！'你在我面前说这

些漂亮话，结果还不是把我当作负担！我是你的包袱对吧？那就别说那些无聊的安慰的话，赶紧分手好了！"

"喂！"

我靠近妻子。

妻子大喊一声"别过来"，随即把茶托还是别的什么东西往桌上一摔。

"反正我是个没用的女人！懒散、堕落、性格扭曲！我自己知道！"

妻子挥手把桌子上的东西扫到地上。牙签和调味料还有别的东西，都散落在地板上。

"你那是什么表情？是啊，我可没法像你一样什么事情都用理性来思考。我没那么聪明！哦对了，你用那种自己一点错都没有的表情藐视着我，一定觉得很爽吧？"

"你能不能适可而止？"

我冲上去抓住了妻子的手腕。

妻子连声叫着"放开我"，扭动着身子抗拒。

"你别碰我！"

"你就这么讨厌我吗？"

"讨厌啊！只要你一靠近我就觉得恶心啊！"

"你说什么？"

血往上涌。巨大的愤怒让我的眼前瞬间一黑。

"闭嘴！"我声嘶力竭的怒吼甚至让自己的喉咙感到疼痛。我高高地举起手臂威吓妻子，妻子像是要抱着头自我保护似的别过脸去。

什么啊!这都是什么啊!我、我……

结果,我高举在半空的手臂僵在那里不知所措。

半裸着身子,而且还是为了些小事就让自己被情绪控制,我到底是在做些什么啊?

我觉得非常非常滑稽,愤怒一下子消退了。就在这个时候——

——咚咚咚。

"是……什么?"

咚咚咚咚咚咚。

"有东西!果然有东西!"

妻子抬起了头。声音在走廊上。

我气势十足地一下子拉开门。

在那里的是——

－张多么令人讨厌的面孔啊!

有着一张巨大脸孔的孩子呆呆地站在那里,用没有焦点的空洞的眼睛看着我们。

妻子发出一声短促的惊叫。

"你!你是……"

我冲着那孩子问道。先前没有弄明白的时候,觉得就算是个孩子也让人有些不舒服,但像这样实际看到之后也觉得没什么,只不过……

这真的单纯地是个孩子那么简单吗?

那孩子有山羊一样的一双瞳仁,两只眼睛分得很开。他的鼻子几乎没有什么隆起，好像鼻子的位置仅仅长着两个孔。他的嘴巴半张着，显得有些邋遢。这些器官就这么漫不经心地嵌在他那张异常大的面庞上。

一张无比硕大的脸，大概比成年人的还要大上一倍。

他头发剪得很短，皮肤苍白，好像也缺乏弹性的样子——没错，看上去就像尸体，即使用力按压，凹陷的部分也无法恢复吧——缺乏生气的犹如白色化学物质一样的皮肤。

相反，他的身体却异常矮小，大约只有三岁的幼儿那么大吧。只不过因为头部，或者更确切地说是脸孔很大的缘故，他的身高也就和五六岁的儿童差不多了。他穿着运动服款式的衣服，浑身皱皱巴巴，下身穿一条短裤，裤腿里伸出来细细的光着的脚。

从衣服上来看，明显是个孩子。但是……

"……你是……从哪里来的？"

我颇为恐慌地问道。

外表看上去是什么样子，这根本不是问题所在。

大多数事情是不能用眼睛来判断的。不，单是依靠眼睛看的话，是什么也判断不了的。

这个孩子，如果说他是残障儿的话，我们就必须立刻采取适当的保护措施。他的监护人一定会很担心的。在一瞬间，我确实是这样考虑的。

但是，这孩子不一样。这孩子……

他真的是个孩子吗？

——不。

他真的是个"人"吗?

——我在瞎想什么啊!

他就这样活生生地站在我眼前,我还有什么好怀疑的?

——即使如此。

这孩子很讨厌。与其说是讨厌,不如说是很不吉利。

说这孩子讨厌,并不是因为他的脸和身体方面的异常。我和妻子在做志愿者活动的时候,都见过很多残障儿童。但这孩子并非如此。

我们夫妻二人对于残障儿童没有任何偏见。不管是什么样的孩子,我们都会发自内心地觉得可爱——并非伪善,也不是在说场面上的漂亮话。这种感情并不虚假。

但是,眼前的这个孩子……

那孩子朝着远处的方向看过去,说了一句"噜"。

——不对。

我回头看妻子。妻子脸上的表情像是冻住了一样。

"哈——哈!"那孩子发出似笑非笑的声音,沿着走廊跑了。妻子仍是一脸茫然,我立刻追了上去。但是……

走廊上没人。

走廊是直接通往玄关的。

那孩子肯定是朝着那边跑了。

我毫不犹豫地打开玄关的大门。

夜风"呼"地一下子闯进来,室温急剧下降。像雾一样细小的水珠,被风挟带着飘了进来。

门外一个人都没有。

我的脚步凝滞了。

我听到妻子从后面跟了上来。随后,我的后背被轻轻触碰。妻子来到了我的身后。

妻子轻轻地揽着我的腰,我握住妻子的手。妻子靠在我的身上,越过我朝着屋外张望。我闻到妻子身上的香气。

"现在……现在那孩子……"

"啊……大概是去了什么地方了吧。"

我说谎了。

"不去找没关系吧?"

"……嗯。"

就算去找也是没用的。那个……真的是……

也许真的是消失了吧。

"会感冒的……"

"啊……"

身体已经完全变冷了。不管是鼻子还是脸颊,都像冰一样冷。

我关上门,上了锁,随后搂着妻子的肩,两人一起走向客厅。妻子没有抗拒,而是完全将身体靠在我的身上。妻子的身体既柔软又温暖。

"对不起啊……"妻子说。

我无言地摇摇头。

这样的妻子十分惹人怜惜。安定和无法平静,这两种相反的感觉同时存在着。安心感包裹着焦躁的情绪。问题没有解决。我是指任何问题。不愉快的种子正在心底生根发芽。

而且……

——那到底是什么？

我不明白。

——那个孩子是谁？

——他又去了哪里？

我摇摇头，把那孩子的影子从脑海中驱逐出去。

那是幻觉。就算不是幻觉，也是跟毫无意义的幻觉类似的某种东西。

现在在这里发生的事情，想要找出它的意义是徒劳的。

——那东西根本没有意义！

那东西不可能是什么事情的象征，也无法视作某种预兆或反应。它不像是反复存在的日常生活中的苦恼，而是纯粹的突发事件。

那就是说，即使把它完全忘掉也可以。

妻子大概也是这么想的吧？她没有问我。她什么都没有问。在彼此的沉默当中，我们似乎达成一种默契，要重新找回原本的日常生活。妻子说她去沏咖啡，让我去换衣服。于是我慌慌张张地回到浴室的换衣间，换上了睡衣。

就这样，当作什么事都没有发生过吧！

什么都没有发生过！

什么都没有。

我无意识地，不，应该是下意识地，去擦拭浴室的玻璃，让那个违背常理的痕迹消失。

一定是有什么弄错了。什么人都没有。

现在，事情就这样了吧！

我貌似平静地来到走廊上，再一次前后察看。确认了什么都没有之后，我走进客厅，把门紧紧关上。

桌子上已经恢复原状。

什么事情都没有发生。

站在厨房的妻子的背影。温热的水汽。日常生活已经恢复正常了。

得说点什么。我也不知道自己为什么会这么想。

"深谷他啊……"

我为什么要说这个话题呀。

"……深谷又被龟井部长摆了一道。那家伙，可真是够乖僻的啊！"

这并不是个适合眼前这种场合的话题。笨拙地提起这样的话题，是很难使艰涩的状况发生改观的。

这样想着，我突然感到一丝紧张。这种无聊的话题会不会让妻子心情更加糟糕啊……

"……随性妄为，对着我乱发脾气。他还跟我说了很过分的话哦！说让我滚回去什么的。"

"哦……因而提早回来了吗？"妻子用没有起伏的声音回答。

不管怎么说，话算是接上了。如果让话题断掉的话，之后就很难继续交谈下去了。

"我很困扰啊！他就像个孩子似的。是在嫉妒吧？说跟我在一起很恶心什么的……"

这是妻子先前说过的话。

我的话说到一半就停了下来。

没有回答。没有反应。

心头突然涌上一股强烈的焦躁感,我朝着厨房看过去。妻子……

愚蠢!

太愚蠢了!太愚蠢了!

我听到了惊叫。

厨房的角落里——

那个孩子站在那里。

3

"这都什么啊!"

深谷停下了手上正在点烟的动作看着我,目光里充满了明显的不信任。

"到底是什么?"

"小孩子啊。"

"小孩子……哪里的小孩子?"

"不知道啊。"

"不知道?那你怎么处理的?"

"我什么都没做啊!"

在那之后,那个孩子再度消失无踪。并不是消失了,而是跑到什么地方去了。我如实告诉深谷。

"不知跑到哪里去了？你的意思是他从你家跑出去了？而你，就这么眼睁睁地看着？"

"我可没看见！不知道什么时候他就不在了。大概是从什么地方跑出去了吧。"

"从什么地方？"

"不知道啊。玄关的门锁是我锁上的。家里的门和窗户都是从内侧上锁的。就跟我老婆说的一样，我们并没有疏忽门窗的安全问题。"

"那么……"

深谷终于把烟点着了。

"那什么，这很奇怪不是吗？又不是推理小说。按照你说的，这应该算是密室吧？最近可不流行这个了。"

"是这样吗？"

扔给我一句"是啊"的回答，深谷又用微妙的眼神紧盯着我。

"神出鬼没的小鬼是吗？"

深谷露出一丝"你把我当傻瓜啊"的表情。

"骗人的吧？"

"不是的。"

我依然记得清清楚楚。那个……令人作呕的孩子的脸。那是……

"那不是人类——为什么你不这样跟我说啊，高部？为什么你不肯那样说，这才是问题所在吧？"

"我知道啊……"我叹息着回答。

"那个容貌该怎么说呢？那张脸完全不是好看不好看、多了什么或者是少了什么这种描述可以形容的。那是……即使那个家伙拥有一个正常比例的身体，那也是……"

我只能说是"不同寻常的"。那种无论如何都无法表达的令人不快的感觉，没有亲眼见过的人是不会了解的。

"那是因为你依然是通过眼睛所见来判断的吧。不过在那样的情况下，要求你不这么做也挺勉强的吧。确实，如果那家伙用一张很可爱的脸站在你面前，即使你说那家伙是个性感美女，你的判断方式也没什么错。但是不管你用什么方式来判断，和对方都没有关系。你说对方不是人类这种感想，说到底也只不过是带有歧视性的言辞，是当时的状况令你做出这样的判断的。"

也许深谷说得没错。

"你很吃惊吧？"深谷问我。

"还是挺吃惊的。不过再有什么事情发生的话，怎么也应付得了吧。"

"不是什么事都没有吗？不过你说的话却让我无法接受。那东西只是看了看你们夫妻二人，随后就……消失了吧？"

"没有消失。我只是说'不在了'。"

"不是一样吗？"

"不一样！"

我也不知道一个拥有实体的东西到底要怎么"消失"。大概就像电视和电影中那种画面渐渐隐没然后消失不见的感觉吧？从影像处理的角度来说，这大概是很简单的一件事。实际上，现今的影像处理技术已经发展到了很高的水平，要做到让画面凭空浮现或者消失是很容易的。但是，一个立体的、有形体、实际存在的东西突然消失，这种事情着实不合常理，也与科学的认知相悖。

"不知道啊……"

深谷眉头深锁。

"你跟我说说当时的情况吧。"

当时……

"一开始，我以为那家伙沿着走廊从玄关跑到外面去了。"

"如果不是消失了的话，那就是出去了？"

"但是，仔细想一想，我当时并没有听到门被打开和关上的声音。"

"如果是悄悄开的门呢？"

"门是锁上的，何况他也没有这么宽裕的时间。而且，如果说他把门打开过，那么我一赶到玄关那里，就应该发觉室温已经下降了才对。当时我一打开门，立刻就觉得很冷。"

"因为你家的密闭性很好是吗？"深谷说，"那就是说，那小鬼当时应该还在走廊上了？不在对吗？"

"不在啊。或者说，他不在我的视线范围内。但并不是消失了，肯定是在什么地方。准确地说——他移动到了厨房的角落里。"

"厨房吗？可是你家的走廊，是从大门处依次连接玄关、浴室、洗手间、客房，随后通往二楼不是吗？要到厨房去，就必须通过客厅不是吗？"

"确实是这样。"

"那么,那个时候你太太是在客厅里的吧?"

"是的。"

"那你太太跟你说过她把那个小鬼放过去了吗?"深谷捻着香烟说道。

"放过去吗?那个时候我就在走廊上啊。没有什么可以躲藏的地方,要是上了楼的话,我也会听到声响。在那之后我又再次回到换衣间,之后又一次察看走廊,随后才进了客厅。而且,我确定我把门锁上了。"

"会不会是躲在走廊上,在你换衣服的时候进到厨房去的呢?那家伙趁着你们夫妻俩都跑到玄关往外察看的空当。"

"也有可能吧。"

当时我们的注意力相当分散也是不容否认的事实。

尽管心里想着要让自己冷静下来,但当时不管是我还是我妻子,都是相当混乱的。

更确切地说,因为事件的进展过于突兀,我们没有机会反应。并且,直到那家伙出现之前,我妻子都处于极度激动的状态中。没想到因为这起突发的异常事件,倒是阴差阳错地避免了最糟糕的事态。如果当时那家伙没有出现,而我和妻子的争执就那么发展下去,最后到底会变成什么样子,我根本就无法想象。结果,不如说是恐惧心引导我妻子恢复了正常。

"但是,结果那家伙从厨房里消失不见了,我们这样探讨也没什么意义吧?"

"不见了?所以说是怎么了?"

"不知道啊。我老婆很害怕……"

妻子受到冲击，产生了巨大的恐慌，随即昏倒在地。在我的精力集中在妻子身上的短暂瞬间，那孩子就不见了踪影。我很难想象他是怎样瞄准了我们的空当而采取了如此敏捷的行动，我觉得他不可能有这么快的动作。但不管怎么说，他就是不见了。

"这个嘛，确实是很吓人的啊。与其说你太太是害怕，也许该说是惊悚吧？就像身处鬼屋的那种感觉。怎么说——有点恐怖电影的感觉？从画面右上方突然间出现个什么——啊！那种感觉？"

"别开玩笑了！"

"开玩笑的是你吧！光听你说的这些，很难想象那东西除了'消失'之外还能怎么样。你从刚才开始，就一直在想方设法地找出证据来否定自己的说法，只知道一个劲儿地说'不对''不对'不是吗？"

"没有出口，也没有时间，根本没法让人觉得这是'移动'吧？"深谷在椅子上挺直了身子。

"这应该是突然之间消失不见——是这么一回事吧？"

"又不是漫画。"我回答，"我确实无法解释这件事，所以才找你商量的不是吗？我想听一下第三者的客观意见。作为当事人的我所亲眼见到的事实，被我的主观意识扭曲了。当时我十分狼狈，精神也很崩溃，精力更是无法集中，所以……"

"那是错觉吧？原来如此。也就是说，你无法相信你自己的亲身体验。白痴啊你？相信自己不就好了吗？'消失了''不可思议''很可怕'，这种话你明明可以直接地说出来嘛！"

"但是，深谷，在实际的生活中，一个物体可以凭空消失吗？没法消失啊！那又不是照片、影像什么的。那是实实在在的，不可能消失的！"

"实实在在的……"深谷用鼻子冷哼，"你就是这种人啊！因为你没法相信你自己，你才会相信那种东西！你那么一本正经地干吗？怎么说呢？你就放任自己去相信不就好了吗？"

"相信……什么呢？"

"常识啊，现实啊……什么的。因为你总是把常识摆在优先的位置，所以你才会怀疑自己亲眼所见的东西吧？"

"真的是这样吗？"

"随便你！"深谷有些不耐烦地说，"我也是经常对这世上的事物抱有怀疑的哦。反正自己所见的事物也就只有自己才明白，'客观'这种东西是不存在的。如果怀疑自己的主观判断，就不能不怀疑自己本身究竟是否存在了。"

深谷这样说，然后笑了。

"好吧，物体只要不是燃烧了或者溶解了，确实是不会凭空消失。但是啊，高部，'实际存在的物体不可能消失'这种强烈的先入为主的观念，难道不是反而会拓展你的思路吗？你遇到的事情是真实的吧？所以那其实是如同烟雾一样的——'呼'——"

"算了。"我生气地瞪着深谷。

"别瞪我啊。那好吧，这样，当作是幽灵怎么样？"

"幽灵？"

我知道，不是那种东西。

"是不是幽灵作祟？"深谷说，"我认识一个很厉害的灵媒师，介绍给你怎么样？"

"我不记得遇到过什么不干净的东西。"

"例如说……'水子'什么的？"

水子，就是因为各种原因无法出生的胎儿的怨灵。

"别说傻话了！"我否定道。

无法出生的胎儿化为怨灵作祟什么的是迷信的说法。而且有些灵媒师为了增加收益进行别有用心的宣传，更使得"水子"成了一种骗钱的工具。但是另一方面，那些失去了孩子的人，即使其中有些人明知是由于自己的不当行为而失去了孩子，这些人也不得不找一个可以寄托的场所来抚慰自己的心灵，这也是不争的事实。

我也曾经失去了我的孩子。我很理解这种心情。

所以我们夫妻俩明知道没用，还是对胎儿进行了供奉。将对那死去的孩子的无形的哀悼之情，通过供奉这种形式化为有形可见的事物。

悲伤在我们夫妻之间撕开了一条鸿沟，结果令妻子在精神上饱受折磨。但这并不是死去的孩子的怨恨造成的，这完全是活在世上的我们两人的问题。

哪怕退一万步讲，就算这个世界上真的存在着幽灵，我们夫妻也不认为我们会被死去的孩子诅咒。就是这么一回事。我这样对深谷说。

"那你遇到过别的什么吗？幼稚的家伙，你又瞪我。也就是说你确实没有那样的经历啰？"深谷说，"但是，也许那小鬼对你们没有恶意，这种可能性也是有的啊。有个落语①段子是这么讲的吧？那个'曝于荒野的骷髅'。你看！供奉骸骨的话就会有美女前来报答。不过可能偶尔才会出现美女，要等实际见到之后才知道来的是什么。因为是骷髅嘛！可能是老头儿，也可能是小孩子啊！"

"真走运！最近街上不怎么捡得到骷髅了！"

"也不一定非要是骷髅啊。你记得自己和死人打过什么交道吗？比如给无人祭拜的死人献花什么的，或者是给别人家的墓扫墓这类的事情。也许是人家为了报答你，专门化身而来也说不定哟！"

"我可没这种兴趣！"

"没有吗？那么，再有可能就是——你家的房子啊，在建造住宅之前是不是墓园或者别的什么？这种事情常有哦！"

"什么都没有！"我说。

"那么那东西就不是幽灵。反反复复地出现——那是活生生的，是实际存在的。"深谷说，"说幽灵是模糊的，这是绘画和影视上表现出来的吧？那是为了和活人进行区别的表现技巧。幽灵也许实际上是活生生的也说不定。你没有见过真正的幽灵吧？"

"因为没有什么幽灵啊。"

"哇哈哈哈哈！"深谷像是在嘲笑我一般大笑起来，"我就知道你会这么说！开玩笑，开玩笑啦！跟你说幽灵的话题根本就聊不起来。那么，干脆我们换一种看法！"

深谷带着点动坏心思的感觉，冲着我笑。

---

① 落语：日本传统单口相声。

"那家伙的头异常地大,身体却像是幼儿一样瘦小孱弱是吧?"

"是啊。"

"一会儿出现,一会儿消失,神出鬼没的。"

"所以说啊!"

"这就是了!他是外星人啊!"

"喂!"

他在戏弄我。

深谷依然继续着他那戏谑的语调。

"如果是外星人的话,不管怎么消失、出现,都没什么不可思议的了。外星人一定会带着传送装置一类的东西吧。依靠远远超越人类智慧的科技,即使是几万光年的距离也能一下子就飞跃而过吧?"

"你适可而止吧!"

"该适可而止的是你啊,高部!你说的话全都是前后矛盾的!如果不能解释他是怎么进出的,那么也就不能说他消失了什么的吧?你一方面断言那是个活生生的存在,一方面又说不认为那是人类。姑且不说你把这事跟我讲得像个鬼故事一样,你竟然要我很自然地去理解你的故事,这根本就是不可能的吧!"

"但这不是我编造出来的故事……"

"也许吧。那我来问问你吧,高部。如果事情是像你说的那样,在处于密室状态的你家,那个孩子不知道从什么地方进去,又不知道从什么地方出去,这件事用你的常识无法解释。无法解释的意思,就跟他是幽灵或者外星人不是一样的吗?"

"不一样啊！"

并不是那么轻浮的东西啊。

"房子里有什么机关之类的吗？"

"没有那种东西。"

"你也真是顽固啊。"深谷苦笑，"那么就像你说的，那家伙是个活生生的存在，他用了某种方法从某个地方进入你的家中，就只是在你们面前出现一下，然后又不为人知地走了，就当作是这么一回事好吗？"

"什么叫'当作这么一回事'？事情本来就是这样的！"

没有其他的思考方向了。

"要是这样的话，那就不是你用这副悠闲的样子吃饭的时候了。你想想看，这样说来，昨天你回家的时候，那家伙就已经闯入你家了吧？"

"是啊。"

"那不就是说那家伙在你太太独自一人的时候闯入了房子里吗？多危险啊！"

完全，没错！

虽然妻子否定了在我回家之前有人闯入家中的可能，但事实上并非如此。在我回到家中的时候，那孩子就已经在家里了。

所以说，我没法责备妻子。妻子坚持认为我不在家的时候并没有入侵者。她这样坚持是为了自我保护，维持一种安定的精神状态。我无法去否定她。

而那孩子并不属于这一类。

"你太太怎么样了？"深谷问道，"你就把她一个人留在那个令人发毛的家里，自己出来了吗？"

"那我也不能带着她过来吧？"

我们也没有什么亲戚可以把她暂时托付过去的。

"但是，要是那个奇怪的小鬼都能做到的话，那谁都可以轻松地闯入你家吧？仅仅是这么一个莫名其妙但也没什么危害性的小鬼在你家徘徊还没什么，但也不能保证变态不会闯进家里吧？让你太太一个人在家，你不担心吗？"

"当然是担心的啊。但是，也不能为了这么个理由就请假休息吧？"

尽管我是想休假的。

妻子跟我说她一个人在家没关系，我也只有相信她的话。

不，我只是利用了她说的话，给自己行一个方便罢了。我是个虚伪的男人。

"还是回去……比较好吧？"

我这样问。深谷回答道："不能回去啊！你太认真了，很多人会嘲笑你的，高部。你说的那些，其实有一个显而易见、想都不用想的结论不是吗？"

"结论？"

"是你自己不正常。你刚才也说了吧？精神错乱、看到幻觉，你自己说的。哦等等！你可别说那不是幻觉啊！幻觉产生的对象是现实存在的事物。要是产生幻觉的人认为自己看到的是幻觉，那这个人看到的肯定不是幻觉。我有个叔叔患有酒精依赖症，现在住在专门的治疗机构。我去看他的时候，看到有药物依赖症的患者正在做康复。听说那些人也会看到幻觉，比如自己的身体里有蛆虫钻出来啊，天花板正在朝自己靠近啊什么的，全都是不真实却又格外真实的吧？"

"幻觉……"

那个……像山羊一样的眼睛，活生生的气息……

"但是，我妻子也看见了。"

"你以前跟我提起过，你太太精神方面也不大好吧？你说她是因为流产的打击造成的，还到心理咨询科去求诊什么的。"

"啊，对。但是两个人不会产生同样的幻觉。"

"也不一定是同样的。你知道'传染性精神病'吗？"

"传染？是病毒吗？"

"别说傻话了。"

深谷一本正经地说。

"相互传染的是信息。举个例子，要是我现在突然大叫'危险'，并且弯腰蹲下。"

深谷低下了头。

我吓了一跳，朝身后看去。

"你刚才朝身后看了吧？也有人会跟着一起弯腰蹲下。我所发出的模棱两可的信息引导了你的行动。如果我说'危险！有箭飞过来了'，而你也因此闭上眼睛弯下腰，那就好像是在你的上方飞过一支被想象出来的箭一样。"

"所以？"

"所以说，有时候人类在精神状态不安定的情况下，如果得到了信息提供者十分肯定的信息，会觉得自己看到了事实上根本没有看到的东西。你不断地重复说有个小鬼有个小鬼，把这种不安定的信息提供给你的太太，她就有可能也看到那个小鬼。不过，你太太看到的有可能是根据你说的话构建起来的虚假的影像，也有可能是与你所见到的那个小鬼不同的别的小鬼。"

"去精神科看看吧。"深谷边说着边站了起来，"你要是这样的话，你太太也只会一直感到不安吧？这样不好。"

也许，深谷说的是对的。如果说要将我内心病态的部分释放出来的话，确实不可能折射出一个健康的形象。

不知道为什么，深谷看似很愉快地走出了员工食堂。

4

那之后，我听从了深谷的建议，去拜访了精神科医生。

我刻意避开了妻子就诊的私人医院。我不想让妻子知道我去精神科就诊的事，另外也顾虑到妻子说那家医院一点效果都没有。我把事情告诉了朋友，朋友帮我介绍了口碑不错的医大附属医院的精神科。

不知为何，被烟熏黑的白色墙壁给了我一种虚无的压迫感。硬邦邦的椅子散发着不知从何而来的类似樟脑的气味，显得格外孤独。

等了差不多两个小时，就诊的时间就只有五分钟。

本来，我以为诊断的方式会像国外那样，医生进行刨根问底的询问，病人则尽可能将所有的事简略叙述。然而恰恰和我的预想相反，医生基本上没有问我什么问题。我只在一开始的时候说"我好像能看到幻觉"，医生回答说"哦，这样啊"。仅此而已。医生也没有跟我解释什么，就开好了处方。我去取药又花了一个小时时间。

明明也没有那么多病人啊。

我先试着服用医生开给我的药。没想到服药之后又是睡不着，又是浑身乏力，都是让人烦恼的副作用。很快我便放弃了，也没有再去过医院。

服药期间，我也有好几次见过那孩子。妻子也一样。

那个令人恶心的不吉利的孩子，有时站在走廊角落的阴影中，有时站在楼梯中间，也不和我们接触，就只是一动不动地、苍白无力地站在那里。

我们并没有对此感到习以为常。

虽然无法认同他是这个世上的东西，但他确实存在于这个现实之中。

他曾将装饰在玄关那里的鲜花拔出来，一半被他折断，另一半被他塞进了嘴里。他还曾经咔啦咔啦地将厕纸拖得老长老长。

我打过他一次，他也只是面无表情地捂着脑袋逃走了。我也不知道他跑到哪里去了。

但是，他既然不是像深谷说的那样如同烟雾一般消失，那么一定是逃到哪个死角里去了。

他也曾逃进厕所，即使我把外面的门关上，冲进厕所，也还是找不到他,他的确是消失了。但是,我并没有亲眼看到他"嘶"地一下子变薄、咕嘟咕嘟冒出烟来。

我也曾想过,他是不是可以穿过墙壁什么的,但我也没有看到过他嵌入墙壁中的情形。仔细想想,一个拥有实际质量的物体从另一个拥有实际质量的物体中间穿过,这比消失还不合理。

妻子精神错乱的情况也在增多,而我缺勤的天数也增加了。我不可能让那东西和妻子一道单独待在家里。

值得庆幸的是,我不在家的时候那东西好像不会出现。不过,不如说是因为妻子这段时间十分虚弱,几乎都躺在床上休养,所以没有撞见。不管怎样,卧病在床,饭总是要吃的,厕所也不能不去,所以还是会觉得不安吧。如果是我一个人独处的时候遇到那东西,我肯定要抓狂了。

而且,实际上就算妻子本身没有见到过,在她睡觉的时候,那东西说不定也会在一旁默默地注视着她的睡颜呢。

想到这一点,我就浑身汗毛直竖。

真讨厌啊!

不知道他的目的,也不知道他的真面目。无法和他沟通。一切都无从了解。

没有什么比"不了解"更可怕的事了。

尽管没有遭到过袭击,但我们在那家伙面前几乎是完全没有遮挡与防备的。

另外,我的工作也无法顺利进行。

一开始我对部长说,我妻子的状况不好。

"你就为了这种事请假吗?"部长这样说。

什么叫作"这种事"啊!

他还说:"你妻子又不是小孩子了,一个人在家应该也没问题!""要是真的那么糟糕的话,就应该雇一个全职护理或者送进医院!"

我真想当面告诉他别说这种蠢话了!

这份工作并不是什么大不了的工作,不至于要到放着生病的妻子置之不理也要来公司上班的地步。他到底想说什么?只要到公司来上班就好了吗?工作量持续减少,公司员工已经富余了。用一副糊里糊涂的样子出勤,在规定时间内受到他的管束就叫工作吗?

如果不这样的话,大概不利于他的所谓管理吧。不是我说,一大批人走过各自艰难跋涉的上班之路后集合在一个场所、在一定的时间内毫无意义地消磨时光,这种工作方法难道不是以前的老办法吗?即使没有凑到一处,只要信息交换顺利进行的话,大多数的工作都能得到解决。这才是真正意义上的节省经费。

仅仅因为没有精神十足地打招呼说"早上好"这样的理由就遭到辞退,无论如何也是让人没法接受的。即便是早上不打招呼,就算是不到公司来,工作也是可以做好的。

出勤并不等于工作。

说起来,曾经有一位同事因为孩子生病而迟到了几天,龟井部长就絮絮叨叨地责备他,最后迫使那位同事辞职。另外一位女同事,因为要为住在完全陪护式医院里卧床不起的祖母办理入院手续而向龟井提出请假,结果也被龟井辞退了。

这两人都是很有能力的员工。龟井说让他们离职是因为他们公私不分。这种理由，只有那种将"公私"当中"私"的那一部分从人生中完全剥离的白痴才会认同吧？真是凄凉。加班也好，应酬也好，依靠这些推动工作顺利进行，也是迫不得已的。但是，如果觉得说只要留下来加班就可以了，只要跟着去应酬就可以了，这样的话就本末倒置了吧？如果说只要来上班、不缺勤就好了的话，那么来到公司，坐下来，抠抠鼻子打发时间，这种行为就应该得到最高的评价吧？

我感觉自己的内脏在翻滚。但我知道，现在再用那些事情跟部长顶撞，是不会产生什么作用的。正确的观点并不总行得通。现实就是如此。迄今为止的人生，我就是这样一边察言观色一边生存下来的。我从年轻时便练就了世故圆滑的本领。我只是个举着名为理想的招牌的胆小鬼罢了。

所以我一次次地低头道歉，反复地大声地说出"真是对不起"这句话。

因为我的带薪休假完整地累积在那里，所以起初我是编造各种借口取得休假，因而得到了几次批准。但是，现在已经超过一个月了，这种找借口请假的方式再也行不通了。我也预料到了这种情况，于是就按照原先的计划，谎称因照顾病人太累把身体弄坏了。

不，并不完全是谎言。那个时候，我已经精疲力竭、身心憔悴了，如果真的去医院检查身体，相信一定会查得出惨不忍睹的结果的。

我提出要申请一个月的长假。

我的演出应该算是十分逼真的。脸色、说话方式、眼神……无论从哪个角度来看，当时的我完完全全就是个生病的人。公司要我提供诊断书，我答应说以后会送来，公司也就这样接受了我的申请。其实，我并没有补交诊断书的打算。虽然还没想讨要辞职，但我并没有自信再回到公司上班。

我……

能够感觉到自己稍稍放弃了一些东西，尽管我还不能确定我所放弃的是什么。

从那之后的一小段日子里，我每天都和妻子两人无所事事地度过。

也没有什么像样的对话，也并不会积极地相互沟通。睡觉、起床、再睡觉。电话也不接。就像是逃课的学生一样，浪费着人生的宝贵时光。我们两个人过的就是这样的生活。

那孩子也没有再次出现。

大约半个月后，深谷来找我们。不过，我只是隔着玄关的门和他对话。

深谷说他很替我担心。他说龟井很生气，扬言再这样下去就算我结束休假后回去上班，公司里也不会再有我的位置了，诸如此类。听了之后，我觉得一点兴趣都没有。

因为我做出了这种离谱的行为，龟井的目标已经从深谷转移到了我，这我可以肯定。像龟井这种单纯的男人，只要让他明确他应该针对的目标就足够了，现在的我就成了那个替罪羊。说不定，深谷还能托我休假的福和龟井重修旧好呢。他却在这里跟我说什么担心我，那种口吻能够很明显地察觉得到。

"那个……上回说的那个小孩子的幽灵出现了吗?"深谷问道。

"没有。"我回答。

"那你为什么不出来?"深谷劝诱我,"现在的话还来得及啊!并不是你做错了什么,生病的话也没办法呀。我会跟部长好好说说的,你出来吧!"

不是你的错……不是你的错……

真烦人!闭嘴吧!这不是理所当然的吗?

"那你就别在意啊!"

真烦!你知道什么啊?你什么都不知道吧?听着你的声音真让我恶心啊!

"滚回去!"

我怒吼道,不假思索地去踢玄关的大门。"滚回去!滚回去!"我一边大吼一边持续地踢门。妻子大概是被我激动的吼声惊吓到了,她从卧室飞奔出来,从背后抱住了我,一迭声地问我:"怎么了?怎么了?"

没什么。什么事都没有。

妻子的身体,很柔软。

那天晚上,我拥抱了妻子。

从那之后,我们两人开始慢慢地恢复正常。虽然还无法做到展望未来、设法摆脱现实的困境、寻找人生的方向这种程度,但至少我们恢复了夫妇间的正常生活。

我们之间开始有了对话,随后笑容也回到了我们的生活当中。

妻子也能开始承担做饭的任务了,而我的工作则是打扫房间。

我们回想起来，在这之前的一段日子里，我们既不做饭也不打扫，日子还能过下来真是不可思议，我们都忍不住自嘲而笑。明明就没有发生什么让我们改变的事情。

不安和绝望，不知为何销声匿迹了。

在我的休假刚好要进入尾声的时候，妻子说出了让我感到不可思议的话。

那时，我们两人差不多开始考虑回归社会的问题了。我自己大致上已经坚定了就此辞职的决心。只是，我们的存款已经所剩无几，而房子的贷款却必须偿还下去，辞职很难说是一个明智的决定。但当我委婉地将这个决定告诉妻子的时候，她不仅没有反对，还说以后的事情咱们两人一起慢慢考虑吧。

这简直是令我震惊的转变。

并且，妻子对于那个孩子的事，似乎也做出了某种判断。

她的结论是，那确实是我们曾经失去的那个孩子。

我暗中压下了自己的反驳。妻子得出这个结论也并不全是毫无根据的。我们之前的生活确实谈不上幸福，也许我们死去的孩子正是为了修复我们之间的关系，才会以异形的姿态出现在我们面前。至少妻子是这样认为的。

的确，我们夫妻俩在之前的那段日子里，虽然还不至于到生活不幸的地步，但也确实无法用健康的精神状态来经营我们的日常生活。之后，不论经过如何，那孩子的出现确实成了修正我们这种扭曲的夫妻关系的契机——这的确是事实。

而且仔细回想，那孩子不管在什么时候出现，也都只是在我们面前展现出他那副丑陋的模样，仅此而已。是我们自己单方面地受到惊吓，单方面地感到恶心，也是我们自己单方面地惊慌失措。我们并没有切实的证据证明那孩子对我们怀有恶意。除了精神方面的影响，那孩子完全没有对我们造成任何危害。硬要说的话，也就是他毁掉了几朵花，撕掉一些卫生纸而已。

于是，我明白了妻子的意思。

当然，我并不相信妻子说的那些事情会真实发生。但即便我不相信，我也没有证据能够断然予以否认。要是妻子得出了这样的结论并信以为真，那就当作真的是这么一回事吧！我这样想着。

但是，不管怎样，我还是要说，至今为止我都没有遇到过这么令人感到厌恶的事。

我……讨厌那个孩子。

那个令人讨厌的东西，是不祥的存在。不，正因为那东西是能将现实的一切完全破坏的不祥的存在，才会带来现在的安宁。正因为那孩子是令人厌恶的东西，我们才能得到希望的光明。我觉得自己不能忘记这一点。

但是，仿佛是要证实妻子的妄想一样，自从我休假以来，那个讨厌的孩子就完全消失了踪影，也根本看不出他要再度出现的迹象。

无论如何，我更加坚定了离职的决心。事实上那东西从我休息在家开始就不再出现。如果说那个孩子的出现真是我自己的意识折射出的一部分，那么我应该也能得出一个结论——在我的内心深处，其实是厌恶自己所身处的职场的。

要是这样也挺好的。

要是这样的话,那我就能坚定自己的决心了。

对妻子来说,那孩子就是我们死去的那个孩子;而对我来说,那是我一直压抑、隐藏起来的,对于职场的抗拒情绪。能这样来解释也挺不错的不是吗?

如果真是这样,我讨厌那孩子,而妻子却对他充满了慈爱,也就理所当然了。

想到这里,一种久违的、难以言说的清爽之感油然而生。

妻子看起来也变得轻松活泼,就好像我们刚结婚时那样,时常带着几分娇柔。

时隔一月之久,我再次出现在公司。

习以为常的地铁、习以为常的公司大楼,全都让我感到新鲜。当然,这完全是我自己的心情的缘故。

我径直走到部长的办公桌前,直截了当地对他表明了我的辞职意愿。

龟井仍然是歇斯底里的样子,冲我大叫:"你说什么梦话呢!"

"为了公司着想,我觉得你才是早该提出辞职的那一个。"我说。

龟井冲着我翻白眼。我知道,这种白眼是受不了这样的打击的。

"你好像没有注意到,所以我好心好意地说出来吧——你根本就是垃圾。你真的就是个标准得不能再标准的白痴上司!不仅工作做不好,作为一个人来说,你也是最差劲的!从今往后,我就跟你没有交集了,我真觉得太高兴了!"

深谷似乎受到了震惊。

随即,我朝着这位多年的友人说道:

"你说过的吧？让我帮你跟那个白痴说说。所以我就说了啊！"

深谷一句话都说不出来。

我鄙夷地瞥了一眼同样无话可说的上司和同事，就这么决然地离开了职场，尽管我并未决定好自己今后要做什么、想做什么。

我并未觉得畅快。相反，事后的感觉十分不好。即便如此，我依然摆出一副十分畅快的样子来，否则会显得不合情理。

"重新来过。"这种说法我并不喜欢。

重新来过那种事，只不过是想一想罢了。又不是在玩游戏，真要觉得人生可以复位重来就大错特错了。能平心静气说出这种话的人的心情，我反正是理解不了的。

但是，也可以让自己在心情上有种"重新来过"的感觉，这一点我倒是学会了。

重新来过吧！

也挺好的，不是吗？

于是，我踏上了要花费两个小时的回家之路，回到妻子正在等待我的那个家中。

5

我打开玄关的门。

似乎有什么不大对劲。

我叫了几声妻子的名字。

没人回答。她出去了吗？

我不认为妻子会出去闲逛。不过，最近她也曾到附近去买过东西。会不会是她想为我的辞职再出发进行纪念和庆祝，而到外面采购去了呢？

肯定是这样没错。

得出这个结论，我便不再考虑其他的可能性。我看了看表，才下午四点，我从未在这个时间回到过家中。我径直走进客厅，把外套扔在沙发上，在家中四处看了看。

还真是所相当不错的房子啊！

即便是在买下这座房子的时候，我也没有这样想过。

买房子的那个时候，我的脑子里只有"买房子"这件事情本身，满脑子都被"不知道妻子会不会高兴"的忐忑不安占据了。要是妻子表示不满，我也会立刻埋怨起房子来。

我又朝四下看了看，从冰箱里取出罐装啤酒，放在餐厅的桌子上。我虽然不喜欢啤酒，不过这个时候还是挺适合灌上几口的。我一口气连喝了三大口。

屋子里很冷。我猛然朝窗外看去。

啊！就在那一瞬间，我看到了停在车库中的车子。车库里确实有车停放着。可要是不开车的话，是没法去买东西的。

难道妻子在家吗？

她在哪里？

连绵不断的不安涌上心头。我把啤酒放在桌子上，来到走廊上再次呼唤妻子的名字。

随后我查看了浴室和洗手间,并且打开了客房的门——都没有妻子的身影。最后我打玄关的正门冲出去,把房子的四周也检查了一遍,妻子也不在院子里。

不在。

不在!不在!!不在!!!

我的心跳越来越剧烈,冷汗流了出来。

"和子!"

啊!真是的!

这时,我注意到了自己的愚蠢。

卧室!她在二楼的卧室!妻子一定是在睡觉。

就算病情已经好转,妻子也并未完全康复。希望她一下子恢复到普通人的生活状态,这种要求对她来说太苛刻了。我自说自话地认为她买东西去了,为了我准备晚饭什么的,然后又自说自话地找不到她,把自己弄得狼狈不堪,我也真是要命。

真是彻头彻尾的笨蛋!

我一个劲儿嘲笑自己,再度走进家中。

家里有什么不太对劲。

哪里有什么问题?

我走上楼梯。

嘎吱。嘎吱。嘎吱。

是什么呢?

空气发出轻微的震动。我打开了卧室的房门。

随后,我屏住了呼吸。

眼前出现的情景，令我脑子瞬间停止了转动。

床上，朝着我伸出来的，是两条光裸的腿。

我的视线被牢牢钉在这幅情景上，凝固了。

妻子赤裸着下半身躺在床上，双腿胡乱张开着。两腿之间的床单上，已经被血染成了黑色。

"喂！和子！"

我一步冲上前去。妻子没有反应。我大声地叫着她的名字。

妻子半睁着眼，嘴巴也半开着，不管我怎么摇晃、怎么拍打，她都没有反应。

没有死。她还有气息。

裙子、被撕开的内衣、丝袜，散乱地扔在枕头旁边。毛衣被卷起来，罩衫扣子大半被扯开，里面的贴身衣服被撕扯变形，我看到她衣服下面那形状扭曲的右侧乳房和那乳头上的牙印。

"喂！发生什么事了！发生什么事了！"

我不在家的时候，妻子被人强暴了吗？

但是，为什么她不醒过来？到底怎么了？

我拍打着妻子的脸颊。她完全没有反应，就好像是睁着眼睛睡着了一样。

我突然一个激灵，立刻看向一旁。

那个讨厌的孩子站在那里。

山羊一样的瞳孔。左右分离的眼睛。几乎没有隆起、只有两个孔洞的鼻子。半开着的嘴巴。被散乱分布的五官割裂开来的巨大的脸孔。缺乏弹力的、质感如同尸体的苍白皮肤……

那家伙用空虚的眼神看着远处的某个方向，腰部有节奏地扭动着。他的下半身也脱光了，露出位于皮包骨头又瘦又细又苍白的两腿之间的东西，就像是玩具一样。

"哈！哈！哈！"

"你这浑蛋！"

我不假思索地将他打飞。

"哈！哈！哈！"

那家伙在地上滚了一圈，起身继续扭动腰部的动作。

肮脏！恶心！不祥！这不是这世上存在的东西！这不是我们死去的孩子！这不是幻觉！

这家伙……

这家伙侵犯了我的妻子！

"噜。"

"哇啊啊啊啊啊啊啊！"

我一把抓住那家伙，抓着他的肩将他按倒在地。那张巨大的脸孔逼近我，一股腥味扑面而来。

"你这家伙！你这家伙对和子做了什么？！"

我用了全身的气力，痛打这个不祥的东西。可是我的拳头好像打在什么减震材料上一样，几乎没有发出什么声音。

"你到底是什么东西！为什么！为什么你要这么做！你到底是个什么玩意儿？！"

我不停手地狠揍他。可是那张如同化学物质一样的脸，不管我怎么打，几乎完全不受伤害。

这样的话，根本就毫无意义不是吗？

这家伙到底为什么会出现？我到底为了什么辞掉了工作？这算怎么回事？我到底为什么要这么做？究竟是什么被我搞砸了？我到底在干什么？！

浑蛋！浑蛋！！浑蛋！！！

事情为什么感觉如此诡异？

"哈！哈！哈！"

我骑在那家伙上头，无力地崩溃了。

我流不出眼泪。我感觉自己像是再也无法依靠自己的力量站起来了。全身的肌肉都松懈下来了，我无法令自己的身体移动。我的身体似乎透过皮肤流了出去，咕嘟咕嘟地流经被我压在身下的那个孩子，在地板上扩散开来。

那个讨厌的孩子推开这样的我，啪嗒啪嗒地不知跑到哪里去了。

我看着那个背影，只有力气说出一句话——

"可恶啊……"

讨厌的老人

1

"讨厌啊……"

不知不觉间,从我口中脱出这么一句话。

真的是很讨厌,然而又不能当着人面把这话说出来,那样不免愈加让人讨厌。但即使嘴上不说,单单是自己心里感到厌恶,也一定会唤起心中的负罪感——我所遇到的就是这样一件事。而且,我又不得不在接下来的生活中继续面对此事,却不能不管三七二十一就把它解决掉。因此,我一直处在一种既内疚又烦躁的情绪当中,时常心情郁闷,却又不能在别人面前诉说。正因如此,当我独自一人的时候,不知不觉便将自己的真实感受说了出来,并非出于自言自语的癖好。

不仅如此,我自己也变得好像不大对劲了。只要心里觉得"讨厌""很讨厌",那么不管看到什么,我都会突然生起气来。只要有一点点觉得不顺利,我就会感到特别烦躁,立刻就会发起脾气。

我把洗好的衣服挂在晾衣架上。

有件衬衣翻了过来。我用力一扯,发出"噼啪"的声音。

一股无名火涌上心头。我胡乱拉扯着衣服。

拉不下来。

我用尽力气拉扯,也完全拉不下来。

明明只要我好好地用心整理,就应该什么事都没有了。越是暴躁乱来,事情就越是纠缠不清。可尽管懂得这道理,我还是控制不住自己。

血往头上涌。

我想也不想,一味地拉扯衣服。

被我拉得失去平衡的晾衣架大幅摇晃着倒了下来。我觉得自己一下子清醒了。在这瞬间,我重新恢复了冷静判断的能力。

我慌慌张张去扶晾衣架。不过为时已晚,没能来得及接住倒下的晾衣架。

我把地上的衣服拾起来,不出意外,上面已经沾上了灰尘和泥土。衣服是湿的,所以不管是抖动也好,拍打也好,都没法弄干净。而且在这期间,我因为慌乱,又踩到了好几件,凉鞋印子踩得到处都是。原本差不多要晾干的衣服,有一大半要重新洗过。

我再一次感到血往上涌,不假思索踢飞了晾衣架,随后又将洗衣篮也踢飞了。

"真是……"

我无言以对。因为这并不是谁的过错。这并不是任何人的错……虽然不是任何人的错……

连那些还没晾的衣服也要重新洗过。不管什么都要重来。这么一折腾,整个上午的时间就完全浪费了。我彻底失去干劲,茫然看着那些散落一地的衣服。

讨厌。

真的……很讨厌。

以前的我是不会这样的。我是个耐性很好的人，而且无论做什么都很慎重。我还有另一种品质，就是能够朝着合乎情理的生存方式努力。从小到大，我就是这样一个人，所以我当然知道，心浮气躁有百害而无一利。可即便如此，我还是……

可恶！

我瞪着倒在地上的晾衣架。

都是那个人害的！

基本上，无论我说什么，那个人也不会把翻过来的衬衫整理好的。不只是衬衫，不论什么时候、以什么样子脱下来放在那里的衣服，全都如此。满是汗水的发黄的内衣，一直都是那么卷成一团直接放在洗衣篮里的。放在洗衣篮里的话还算是好的，经常还会丢在走廊上，甚至更过分的时候，直接在玄关那里脱下来随手一扔。

我总是要把那些衣服收拾起来整理到一起，把衣服正反面也翻拾妥当。因为洗完之后再去把那些卷成一团的湿衣服重新翻面整理很费力气，而且卷成一团的衣服也没法洗干净污渍，还容易洗伤。所以我就拜托那个人，让他把衣服脱下来之后好好理一下。

但还是没用。

不管我是态度温和地提醒拜托，还是严厉斥责，都全然不起作用。

——不，也不是。

效果还是有的。不过，说是"效果"倒不如称作"反应"比较确切。

我提醒那个人注意这些事情，他就干脆不把脏衣服拿出来了。我看也不像是他自己洗衣服的样子，那到底是怎么处理的呢？我想了想，觉得应该是他把衣服藏起来了。藏在鞋柜的最里面，或者堆在椅子的下面等等，塞在那种令人哭笑不得的地方。

要是因橱柜里散发出异臭而让我找到那些衣服，我一定会抓狂的。

从那以后，我看到那些翻面的衣服，就当作没看见。比起塞进橱柜，把衣服反着丢进洗衣篮虽然挺麻烦的，但也还是要好得多。

于是，在随后的一段日子里，我在将待洗衣物逐一放进洗衣机前都会检查，把那些反了面的衣服翻过来。我告诉自己说，只要把这当作是自己的工作就好了，把它看作是理所当然的、原本就该如此，就可以了。

但是，当我发现反过来的内衣里侧，犹如涂抹一样残留着大量污物的时候，我感到我的努力走到了尽头。

在此之前，内衣上沾着秽物这样的事情，也并不是没有过。考虑到那个人的年龄，我觉得这样的事情也是没办法的。吃饭时嘴里的饭掉出来，或者无意识地漏了小便出来，这种事多多少少总会有，也没办法。我就当作是家里有个孩子，和清洗大量的尿布比起来也算是轻松。

但是，我所看到的情况，是已远远不能称之为失禁的程度了——那并不是濡湿了，或者沾上了之类的状态，是完全像涂抹在上面一样。在我看来，就像是直接穿着内裤大小便，过了一定的时间之后，照原样脱下来扔在一边似的。而且这也不是一次两次了。

我，已经无力将那些揉成一团的衣服展开了。

要说我能做到的，也只有对衣服进行挑拣而已了。把这些衣服跟其他的衣服一起洗是不可能的。于是，我只要一在洗衣篮里发现那个人的衣服，就立刻把它们转移到另外的水桶里，加满水，倒上洗衣液。要是不这么做的话，别的衣服也会沾上恶心的臭味，那就完蛋了。

即便如此，那味道也非常要命。就算我最后把水桶移到室外，洗衣机的周围也残留着那种令人不快的臭味，每次经过的时候都能闻到。也许连空间本身都已经被污染了吧。

就算没有这些事情，那个人也是很臭的。

虽然我也有一定程度的觉悟，知道这是没办法的事，但那种独特的臭味，我无论如何也无法适应。

所以，将那个人的衣服挑拣出来之后，我就把它们放在洗衣液里浸泡一段时间，然后戴上口罩和橡胶手套，在室外进行手洗，之后再放入洗衣机内。整个过程十分烦琐复杂，但我也只能这么来洗，唯一的好处就是——没必要一件一件地整理反过来的衣服。

我再一次瞪着那个人的内衣。只是看着，就觉得一阵一阵的怒气涌上心头，我愤愤地又踢了一脚晾衣架。

我已经受够了！

我放弃收拾眼前的局面，什么劲头都没有了。一下子，我被倦怠压倒了。

我的心情，在这之前，一直沉浸在一种错觉中，觉得即便是梅雨季节也会有放晴的间隙，我消沉的心情总还会有晴朗的时候。

但是，现在这些都没用了。

我把那些散乱的衣服就那么扔了出去，扔在阳台后面。

窗框很沉重，门窗的闭合并不严密，但这并未引起我的注意。我胡乱地把拖鞋脱下来扔在一边，把窗子只关了一半，回到屋中。

屋子里的温度不冷不热的，但是水汽很重——室外那么热。我已经出汗，感觉脖子和腋下都很不舒服。T恤的标签刚好卡在脖子上，那感觉就像是要把脖子切成细丝似的。

讨厌！讨厌！另外，我感觉好像有什么东西腐败发臭了。

我拖着沉重的脚步走进厨房，打开换气扇的开关。由于瞬间的犹豫，我原本想着要按"强风"的按钮，最后却按下了"弱风"。

不对。不对不对！这种讨厌的气息不是弱风程度的换气就能够起作用的！我像是要用手指去敲门一样地用力按下"强风"按钮，按了一次又一次。

强风！强风！强风！

我疯狂去按那按钮，换气扇却没有任何动静。这是多么讨厌的状态啊！

我用拳头去砸那按钮。大概是碰到了"停止"按钮，原本在弱风状态下运行的换气扇竟然停下来了。

"真是够了！"

我捶打着墙壁，心底那焦躁的情绪凝固起来。我长长地呼出一口气，平静地按下了换气扇的"强风"按钮。

换气扇开始了转动。

讨厌！

我非常后悔。就像玩游戏输了的孩子一样,感觉心里乱糟糟的,我想大叫出声。

视线转向一旁,厨房的中间,堆积如山等待清洗的物品进入我的视线中。

肮脏。

实在是太肮脏了!

碗碟上沾着黏糊糊的脏东西和馊掉的汤水,还有留着牙印的吃了一半的蔬菜啊、肉啊什么的——吃剩的饭菜散发着恶臭。杯子边缘也残留着混合了唾液和食物的脏兮兮的唇印。

要说这是食物,为什么在吃完之后弄得这么脏?在开始吃之前和吃完之后,盘子里装着的东西明明应该是一样的、没有发生过改变才对啊。

如此龌龊、不洁。

我只要一想到这些东西要往嘴里送,就觉得想吐。

快点弄干净吧!我原本就是个好整洁的人,让这些肮脏的东西以这种肮脏的面目摆在这里,我实在无法忍受。

然而,当我把手伸向那些盘子时——在指尖触到它们之前——我又把手缩了回来。

我不想碰它们。

反感。麻烦。就连看都不想看到。

那个人回味品尝、反复咀嚼之后剩下来的这些脏东西,我碰都不想碰。那个人一旦把食物放进嘴里,必定会吧唧吧唧地咀嚼,没有咽下的部分便连同唾液一起重新回到盘子里。

讨厌。我连想都不愿去想。

我把餐具移到看不到的地方。

前天也是这个样子。

那个时候——在我洗东西的时候,我被如同现在这样的讨厌的回忆束缚住了。那种厌恶的情绪不断高涨,结果导致我脑中一片空白,把那些肮脏的餐具全都打碎了。

当时我将那些特别高价的盘子啊、格外中意的咖啡杯啊什么的,也都一起打碎了。事后我虽后悔莫及,但当时,脑子里只有一片混乱。

我完全失去了自制力和判断力。

忍耐,一定要忍耐。我到底在干什么啊?

我走进客厅,把自己的身体投进沙发里,叹了一口气。

腥臭。

讨厌!是那个人的臭味。

那个人的臭味飘了过来。

我朝着和式房间的方向看过去。

在那里,就在那个房间里。

我闭上眼睛摇了摇头。

不对。这是心理作用。一定是我自己的心理作用。

我在想什么啊?这样不行啊!

可是,实际上并非如此。

只是屋子里的通风不好而已。不管怎么样也不会这么臭。不管是体臭还是生活垃圾的臭味,不可能整个家都发臭——这是不符合常理的。所以,现在束缚住我的,一定是情感上的分别心。那样的话,作为一个人来说，我实在是太差劲了。只因为是梅雨季节，黏黏糊糊的，也没有风，而我却将其归咎在那个人身上。

我决定去通风，通风的话就会没事了。我打开了面朝庭院的窗子。

庭院荒废着。

那个人让它荒废了。

直到半年以前，这个小小的庭院里一直鲜花盛开。对于生长在远离土地的环境中的我而言，让庭院开满鲜花是我的梦想。所以当初买下这座房子的时候，我做的第一件事，就是着手整理庭院。

能看得出来，房子的前任主人对于园艺之类的没有什么兴趣。这个小小的庭院也保持着最开始入住时的状态，杂草丛生、放任自流，是一个荒凉的庭院。拜那些杂草所赐，虫子也非常多。

我买来园艺方面的入门书籍，千辛万苦侍弄着我并不熟悉的土地——翻地、育苗、播种，花费了一年多的时间，总算把这院子收拾得像个庭院的样子。

伴随我的辛勤努力，庭院也越来越繁荣。

只要肯动手打理，便会呈现切实的成果。虽说无论什么事情都是这个理儿，但在园艺方面似乎体现得特别明显。自己的努力结出果实，让我感到十分充实。

不过，植物不同于动物，要是方法不对，那就真的培育不出来。即便疏忽了照料，植物也不会抱怨什么，只默默地枯萎死去。而且，即使盛开了美丽的花朵，也不等于说会永远地绽放下去。随着季节的变换及植物本身生长状态的变化，有各种各样不同的照料方法，不按部就班照做就不行。整理叶子、修剪枝丫、嫁接培育，不做到这些就无法令植物保持良好的生长状态。虽然很花时间，但很有意思。

一开始我确实觉得麻烦，不过从第二年起便不会感到辛苦了。习惯之后，看到自己的劳动果实，真是一种极大的喜悦。我几乎是初次品味到充满了成就感的日常生活的滋味。

然而，那个人却将我精心照料的花木践踏荒废，把叶子撕成一小块一小块吃到嘴里，而且还一次又一次地……

在院子里大小便！

太过分了！我经常为此伤心哭泣。

这都是什么啊！

什么啊什么啊什么啊！

"这都是什么啊！"我不假思索地一拳砸在窗棂上。

好疼。

没用的。怎样都没办法了。脑子里浮现出的全都是一些不好的事。胸口被那些讨厌的事情填得满满的，不愉快的疙瘩充满我的身体。我甚至觉得那里头好像有什么在游移，令我的血液都腐败了。

这样不行。

有什么东西似乎真的已经不行了。

忘记吧！光是想着这些不好的事情是不行的。这是在倒退。一味地悲观是怎么都无法前进的，愉快的事情又不是没有。而且，这世上还有人经历过更加过分的事情，有些人的境遇更加艰难、更加悲惨、更加……

可那都是别人的事。

没错。说到底也是别人的事。

别人是艰辛还是悲苦，都是他人各自的问题，旁观者无法揣测。在那些境遇比我好得多的人们当中，满口抱怨的也大有人在。

不管是多么艰辛也好，多么悲苦也好，能够忍耐的时候还是会忍耐的吧。相反，仅仅由于一些小事却无法忍耐下去的情况也是有的。艰难或者厌恶，通常都是拿个人标准来衡量的。并且，每个人的情绪都有一定的限度。诸种情绪对应不同的时间，在一定的范围内，加上自身当时的状况，便产生不同的感受。因而，想要尝试着把情绪这种东西同他人比较，从一开始便是行不通的。

不管是正确、顺利、讨厌，不受制约的时候也是有的。即便拥有正义感和责任感，不想做的时候还是会不想做。

所以，就这样也不错。

在这种时候也就只能什么都不做。即使勉强去做一件事，也无法得到理想的结果，这道理已经无须证明。虽然屋子里乱糟糟的，幸好我丈夫并不是那种特别认真的人。可能他也有些担心，不过却没有责备过我。因为我自身对于脏乱的状况无法容忍，所以也就只能尽力做到整洁。面对丈夫，稍微找点借口也没关系——感冒可以说是个常用的借口。哪怕是我的心理问题，也能说是身体不好而引起的吧？

不过，要是一直这样下去，我想我的身体真的会吃不消。

我稍微伸了伸手，从桌子上拿了一本杂志。不管什么都好，我只想暂时先换换心情。

那是一册周刊。大概是丈夫上班路上买的吧。杂志日期是上周，也不是特别旧。

随后,我翻了许多页。政治话题让我感觉很无聊。

我啪啦啪啦很顺畅地翻着书页,突然间却一下子翻不动了。不知怎么的,有几页紧紧地粘在了一起。

大概是被雨水浸湿了吧。我想着,硬把那几页扯了开来。

然后我看到,页面上沾满了白色的黏液……

2

"啊!讨厌!"智子说,"这么说,那个,是那个老头子的……"无法直接说出口。那个词,我连听都不想听到。

"就是说老头子依然色心不减?"

由美接着说道。

"而且就在客厅里?真有他的!明明都那么大把年纪了。"

由美咯咯地笑着。这时由美的样子,看起来好像把别人都当作笨蛋了。我十分讨厌这样的她。

"杂志的话还没什么,要是坐下来的时候发现黏糊糊的那可真是讨厌啊!"

智子"唉"了一声,脸孔都扭曲了,好像一无所知的中学生的反应一样。我觉得,其实她们在内心深处也希望自己变成那个亲身经历者。要是她们真的面临那种情况,可不是"唉"一声就能了事的。

"无从判断啊。原本……"

我没有任何证据。由美眯起眼睛。

"无从判断？怎么，难道是你老公弄的？你老公看过那几页杂志？"

"我不是这个意思啊！我只是说，我当时立刻就把杂志合上扔到一边去了，并没有仔细研究那究竟是什么东西。也许是那个人把鼻涕抹在杂志上了也说不定。即便如此……我还是觉得讨厌……"

"你在说什么啊！"

由美跷起了二郎腿。

"究竟是鼻涕还是精液，通过气味就能判断出来吧？你又不是未经人事的小姑娘，可别跟我说你不知道那个味道啊！"

"别说臭味之类的话。"我只要稍微一想，就觉得自己好像要吐了。

"真的有那么……臭吗？"

智子摆出天真无邪的神情询问道。我无法判断她是真的替我担心，还是觉得有趣。我猜大概是两方面都有吧。

"还是说——就像小便之类的那种臭味？"

"不是的。"

那并非是大小便的臭味。

"所以你看，君枝，你不是跟我们说过他穿着内裤大小便，还把院子当成厕所这些事吗？"

"不过虽然如此，那个臭味还是判断不了。内衣什么的，味道很强烈不是吗？"

智子的脸皱了起来，说："好像很臭的样子。"

"但是，我刚才说的那个不一样哦。整天整天、每天二十四小时不间断持续！那臭味。"

"是怎样一种臭味呢？"

"无法说明啊！"

"是老人臭吧？"

由美依然是一副轻视的口吻。

"我小的时候也很讨厌那个臭味。那种臭味该怎么说才好呢？虽然我觉得以前奶奶穿的衣服很臭，但好像不是我们说的那个味道。那大概是体臭吧？"

"不是那样的啊！"

我也有爷爷奶奶，老年人那种特别的气味我还是知道的。

"老年人的那种味道，我其实并不觉得讨厌。我是奶奶带大的，倒不如说很怀念那种气味。我并非像由美那样讨厌老人。"

这是实话实说。我从小就喜欢上了年纪的人。我对老人的印象，就是沉着、聪明，而且温柔。即便到了现在，我的这种印象也没有改变。特别是奶奶的味道，我最喜欢了。

"你还真是土气啊。"由美说。

"我们也很快就会变老哦。你也会变臭的。"

"那种事情怎么样都无所谓。"

"才不是呢！"由美用异常严厉的口气说道。

"有什么不好的？"

"你啊，说来说去都是在说些表面上好听的话吧？什么要好好对待老年人啦！要尊敬地位高的人啦！"

"那是因为我真的是这样想的啊。"

"你才不是这么想的呢!你现在应该对那个老头子很生气吧?已经非常生气了吧?"

"那是……"

大动肝火那种感觉我并不是很了解。但是我最近的生活态度——随意迁怒、动不动就大发雷霆之类的,如果说这就是生气的表现,那我近日确实一直都处在肝火旺盛的状态中。

"可是,即便如此……"

"没错吧?我明白你的心情啊!谁都会讨厌的啊。没人会喜欢这种事吧?但是你啊,你好像是觉得对这种事情感到厌恶是不可以的。你的讲话方式不就是这个意思吗?这就是伪善啊!"

"伪善……"

这是伪善吗?也许是吧。

我真的很讨厌那个老人带给我的一切。理智地说,这点无论如何也难以否认。

"确实,把年老的人当作碍事的存在,说他们臭,说他们脏,虐待他们,这种行为我不赞同。但是实际接触到照料老人的工作时,还是会产生同样的想法,这也是没办法的。"

"就算是说没办法……"

"所以说就是没办法的啊!"

丢了这样一句话过来,由美抽了一口烟。

"因为讨厌的东西就是讨厌!对于负责照顾老人的人来说也是很要命的事。这种事不好好地让那些老人知道是不行的。必须告诉他们——我是为了你才做这种讨厌的事的!"

"这……这听起来像是在强行推销自己的亲切一样。谁也不是自己想衰弱才衰弱的。卧床不起的老人们,很多人都因为自己给家人增加了负担而烦恼不已,不需要多余的……"

"即便自己不愿意,每个人也早晚都会衰老的。无从抗拒不是吗?没有亲人可以照料自己的老人有很多不是吗?能有人挖苦他们,对他们来说也是幸福的吧?"

"挖苦的话是会伤人的。"

"那是受伤的人自己不好!"由美说,"要是老人自己自觉,觉得自己是在给别人添麻烦,而又有人能够照顾他,那真的是挺幸福的不是吗?负责照料的人要是只能在心里觉得讨厌讨厌,而表面上却默默忍耐到底,那就是逆向的差别对待了。无差别是一种对等关系。顾虑和感激都应该从这点出发不是吗?"

"这个……"

这是正确的推论。

"……那要怎么办才好呢?"

"所以,你不是说没办法吗?"

烟从由美的鼻子里喷出来。

"方法有两种。要是你坚持表面光鲜,就一句抱怨的话都别说。即便生气也压在心里,就算悲伤也忍耐着,哪怕艰辛也继续努力,把牢骚憋在肚子里,一味保持笑容。不管是低三下四还是什么别的,任何要求都别拒绝!要是表露出一丁点的愤愤不平,你就变成了伪善者。另外一种方法就是,不管什么都一吐为快,就算吵架也在所不惜，大声骂那个老头子'脏死了'什么的！"

怒吼吗……

实际上，我已经多次怒吼。我无法抑制自己。

——适可而止吧！

——别开玩笑了！

这是多么粗鲁的言辞啊！

这是从我自己嘴里说出来的，我自己都无法相信自己了。无法想象，我对着丈夫都不曾大声怒斥过。夫妻之间令我无法忍耐的事虽然也有很多，但我并未做出过露骨地表现出自己的感情、大声斥责这样的事来。

尤其，我一直被教导要好好对待老年人，而我也深信应该如此，并将其牢牢地记在脑子里。这种生气的方式连我自己都无法理解。

这到底是怎么回事？我不知道。

无论是待洗的衣服还是弄脏的餐具，实际上都不是什么大不了的事。内衣上的污物也是，在一个专门负责照看护理老年人的专业护工看来，根本就是理所当然的。

但是，将每一件事情单独分开看，无论如何，我都无条件地讨厌那个人，甚至到了无法忍耐的程度。即便假设那些麻烦都不存在，我的这种心情也无法改变。那种极度的嫌恶感究竟从何而来，我自己也不明白。

"但是啊……"智子说，"我感觉那个人并不是那么不讲道理的。由美说的那些啊，是头脑清醒的老年人的情况吧？如果不是那样，就辛苦很多了吧？"

智子像在说别人的事情一样说道。

智子的双亲大概比我和由美的父母年轻五六岁，而且事业有成，目前也还在工作。不仅如此，智子的丈夫是入赘的，而且还是她父亲公司的职员。别说是承担双亲带来的负担，智子直到现在还生活在父母的庇护之下呢。

不管怎样都是别人的事情吧。

"白痴啊……"

由美换了下坐姿。

"是啊，要是头脑不清醒，也许就不是理性或者人情的范围了吧。要是那样的话，我觉得把老人送进医院或者福利机构才是为了他们着想。他们自己才是吃苦头的那一方不是吗？"

"福利机构……"

我连想都没想过。那根本不曾进入过我的考虑范围。

"现在的养老院很干净哦。"智子说，"我也忍不住想要住进去呢！"

"就算开玩笑，说那种话也是没有意义的啊。"

我觉得没有人是因为喜欢才住进去的。

"又要装乖孩子了。"由美说，"把老人送进福利机构也许会被人说成是丢弃双亲，或者用金钱解决麻烦什么的，虽然都是不好的说法，但我觉得比起让老人在家里脏兮兮黏糊糊地生活，在福利机构里活得还更像个人。比起依赖儿孙过日子，这也是一种自己生活的方式。而且在费用方面也不便宜。金钱这种东西啊，就是眼睛能够看到、手指能够计数的情感啊。"

"没有那种事!"

我认为不是这样的。无论什么样的状态,生活在一起都是有意义的。

"那只是因为你想要如此认定罢了。"

由美愈发冷漠地说。

"家庭的羁绊啦、亲子之情啦什么的,只要不是白痴就不会不明白吧?"

也许当真如此吧。但是,我并不这样认为。不,难道是我真心如此认为的吗?我看着由美纤细的眉毛。

"大脑这种东西,要是不先破坏的话就不会复原吧?"

没那回事。

"似乎能够复原哦。大脑即便是受到了损伤,似乎也能够根据康复的情况朝着补充缺失功能这方面发展,所以……所以……"

"所以怎样?不请专门的医生诊断是不行的。外行人是无法做到完全护理的吧?而且到处走动的老人也会遇到很多危险。你家的老人会独自走动吗?"

"是指……"

外出?

"比如说倒在街头啊,闯入别人家中啊,好像会出很多状况不是吗?所以不一直跟着是不行的吧?要是身体不能行动的话当然也没什么问题,可是你家的那位在身体方面倒是很有精神吧?他暴躁起来的话,你们似乎也拿他没办法吧?"

大致上,确实是这么回事。但即使这种说法成立又怎么样?无论他们变成什么样子，父母就是父母，没有父母的话便没有家族的传承。因为觉得父母成为负担便舍弃他们，这种事情我觉得自己做不到。

等一下。

这是我的真实想法。虽然是这样，但是……

如果这是我的真实想法的话，那我又在讨厌什么，又是在对着什么生气呢？

"太天真了啊。"由美说，"你啊，是还没有见识过地狱吧？"

"地狱？"

从哪里来的地狱啊？

"在我家对面的公寓里啊，住着一个卧床不起的老婆婆。总之看上去要是没有全职护理是不行的，但是却交不起入院的费用。说起来，现在的话，要是医院方面判断病人没有恢复的希望，病人就无法住院哦。想要住进福利机构又不行，但要说到看护机构呢，那可是很贵的啊！而且现在经济不是也不景气嘛。所以没办法，就回到公寓里，那家的太太辞掉了工作，在家里照看老人。而之后不久，男主人又被裁员了，孩子在这时又刚好要进行升学考试。啊，他家有两个孩子，其中一个要考高中。多重考验呢，所以无论如何都没办法了。男主人已经快五十岁了，也很难再找到工作。怎么说呢，因此男主人就觉得在家里照料好老婆婆就可以了。那个老婆婆啊，可是他老婆的母亲呢。除此之外，男主人也不是什么都不做，他太太在照料老人的间隙又开始工作了。那，你觉得怎么样？"

"这个嘛……"

"那家的太太上个月死了哦！是劳累过度。孩子们也没心思去考试了。上中学的女儿精神错乱，想要杀了外婆再自杀什么的。而男主人也变得像废人一样，不久便上吊自杀了。"

"上吊自杀了吗？"智子依然是一副旁观者的态度。

"是啊。而且还没有死掉，男主人最后成了半身不遂。分别在上中学和上小学的两个孩子，在那样的年龄就要面对母亲去世、外婆卧床不起和父亲半身不遂的状况哦。"

"这真是……"

也只能说太悲惨了。

"无法逃避的吧？逃避就什么都没有了。而且，君枝，你有可能志愿到那个家里去照顾老婆婆吗？"

"这个……"

"也就只是觉得十分悲惨而已吧？"由美说，"归根到底，还不是什么都做不了？那毕竟是别人的事。所以还不如不要说漂亮话了吧。倒不如说说真心话，例如——如果你是当事人的话要怎么办？"

"这个嘛……"

"什么都做不了吧？"

"应该更加郑重地和老公商量一下——那种一点不帮忙的态度什么的，真让人难以置信！太太的死，老公有一半的责任吧？"

"哼！"由美好像觉得很无聊，拿鼻子哼了一气。

"你到底怎么想的？男主人帮忙？"

"理解应该有的吧。"

应该可以理解妻子的辛苦吧？

我相信我的丈夫。只不过要问他有没有帮我处理过和那个人有关的事，我也只能回答说——现阶段他确实没帮上什么忙。丈夫工作十分忙碌，一连几个晚上都很晚回家——所以和家务有关的事，他基本上什么都没做。而且，我差不多也已经习惯了那个人的事，并没有为此和丈夫深入地商谈过。

仔细想想，为什么至今都没和丈夫好好地谈一谈，我自己也不能理解。只要商量一下，不，只要让他了解现状，他就一定会诚心诚意尽力设法解决这个问题。从这一点看，我确实对丈夫寄予了毫无保留的信赖。

那我为何又沉默至今呢？直到被人如此深入追问，才想起这个问题。

也许是因为，我一直抱着我还能独自处理的想法吧。而且说起来，这也是我自身的问题吧？我一味这样想着。可即便如此，我也无法理解那位丈夫的做法。

"不管怎么说，那样……那样的情况下自己还什么都不做，把所有的困难都推给妻子，还是那个男主人不对吧？夫妻之间只要能好好商量，至少能够避免最坏的情况出现吧？"

由美冷冷地盯着我。

"对面那家的太太，我觉得她至少还是跟她丈夫商量过的。"

由美把手上的烟摁灭。

"男主人也一定拼尽全力努力过吧？在此之前一直都为了家庭埋头工作，却突然被解雇了，即使情绪低落也无法去责备他吧？而那个通常来说应该给予他安慰和鼓励的家庭，也被卧病的老婆婆和即将考试的女儿弄得手忙脚乱，根本没有人去理会男主人的心情不是吗？而且我想，那男主人也不是白痴，他一定也感觉到了自己的责任。所以，他想不出办法来，就自杀了。"

"结果，他不还是逃避了吗？"

"才不是呢！"由美用极为严厉的口吻说。

"什么啊？"

"自杀的人的心情，像你这种人会理解吗？自杀这种事，是一种病啊！人在正常的状态下是不会想要寻死的。到了自行选择死亡这种地步的人，作为一种生物来说已经不正常了！是被逼到怎样的程度啊！跟连夜潜逃什么的怎么能一样！"

这般说过，由美胡乱掏出香烟点上火。

"君枝你啊，还没有被逼到那种地步吧？不管什么时候，不管什么方式，你都要为自己准备好退路啊！"

"退路……是指什么？"

"退路就是退路。借口啊，或者正当合理的理由啊，你有的吧？但是这一次不仅仅是难以逃避吧？所以我说你天真啊！"

是。也许是这样没错。我活到这个年纪，真心想要去死的情况大概一次都没有过。而与我不同，由美在学生时代曾经一度试图自杀。那段时间前前后后也有各种各样的打击，不过我想，直接原因还是失恋。当然，她的自杀企图没有成功。说是自杀未遂，也有传言说她是为了引起对方的注意才故意放出这种话来的。

所以，不管怎么说，都没有让由美来责备的道理。

由美继续用高高在上的姿态说道："而且啊，要是对面那户人家经济比较宽裕,能把老婆婆送进看护机构的话,你觉得会怎么样？"

"要说怎么样……"

"这么一来悲剧就不会发生了嘛。"智子说,"老婆婆要能得到全天候的专业护理,没准儿能恢复也说不定。而且那位太太也不会死了,孩子们也能顺利参加考试。但是,即便能这样想,事到如今也没有任何办法了。"

"是啊,对面那户人家没有钱。但是啊,君枝,你家里也没有小孩儿。你老公的收入也比我家的收入要高吧？你家住的虽然是二手的房子,但也是独门独院的。你的条件完全要好得多嘛！你可以做的选择远比我家对面那户要多得多不是吗？而你就只是说说漂亮话,怎么也不肯把老人送进医院。说到底,还不是为了面子考虑吗？"

"才不是为了面子什么的！"

"是吗？那么被我这样说你也会生气吧？我说你天真你也没什么好说的吧？"

"不是的！"

"那是什么？"

"没有痴呆啊！"

"咦？"

"我是说,那个人没有老年痴呆啊！"

"那——这样说来不是很奇怪吗？"

"只是奇怪罢了。"我回答。

"'只是'……是什么意思啊？"

"身体也很结实,脑子也很清楚,那个人完全是个健康的人！"

一瞬间，由美和智子都沉默了。

没错。那个人大概比我那患有哮喘的丈夫还要健康得多！

"照你这么说……那么，在庭院里大小便……还有穿着内衣什么的……"

"那些一定是他故意那么做的！"

"不会有这种事吧？"由美呆呆地说，"那些事情，要是故意那么做……根本没人做得出来吧？做这种事根本无法让人尊敬啊！那是你自己的恶意揣测吧？你无法忍耐了，所以觉得他是故意做这些事的！"

"我说了不是的！"

"到底怎么不是了？"

不是这样的。

院子的事也是。那并不是一个痴呆的人做出的事。

那个人一开始就是看准了我在客厅里喝茶，所以笑着从房间里出来，走到庭院里，故意让我能够看到，开始大便。

随后他转向我，笑了。

说实话，我根本无法用语言来描述。我无法理解在我眼前发生的事。我怀疑自己的眼睛。眼前的情形令我难以置信。

我感觉在那个时刻，那个人的精神振奋异常。在院子里大便并不止一次两次，有时也小便，有时则贪婪地啃食院子里的植物。

而且这些行为，只挑我坐在客厅里休息的时候。

两个朋友脸上的表情十分复杂。

"……这样的话，是不是有些糟糕啊？因为……"

"糟糕啊！糟糕透了！我发现杂志上的污渍的时候也是！那个人开着和式房间的拉门，看着我慌乱的情形……"

那个时候他在笑。

"这么说……不就是变态吗？他不是也要偷窥你的卧室的吧？而且君枝，只有你和他两个人在家里……"

3

是的，我大部分时间都与那个人单独在家。

嫌恶、厌倦、抗拒、不满，此类种种情绪缓慢发酵，最后形成"恐惧"。到现在这样子，我彻底怕了他了。

真太可怕了，就像由美说的。

昨天，由美是这样说的。

—— 如果他真的是在神志清醒的情况下做出那些事情来……

—— 那不就完全是变态吗？

—— 你会被他袭击哦！

被袭击……

到目前为止，不管怎样我都还没有想到那一层去。

那个人……很危险。

这么说，那个肮脏、鄙俗的老人，不定何时会袭击我也说不准。

意想不到的……

窥视什么的……

在浴室，在床上……

是的，仔细回想起来，可疑的迹象简直多如牛毛。只不过每当察觉到不自然的时候，我都极尽可能做出善意的解释。

那个人……在偷窥我！

偷窥我们夫妻的卧室，偷窥浴室……

而且连厕所他也偷窥！

例如说有一次，我上完厕所之后推开门的时候，那个人不知怎么地蹲在走廊上。当时我还以为是不是他心情不好什么的，急忙过去照料他。但是，那会不会是他把耳朵贴在门上，偷听厕所里面的声音呢？

而现在，意识到他当时是在偷听，我感觉汗毛全都竖起来了。

浴室门在我洗澡的时候被打开的状况，也确实发生过好多次。正当我背对门，专注洗头发的时候，感觉门似乎打开了，这种事情真是数不胜数啊。我可是赤着身体在浴室里走动的。

我也并非全无察觉。而在当时，那个人是怎样辩解的呢？在向我解释的时候，那个人的视线在看着什么地方呢？难道不是盯着扭过脸去的我的身体在看吗？我把脸扭过去的时候，那个人……

讨厌！

那个人绝对没有老年痴呆之类的症状。这一点，我比谁都更清楚！

那眼神，那表情，那个人他……

明明白白地，他的意识和思维是清晰的啊。

比方说还有一次，早上我起床以后一看，发现那个人不在。房间是空的，厕所和别的地方也都没有。

不管怎样，我还是先把丈夫送出门。之后，我想着要去找他的时候，发现那个人站在走廊上。他看上去像是一直站在那里。自从早上他不知道去了哪里、也不知道什么时候回来之后，我觉得他就一直站在那里。

现在回想起来，并非如此。

——那个时候，那个人站在走廊上，站在我们的卧室门前。那是因为……他刚从卧室里出来！

那个人整个晚上都待在我们的卧室里！

而且，是在床底下。

那个人偷偷躲在床下面，在狭小的空间里屏住呼吸，偷听我们夫妻的……

那个晚上，我和丈夫……

我全身都起了鸡皮疙瘩。

事后虽然隔了好长时间，我还是在床的正下方发现了来源不明的污渍，像是霉菌一类的东西，而且很难擦拭。莫非那污渍是……

难以置信！

我并不是一味地想要往好的方面去解释这些事。可是通常而言，大家不会想到这种事情上吧？这太违背常理了。我没注意到也是理所当然吧？

顺着这般思路来想……

厕所垃圾桶里，那些我未曾丢弃却不见了的垃圾，到底是去哪里了呢？

85

我洗好之后叠放在一起的内衣，为什么像是被什么人穿过一次又脱下来一样，散乱地丢在那里？

我的枕头上，为什么会沾着几根油腻的头发？

刚拿出来的牙刷，为什么像用旧了一样放在外面？

讨厌！

讨厌讨厌！

我都不敢再想下去了！

还有，对了，自从那个人来了以后，我有好几次都把化妆水和乳液扔掉了。因为那些化妆水和乳液不知为何都变质了。我使用的是含有天然成分的无添加护肤品，大概是因为某种原因发生了变化吧。

可是，我之所以会觉得变质了，是因为臭。

护肤品发出了异臭。

那个人……

那个人到底往我的化妆水里加了什么东西？！

讨厌！讨厌讨厌讨厌！

讨厌讨厌讨厌！

是的，那究竟是什么东西的臭味，我想我已经知道了。但是，竟然会有人做那样疯狂的事。那种行为，已经远远超出了我所能想象的范围。

那种事情……

喉咙的深处变得灼热，胃液涌了上来，唾液也大量地分泌出来。我冲到洗脸台前，反复地呕吐。因为什么都没有吃，我只能吐出苦涩的胃液。

眼泪涌了出来。

厌恶感已经到了让我想要哭泣的程度。

我把脸伏在洗脸台上，大声地哭了起来。

什么啊！

这算怎么回事啊！

完全……不能理解！

昨晚，我终于和丈夫谈了这件事。丈夫好像非常震惊的样子。

"那明显是老年痴呆症吧？"丈夫说。

丈夫的表情十分严肃，他说还是问问专门的医生，或者和政府部门的福利科谈谈比较好。即便如此，他也会选择去相信那些正常的回答。丈夫是个相信常识的人，他这样的反应也很正常。

但事情并不是这样的。

我反复地劝说丈夫事情不是这样的。那个人才不是什么老年痴呆。他一点都不衰弱，头脑也不糊涂，和痴呆什么的完全不沾边！

面对看起来情绪亢奋的我，丈夫温柔地劝解。

"你是太累了……把家里的事情完全扔给你，也是我不好……"丈夫这样向我道歉，"我只顾着工作，一味地依赖你，真是抱歉。"

虽然丈夫的话让我觉得很高兴，但这并不是问题所在。要说劳累，丈夫应该是更加劳累的。在我料理家务、照顾这个家的时候，丈夫也并非是在睡觉的。只有认真努力这一点最为可取的丈夫，一直在挥洒着汗水努力工作。所以，这样就好了。我并没有打算更进一步地要求丈夫。

我并不是厌烦了家务,也不是对照顾老年人感到厌倦,更非因为身体上的疲劳。

但是,只有那个人的事是不一样的。

"那个人不一样。"我说。

"但我们也没有亲戚可以托付吧?"丈夫回答。

没有吗?真是奇妙的语气,似乎不像是丈夫会说的话。

"在我们整理疑问之前,还是跟医生商量一下比较好吧?"丈夫继续说,"我好像有那么两三个熟人可以拜托,在这方面怎么也有点人脉,应该可以找到线索。所以你就放心吧!"

我根本无法放心。

即使带他去求诊,也一定会被宣布是健康的。那个人的身体很正常,无论是肉体还是理性都没有衰退。

只是那个人做的事情不正常,但他本身却没有任何缺陷或者异常。我觉得那并不在医生的能力范围内,倒不如说……那实际上是警察的工作领域。

我按照自己的想法如此回答丈夫,丈夫露出了十分惊讶的表情。没错,这已经是犯罪了。

"为什么?"丈夫说,"他为什么要做这种事?"

要说为什么,我确实也无法理解。也许是为了彻底让人讨厌?

让我讨厌他会怎么样?他是憎恨我吗?还是说,他所做的一切真的都是变态行为?他那种死缠烂打的方式确实有点跟踪狂的味道,但我觉得并非仅此而已。我觉得那个人做的事并不仅仅是一种性方面的补偿行为,因为他并不只是偷穿我的内衣和啃咬我的牙刷。不管怎么看，那个人做了一切让我在生理上感到厌恶的行为，那样的话不就是性虐待狂吗？可我总觉得并不是这样。那个人的行为，更加的、更加的……

令人不快！

对，是令人不快的行为！

丈夫露出了更加惊讶的表情，也显得难以接受。

"他会对有血缘关系的你做出性恶作剧这种事来吗？我不这么认为。"他继续说。

咦？他在说什么啊？

那个人、那个人和我根本没有血缘关系！丈夫这么说是不是也有点反常？

那个人并不是我这一边的亲戚。我的祖父母都已经在很久之前去世了。父母健康地住在山梨县的老家，和我哥哥夫妻俩一起生活。我也没有叔叔和婶婶。

对，那个人是丈夫的……

咦？有什么是令我无法明白的？

我抬起了头。

映在镜子里的我的脸，可以说是十分吓人的。头发乱蓬蓬地披着，皮肤也干燥得要命，嘴唇上有干裂的口子。在充血的眼睛周围，浮现出阴霾的黑眼圈。

这是……我吗？

不对！这根本不是我！

我拿起了梳子，打算梳理头发。然而我的手，却在举起梳子靠近头发的时候停住了。

梳子上面,缠绕了许多肮脏的毛发。

"讨厌!"

啊!又是那个臭味!

我拧开水龙头,水一下子喷了出来。我一遍又一遍地洗脸,一边洗一边放声痛哭。

噩梦!这是噩梦!只要我睁开眼睛,一切就会恢复原来的样子了!庭院里鲜花怒放,干净整洁、环境舒适的那个我最喜欢的家,在等待着我回去生活,一定没错的!而不是这种、这种……

最终,我跟丈夫的谈话还是没有结果。

丈夫虽然对我百般安慰,但他似乎并不明白有关那个人的事。

"我会尽早回来的。你不要担心。"

这样说了之后,丈夫依然像往常一样,早上早早地出门了。我明明已经向他请求"不要走""留在我身边"。但他这样才是正常的反应吧?

所以我……

我和那个人独处。

讨厌。太可怕了。

水流汨汨地流动着,发出咕嘟咕嘟的声音,朝着排水口涌去,在排水口的附近卷起了小小的漩涡。咕嘟咕嘟,咕嘟咕嘟。

受不了了。

我关掉了水。

然后就在那个刹那,我感觉到在我的视线之外有什么东西存在着。我全身都战栗起来，垂下了眼皮。

在洗脸台旁边站着的，不就是那个人吗？

"呀啊！呀啊！"

一直……

一直在看着。

一直在看着我！

"呀啊啊啊啊啊！"

我惨叫着，躲到墙角。他就一直看着那样的我。

"别看了！你看什么啊！"

黄浊的眼睛，黄浊的牙齿，老人就只是呵呵地笑着，什么都不回答。

"什么啊！你在干什么啊！"

老人的下半身是赤裸着的。随后，他……就在原地开始大便。

"别……别开玩笑了啊！"

我能抬高的只是声音。我感觉腰发软，脚已经站不起来了，就只能本能地后退而已。

"什……什么啊！太……太奇怪了啊！"

我担心如果我背对着他不知道会被怎么样，便维持着原来的姿势后退，背朝着玄关的方向像爬一样地移动，光着脚跑了出来。我不假思索地把门关上了，就这样一屁股坐在地上，感觉他不像是要追过来的样子。

逃走！

我想逃出去，但我没有地方可去。

心脏像擂鼓一样剧烈地跳动着。我拼命地告诉自己:"冷静点!冷静点!"

这里也有行人经过。他并不是真的疯了,在这种人来人往的地方应该不会袭击我。只是,谁也不能保证那个人是完全正常的。他确实并非老态龙钟,但是只要看到他那超出常理的行动,好像也就只能认为他不正常了。不管是哪一件事,都不是拥有正常神经的人能够做到的。

那么他也许会来袭击我吧?

我抱住自己的肩膀颤抖着。

冷静下来!冷静下来!

在这里的话,是能够逃走的。只要打开门就能逃出去。

老公……

丈夫大概还要七八个小时才能回来。在那之前就维持这样的状态吗?我没法回到家里。

那家伙在那里!在玄关那里!

蹲在那儿,"咳咳"地咳嗽着。

隔着一扇门,那家伙就在那里。

讨厌!

但是,他似乎没有行动。

在做什么呢?

什么?

咔嗒。门把手在转!

"君枝。"

"不要!"

不行!我脚软了,逃不掉。

"君枝,你做什么?"

"呀!不要!不要!!"

"君枝。"

他来推门。我用自己的身体靠在门上。

"不要!别过来!"

"我做了什么吗?"

"别装傻了!"

门被用力推了一下,开了一条缝。

"住手!不要!"

从门缝里伸出了一只手。

涂满了污物的手。

"好了,原谅我吧。"

"不……"

我用力将后背压在门上。那只污秽的手腕,就被门的缝隙夹住了。

"疼!好疼啊君枝!"老人喘息着,"是我不对。我不会再做坏事了,所以原谅我吧……疼啊!手腕、手腕……好疼啊手腕!"

我弄伤了他。

瞬间,理性回到了我的身体中。在此之前,我一直都在被情绪掌控着。

就像丈夫说的那样,这个人也许是生病了也说不定。虽然是被统称为"老年痴呆症",但也有各种各样的症状吧?也许这个人真的没有恶意……

要是那样的话,那我现在不就是对老年人进行非人道的对待,是在虐待老人吗?

我前倾着身体,用手撑着地面。

门倏地一下子开了。

我回头看,老人按着手腕蹲在玄关。

"那……那个……"

老人看看我的脸,按着手腕站了起来,脸色非常暗淡。沉默了一会儿,他啪哒啪哒地转身往回走,走到里面去了。

这是什么意思?我开始变得糊涂了。

我也摇摇晃晃地站了起来,追在后面走进家中。

寂静。

怎么好像是在做梦一样。

恐怕足足有五分钟之久,我瑟瑟发抖地站在玄关。真的好像是做梦一样。家里似乎完全没有改变。放在鞋柜上的花、我和丈夫一起挑选的玄关的垫子、作为购置房子的贺礼收到的拖鞋架,一切都和那个人到来之前一样,什么都没变。

那个人……

也许很疼吧?

我在走廊上漫无目的地朝客厅走着。

没有变化的迹象,也没有那个人的身影。也许是回到自己的房间去了吧?不知道有没有处理的必要,要是伤到了骨头那可就麻烦了……

我把自己的身体埋进沙发里。

那个人……

那个人到底是……

正在我这样想的时候，呼的一下，我感到背后有东西动了。在下一个瞬间，有什么东西紧贴在我的背上。

我连大叫都来不及。从我的腋下唰的一下子伸出两只手，乱抓我的胸部。

我的手脚顿时僵硬了。满是污物的骨节突出的手指，使劲地揉搓着我的胸部。脸探在我的颈边。耳畔伸过一条舌头，沾满了温热黏滑的唾液，舔着我的脖子。

我惨叫起来。

4

"但是啊……"

刑警用无法接受的表情看着我。

"……但是啊，太太，再一次，我再问你一次——被害者是和你一起生活的人对吧？"

我点了点头。

"被害者在你家的和式房间里住了大概半年左右。你说在这期间，你遭到了多次的变态行为。然后这种行为升级，导致你认为自己会被强奸，精神已经极度衰弱的你最终失去克制，用烟灰缸击打了他。"

"我杀了他。"

是的。我杀死了那个人。

那个人在我的脖子上留下他的口水。随后他连声叫着我的名字，蹭着我的脸，扯破了我的T恤。他追着慌乱逃跑的我，一边笑着，一边用赤裸的下半身朝我蹭过来。

我完全陷入了混乱之中，已经什么都不知道了，只是胡乱地抵抗着。最终我拿起桌上的烟灰缸，用力击打那个人的头部。

一下，又一下。

没怎么出血，但那个人的头被我砸得变了形，额头上全都是伤。然后他筋疲力尽，一动也不动了。

我全身虚脱。但是，终于可以完全放心了。我立刻明白自己做了什么事，以及自己所面临的状况，当即打电话报了警。

告诉警察——我杀了人。

刑警的眉宇间蹙起皱纹，露出一副为难的表情，嘟囔了几句。

"从这个状况来判断，那个男人确实曾对你做出暴行，这个事实可以认定。你的身体上有很多伤痕和瘀青，也有指印，而且那男人手里还拿着从你的T恤上撕下来的碎布片。更何况，那家伙裸着下半身。咳，不管怎么看那家伙都是个变态。而你在突然遭受袭击的情况下，基本上神智错乱了吧。即便没有杀人的念头，在奋力反抗的情况下将其杀死，这种事也是可以理解的。这种情况是过失致人死亡，也可以说是正当防卫。不过……"

没错，我真的没有杀人的意图吗？就是这个问题吧？

我确实大伤元气，这一点是事实。我的神经早已不堪重负，所以，如果问我在犯下罪行的当时是否已经陷入了无法自控的状态，我不能不老老实实地点头回答。那个时候，在那个瞬间，我不能断言我处在无法为自己的行为负责的状态。我觉得我并没有完全丧失对于状况的判断能力。本来我的神经衰弱就几乎是那个人造成的，我讨厌那个人，厌烦他，憎恨他，这些都可以说是事实。这样的话，即便把我杀死他的事当作是冲动的、突发的事件……

可是我真的没有杀意吗？

在我最开始打了一下之后，老人就害怕了。在那个时候，逃跑也好，报警也好，明明都是可以的。

可是，我却反复击打他。一次又一次，一下又一下。

那就是杀意。

"我……"

"太太。"

刑警打断了我的话。

"你说你是跟那个老人生活在一起的对吧？"

问题似乎改变了方向。

"那么我就问一下吧。那位老人叫什么名字呢？"

"叫……"

那个人的名字。那是……

他叫什么名字来着？

那个人……

我在日常生活中是怎么称呼那个人的?

我不知道。

名字……

也许,我根本就不知道那个人的名字?

怎么会?

"名字……我不知道。忘……忘记了。那个人……就是'那个人'!"

即便记不住他的名字,我跟那个人一起生活的记忆也不是编造出来的。并非谎言,也不是骗局,那是事实。

"一起生活却不知道名字,不是很奇怪吗?你都是怎么称呼他的?"

"咦?啊,'爷爷'啊……什么的。"

"爷爷?他是你的祖父吗?"

"不是的,我跟他并没有血缘关系。那个人是……"

"那就是你丈夫那边的亲戚吗?"

"是的。那是……嗯,大概。"

"是你丈夫的爷爷吗?"

"不是。那个,我丈夫那边……"

"也不是你丈夫的爷爷。"

"嗯,那个人是……我丈夫的……"

是丈夫的什么呢?

我丈夫的外祖父在他很小的时候就已经去世了。他的祖父和他父母一起住在宇都宫,我也曾经见过几次。而他祖父的弟弟,也就是他的叔爷爷，目前应该也还健在，和他自己的儿子儿媳一起住在山形县……

咦？这样说来……这样说来那个人是……

那个人是谁呢？

我什么都回答不上来。

刑警叹了一口气。

"太太，那个男人是不是和你们夫妻二人没有任何关系？"

"但是……"

那样的话……

那样的话，那个人……

那个人为什么住在我家呢？

我是为了什么？为了什么一直照顾着那个人呢？

哪怕是那么讨厌讨厌讨厌讨厌讨厌……

"你的精神不正常。"刑警说。

是的。我的精神已经错乱了。

"那个男人是小偷。没错吧？"

"小偷……那么，他为什么……"

"嗯……咳！在太太面前说这些粗鲁的话真不好意思——你家的洗脸台旁边留有大便。还真是肮脏的遗留物啊，不过怎么看都像是那个男人的东西，现在我们正在进行鉴定……"

那肯定就是那个人的东西。

"所……所以那个人是……"

"不。最近基本上没有这种事情了，不过以前可是常有的。这是一种迷信的说法。以前的小偷啊，会在自己偷盗的人家里大便之后再回去。这是小偷的符咒哦。"

"符咒？"

不是那种东西。

"不，除此之外，在那里大便是没有意义的。要说为什么，紧邻在旁边的就是厕所吧？不管是多么紧急的情况，都不可能说来不及的。那就是故意要在那里这么做的。"

"所以，这是……"

"让你觉得讨厌吗？"

刑警露出已经觉得很厌烦的不愉快表情。

"太太，怎么说呢，人类只要是上了年纪，不管怎么说，多多少少都会不正常。器官已经陈旧了。所以，用更加粗俗一点的话来说，下面已经关不紧了。即使是乍看之下以为很健康的人，也会有不小心遗尿出来的时候。但是啊，在那样的地方大便，这种事情是不同的。因为这是故意这样做的。"

"是的，那是故意的。"

"故意让一起生活的人感到不快，又能怎样？即便是为了给人添麻烦，那可是大便啊，做这种事情有什么意义吗？在那里大便是故意的吗？要是想让你讨厌的话，还有许多别的方法吧？到底该怎么说呢？"

"我也想这样问你。"

"真固执啊。"

刑警撇了撇嘴。

"要是真的像你说的那样,那家伙就是'这个'。"

刑警用食指指着自己的太阳穴。

"所以,不好意思,太太,你的情况也相当糟糕吧?名字也不知道,也没有血缘关系,那就完全是不相干的人了。而且那家伙让你经历了难以想象的遭遇,是个变态啊。事情真是这样的话,你为什么还要和这样的家伙一起生活呢?"

"那是……"

为什么呢?

照顾老年人的麻烦……

不,虽然如此,也不能把老年人扔出去……

不对。我在想什么啊!这并不是那样的问题吧?

到底是什么?是怎么样的?

"那我就问了。赤森——也就是那个老人,一开始的时候是怎么到你家来的?是谁带他来的吗?"

"那个人是……"

是丈夫带他到家里来的,我一直如此坚信。与其说我坚信,不如说除此之外也没有别的考虑了。而且这也不是我的家庭之累。没有见过面,连名字也不知道,当然我也不知道他是从什么地方被带过来的。但是,仔细考虑的话……

我想起了丈夫说过的话。

——可是,我们也没有亲戚可以托付……

——他对你这个有血缘关系的人做那些事……

啊!对于丈夫来说,他是把那个人当作是我的亲戚不是吗?

因为丈夫是这样想的,所以他从未露出过厌恶的表情,和那个人一起生活着不是吗?丈夫对于我照料老人的事一直抱以温柔的理解。

所以,这样说来,那个人是谁……

"刑……刑警先生!那个……那个人是……"

"那个人啊,好像是叫赤森幸作。"

"赤森……幸作?"

"对于这个名字你有没有印象?"

完全没有。我摇了摇头。

"现在还没有完全确定他的身份,不过他胸口的口袋里有一张旧的健康保险证。他出生于熊本县,今年七十八岁,无固定住所。我在想他会不会是流浪汉。"

"流浪汉?"

"不,现在还不知道哦。目前无法断定。根据那张健康保险证上的信息,他在故乡似乎还有亲人。不过那已经是四十年前的东西了,原来住在健康保险证上登记的住址的那家人已经不在了。虽然似乎还有住民票,但具体情况还在调查。要是他的亲人还活着,能够取得联系,就可以确认身份了。"

所以,正因为如此,我才无条件地讨厌那个人不是吗?那个人……

根本就是毫无关系的陌生人!

那个人是个从未见过也无从了解的陌生人。

"但是,那样的人为什么……"

越发……越发地……

"所以说他是个小偷啊。我觉得他是在闯空屋偷窃。没想到太太你……太太,那时你是在睡觉吧?或者是去买东西了对不对?"

"那种事情……"

"不管怎么说他进来了,首先是大便——啊,我这样说真失礼。因为他年纪很大,所以知道以前的习惯也不奇怪。随后他在屋子里翻找财物的时候,撞上了太太你,因为情况不妙所以对你实施了袭击——就是这么一回事。"

不对。

完全不对。

"那……个,手腕上的伤……"

那个时候被玄关的门夹到的伤痕……

"啊?啊,确实是有个好像伤痕一样的东西。但是在你们俩扭打的时候,那个男人也撞到了很多东西吧?要说这是很明显的伤痕……"

"是小偷……吗?"

如果事实果真如此,那我的精神就是不正常的。

我拥有和偶然溜进我家的流浪者一起生活的各种各样的记忆。如果那个人在那一天是第一次偷偷溜入我家,那就是说我到那时为止过去半年的记忆都是精心编造出来的。这也太不可思议了!

种种不愉快的回忆、那个臭味、和智子还有由美的商谈、前几天和丈夫的对话,这些全都成了我的想象力创造的产物。

那就是说……

"我丈夫……我丈夫他……"

"哦,你丈夫啊……"

刑警一脸逐渐了解的表情。

"你丈夫今天请了假,不在公司里。"

"请假?不……不可能!我丈夫今天早上……"

把我留在家里一个人去上班了,那也是我的妄想吗?

"是啊,听说是有什么急事,到了今天早上才突然打电话给公司请假。你丈夫好像是个非常认真的人吧?听说他从不迟到也从不请假,是个全勤模范不是吗?带薪休假也好几年没有用过,所以他今天早上提出请假很快就得到了批准。"

"请……请假……"

"嗯。听说他对公司说自己非要到医院去不可。在医疗设施里禁止使用手机不是吗?无法取得联系很麻烦啊。"

"那么……"

"没有。我们拜托了他的同事,嗯……是叫深谷吧?那个人先前和你丈夫联了。他好像十分担心,现在正在往这边赶过来。"

"那个,我丈夫有没有说起那个跟我们一起住的人的事?"

"一起住的人……"

刑警再次露出厌恶的表情。也就是说,这个刑警大概也是那种只肯接受在自己的常识范围之内的事情的人。

"啊,你别担心,你丈夫的同事让我转告你说,检查结果要一周之后才能出来,不过看起来似乎没有什么异常。"

"咦,那是……什么意思呢?"

"我不知道啊。"刑警说,"所以啊,跟你们一起生活的那位老人,不是跟你丈夫在一起吗?在医院。"

"你说那位老人……那你的意思是,那是……"

"这可不是我说的啊。太太你啊,你坚持说那个赤森是跟你们一起生活的是吧?那是不对的。跟你一起生活的老人是另外的一位啊。"

"那就是说,我……"

也就是说,我弄错了?

也就是说我杀死的那个男人,并不是"那个人"吗?那是……

"那个人的尸体在哪里?!我……我弄错了!一定是……"

"没有弄错吧?住在你家里的那一位……是个老婆婆啊!"

5

我接受了精神鉴定。

结果如何我并不清楚。这半年我都只是在住院,既没有被审问也没有开庭裁判。听说结果是不予起诉,大概是判断我的精神并不正常吧。

终究,不正常的人是我。我已经分辨不清楚了。

丈夫频繁地到医院来探望我。他的工作也很忙吧,一定也很辛苦。我一味地担心,作为他妻子的我发生了这样的事情,不知是不是会在工作上给他带来负面的影响。也许会影响他的升迁,给客户留下不好的印象。我非常在意事件到底是被如何报道的。然而我没有任何渠道去获知这些信息。

丈夫什么都没说，只是温柔地对待我。

当然，我们一次也没有提起那个人的话题。我没有询问，丈夫也没有盘问我。

那是梦。

即使不是梦，也是像梦一样的。

如果是梦就好了。

要是那个人的存在以及与那个人之间的不愉快的记忆，全都是梦的话，我就只是一个单纯的受害者，被暴徒袭击、人身受到威胁的被害者。我拼死抵抗，结果失手杀死了暴徒，因为这个打击而导致精神崩溃，我就是这样的一个女人。

到底有多少是自己的亲身经历呢？我想，即使和我的记忆大相径庭，接受上面这种说法大概就是我的幸福。

从刑警的话中，我得到了断断续续的信息，将这些信息整合起来，我所不知道的我的日常生活，展现在了我的面前。

住在我家里的那个老人，好像是我的外祖母。

在我的记忆中，外祖母在我很小的时候就已经去世了，但现在看来是我记错了。我对祖父母的记忆有许多许多，但对这位外祖母的记忆就完全没有，这真是一件很不可思议的事。

外祖母一直独居，但她居住的公立住宅因为太老旧了，所以被收回重新改建，她曾经在山梨县的我哥哥那边住了一些日子。但是我哥哥一家是跟我父母一起生活的。就算是从经济的角度考虑，照顾外祖母也是一件非常吃力的事。

我觉得那可能真的很吃力。哥哥家的房子并没有那么宽敞，而且他有三个孩子，要是再增加一个老人，可能根本无法继续维持生活。那样的话，好像是我主动提出要她和我一起生活的。好像确实有这么一件事。我丈夫似乎也没有反对。他就是这样的一个人。

因此，外祖母便来到了我的家中。

开始的几个月，似乎相安无事地过去了。后来我终于说了出来，我觉得外祖母有点奇怪。

我对丈夫说，她言行奇怪，说些意思不明的话，无意识地到处游走。

在我丈夫看来，外祖母是个很普通的老人。只是因为我相当担心，所以丈夫也无法置之不理，仔细听了我的诉说。这似乎和我记忆中的那个晚上，我和丈夫商谈的情景相吻合。

结果，似乎是为了让我安心，丈夫带着外祖母去做了精密的检查。丈夫找到了一家各方面评价都很不错的诊所，联系好了之后，带着外祖母出门去了。而我独自一人在家的时候，遭到了暴徒的袭击。真相似乎就是这样。

这样就好了。

总觉得真实情况就是如此。虽然我完全没有这样的记忆，但我觉得事情是这样就好了。

我为了包容我所不知道的、毫无真实感的"现实"而努力。那并不是十分辛苦的事。因为我所拥有的真实——关于"那个人"的记忆，无论哪一个都是太不现实的东西了。

半年之后，我出院了。

阔别半年不见的家，看上去有些黯然失色。不出所料，从外面看上去，庭院依然荒废着。这是理所当然的吧？又要工作，又要照顾病床上的我，丈夫根本不可能有时间照料庭院。半年的时间无人照料，不管是什么样的庭院都会荒废的。

从头再来吧，我这样想。虽然麻烦，但能够得到成就感。也许园艺对我的康复也有好处。

丈夫打开了玄关的门。令人怀念的景色。鞋柜、我和丈夫一起挑选的玄关的垫子、作为购置房子的贺礼收到的拖鞋架。

以及，从屋里传来的异臭。

异样的臭味。这个、这个臭味是……

从未见过的老太婆，呵呵地笑着，站在玄关前。满是皱纹的、肮脏的……

这个是……我的外祖母？

我从未见过，好像全无记忆。而且……这个臭味……

这个人……是谁？

"君枝，这次，是这个人。"

这次？

"君枝……"

老太婆用有些耳熟的声音叫我。

我完全不知道自己应该怎样回答。

"那个时候……很疼啊。"

"咦？"

老太婆会心地笑着,伸出了两只手腕。

在满是污物的手腕上,清清楚楚地留着那个时候被门夹过的痕迹。

这个人,就是"那个人"!

"不要……呀啊啊啊啊!"

丈夫一下子抱住了尖叫着的我。

"这次,也拜托了哟!"

讨厌!

已经,受不了了。

讨厌!

讨厌的门

1

讨厌。

好像被包裹在一层黏膜中一样。

这个雾到底是怎么回事啊?

先是冷。之后,开始稍微有点暖意。到了最后就很暖和了。

虽然呼出的气带着白雾,但我却出了一身的汗。暴露在细密的雾气之中的皮肤表面变得冰冷,而被包裹在带有湿气的衣服下的身体却像是被火灼烤一样热。这种感觉和濒临感冒的那种恶寒之感十分相似。反复汗湿了多次的外套格外沉重。湿透的皮鞋踩在泥泞的土地上,我步履蹒跚举步维艰。

一年之前,也是这个样子。

大概,在那之前也是这个样子。

不,在更早之前也是,一直,一直……

这是我第几次走在这条路上呢?

不论何时,这条路都是潮湿的,烟雾弥漫、寒冷彻骨,是一条相当令人讨厌的路。

即便如此,我也不能停下脚步。我不能扭头回去,也不能止步不前。

要说为什么,是因为在这片雾的对面……

我抬头凝视,眼前所见的是绕过湿地的小径和白色的浑浊远景。雾气令视野模糊,眼前眩晕一片,难以判断距离。

这种感觉就好像是在深海中徘徊一般,没有着落,没有依靠。走过的距离早就已经无法估量了,正在走着的我无法明确地判断何时能够到达目的地。会不会永远也到不了呢?我一边走一边在想。当然没有那回事。实际上,走个十几分钟,这条路就会到头了。我的目的地就在路的尽头。

突然间,我感觉前方隐隐浮现出好像是我自己的背影。

我盯着自己的后背,在自己的身后行走。

那么……那么,现在我从背后感觉到的气息,就是背后的那个我的视线吗?

在雾中,我和在我前面的我,以及在我后面的我,同时存在着。

这是多么令人讨厌的妄想啊!

走在我前面的那一个是去年的我吗?而从背后走来的那一个是明年的我吗?

不,也许走在前面的是一分钟之后的我,而走在后面的是一分钟之前的我。

我在看到过去的我的同时,也能被未来的我看着吗?

而且,在被过去的我看到的同时,也在看着未来的我也说不定。

不管是哪一种情况,这样一来的话,走在前面的那个我,一定能看到更加前面的我的后背没错。而走在后面的那个我,也一定正在被更加后面的我看着吧？在雾中的我，只要时间在延续，就会无限增殖。真的会有这样令人讨厌的事吗？

讨厌！讨厌！

首先，我无法追上前面的那个我，我也无法被后面的那个我追上来。但是，如果我真的追了上去，那大概更加讨厌了吧。

反复的、异常的、可怕的事吗？要是稍微弄错一点的话，后果可怕得可不只是一点点啊！

我在想什么啊？心情变得更加厌烦了。

我的前面当然谁也没有。我的后面也没有人追上来。只有雾气弥漫四周。

外套上已经浮现出水滴。我把领子竖起来，偷偷地确认了一下背后。

情形是一样的。前面和后面都是一样的。就只有雾气朦胧的道路而已。

要是我在这里折返，朝着来时的方向走，前进的方向的路上一定也是同样的吧。只要前进的话就能到达那个地方，并没有所谓的前后之分。当然，我也无法回去。

这些也是我的幻想。雾气是促使人产生幻想的最好的媒介。虚妄被饱含水汽的空气浸染、发酵，相互之间感染同化，愈发茁壮地生长，所以才会变成这样。

距离目的地还有很少的一段路程，我后悔了。这条路并不是一条能让人心情愉悦地行走的道路。去年的这条路一定也是这样的，我觉得再之前的应该也是一样的。大概我每年都在后悔吧？要是知道这样的话，至少也该乘车过来。这远离尘世的景色确实宛如仙境一般，但实际上，这一带距离最近的车站也并不是那么遥远不是吗？就算叫出租车，费用也不至于太过惊人，也许还会有像温泉旅馆的摆渡车那样的接送车辆也不一定。那样会很安全。

然而我却……

为什么呢？今年也还是制造了如此厌恶的回忆，步行前来……

快到了！再有一点距离就到了！

在我的视线中，已经浮现出了朦朦胧胧的建筑物的影子。

啊啊！期待和不安——这是经常出现在耳边的陈词滥调。但是在面对着耸立在雾中的那栋建筑物的威严姿态时，要我来说，我也只能说出"期待和不安"这种平庸的辞藻吧？

不，并非如此。

正因为无法判断前方有什么东西在等待着，才能够使用这样的言辞来形容，对我来说却是不一样的。那里有什么、我要在那里做什么、结果会怎样，这些我都烂熟于胸。一次又一次，我反复地做着同样的事情，应该已经到了毫无感觉的程度。应该是那样没错。一次又一次地。

是啊，明明无论如何都无法在脑中形成明确的影像，我却被似乎很讨厌的已知感所支配着。这种奇妙的倦怠感，硬要说的话，应该是因为事先了解所带来的放心之感以及因为事先了解而产生的厌恶之感——这两种相反的感情——互相磨合所产生出来的吧。

所以，我所表现出来的情绪，乍一看很像是期待和不安之类的情感，真正说来却是不一样的。只不过，这种感觉到底有没有偏离就很难说了。

实际上，我即将前去拜访的那个地方，对我来说，绝对是个能够唤醒无以复加的不愉快回忆的不祥之地。即便如此，我也无法放弃前往那里。为什么呢？因为到那个不祥之地去，唤起不愉快的回忆，重复着这个过程的这种无意义的行为本身，恰恰能给我带来巨大的快感。被不愉快包围着的快感，被不安包围着的安心。是的，就是这样。

沿着这条讨厌的道路前进，到达那个讨厌的建筑物，打开那扇讨厌的门，那样的话……

我就能得到为期一年的幸福的保证。

所以我一次又一次地走上这条路。

反反复复、反反复复、永远地……

无聊。

讨厌。

非常讨厌。

但是随后，今年我再次站在了那座旅馆前。

2

我听到有关这座旅馆的传言，到底是几年前的事呢？

怎样也无法明了。也许是一开始听谁说的，我记不太清楚了。

"在那座旅馆住上一晚就会变得幸福。"这就是传言的内容。

能够变得幸福吗？想想也觉得不可能。这是多么幼稚的传言啊！简直像小孩儿的胡说八道一样，根本用不着考虑是否可信，这种传言就连都市传说都算不上。与之相比，像什么白色的神经线从耳环的孔洞冒出来啊，被大型车辆撞碎的尸体碎块一直找不到啊之类的，还多多少少有那么一点微弱的可信性。要编造的话，还不如说把一小部分包装不同的零食混在零食堆里，让抽到的人得到幸福，这种像是半开玩笑的怪谈反而显得真实不是吗？而且，事实上包装不同的零食也确实存在吧？比方说，如果厂家设计了这样的零食作为促销活动的一环，要抽中的概率是很低的。那么，抽中零食得到幸福的概率也是一样的。因而，即便是将抽到特别的零食作为一种幸福的预兆予以接受，也没什么说不过去的吧。

　　但是，我觉得只要住一晚就会变得幸福这种好事，就算是把它当成现代童话也不会有人相信吧？不管是谁都会这么想吧？

　　可事实并非如此。

　　那个时候的我，到底是什么样子呢？

　　失去了一切，完全崩溃。所以，我并没有把这个传言当成童话。

　　当然我并不是从一开始就笃信不疑。当时的我还是有这种程度的判断力的。

　　那已经是几年之前的事了呢？不管我怎么数也数不清楚。五年？十年？还是更早之前？也许是无法计数的更加遥远的过去的事了。

　　但是，那个时候的事情，不知为何我却记不清楚了。

　　完全就好像是去年发生的事情一样，当时，我过着在债主之间周旋的日子。

大约是在那之前的一年,一直勉强维持的设计事务所终于岌岌可危,心力交瘁的我被居心叵测的人的甜言蜜语引诱,终于陷入了类似传销的一种活动中去。虽然前期的投资需要相当的金额,但我觉得应该会有办法的。

并非是我过分乐观地估计了前景。这是完全彻底的诈骗。而且,我觉得会有办法的想法,也并非是我自己的乐观和盲目自信,而是因为我被蒙蔽了双眼,单纯是因为身心两方面的不足所导致的。

为了周转资金,我从那些街头的非正规金融机构借了很多的钱。然而显而易见,这种买卖是不可能会顺利的。最终,公司入不敷出、资不抵债,以致崩溃了。

数目庞大的欠债突然间就压在了我的肩上。那是一笔就算我变卖家产也无法还清的巨大数额。而且因为我不是从正规金融机构借的钱,别说不能通过宣告破产这种法律手段来免除责任,就连追债者的催讨也比正规金融机构要苛刻得多。此外,我还向熟人借了钱。在我目前为止构建出来的人生当中,已经没有我的容身之处了。

为了不连累妻子和孩子,我和妻子离了婚。将财产全部处理之后,我把其中的一半留给了妻子,剩下的则作为少得可怜的遣散金,分发给了事务所的员工。随后,我把事务所关掉,如同潜逃一般隐藏了自己的行踪。

其实这种行为本身,就是连夜潜逃吧。

我过着吃了上顿没下顿的生活,当然也不可能去找工作,连租房子都不行。没有固定的工作,也没有固定的住所,我成了所谓的"无家可归者",一个流浪汉。

那么,也许一开始我就是在流浪汉中间听到这个传说的。

是的,这样一说的话,我倒想起来了。

他们确实口耳相传着一些无根无凭的事。说是有个住在新宿地下、叫作"禄"还是"禄佐"的名字的流浪汉,因为捡到了那家旅馆的住宿餐饮券或者请柬,眼看着变得幸福起来了这么一个故事。

旅馆……

在旅馆住上一晚……

据说就能变得幸福……

听说新宿的"禄先生"变得幸福了……

变得幸福了……

幸福……

这样的传言在悄悄地四处传播。

也有人说,要是那种一天的住宿费用高达五万、十万日元的高级酒店,能够在里面住一晚,本身就已经很幸福了。也有人很羡慕能够享受到一辈子也不见得能得到一次的、难以想象的豪华招待。另外,也有人说那个流浪汉在旅馆的房间里得到了大笔的金钱。还有人用恍惚的眼神说那个流浪汉成了难以企及的有钱人。

结果,那个新宿车站的流浪汉到底怎么样了,谁也不知道不是吗?

女人啊,金钱啊,食物啊,赌博啊……随着转述对象的不同,他们所说的"幸福"的形态也各种各样。也就是说,不过是表露出转述者自己的幸福观,再加以润色罢了。不,把这称作"幸福观"

都太夸张了。这只不过是转述的那些家伙，把自己缺少的、自己想要的，统统表露出来而已。

转述者们没有被满足的思绪和心愿、他们的欲求不满与失落，每讲一遍他们便将这些东西添加进去，终于为原本像小孩儿说梦话一样毫无真实感的故事注入了都市传说般的可信度。凭借着"禄先生"这个看似真实的名字，故事变成了传说。就连"新宿站"这个具体的站名，肯定也是因为比较方便所以才被选中的吧。我是这样想的。

那些平日里神情木然的流浪汉，无论是谁，在说起这件事的时候，别说认真了，根本就是一脸梦幻般的表情，我对此印象深刻。因而，有想要效仿而跑来新宿瞎转悠的人，有拼命寻找有没有住宿券掉在地上的人，甚至还有人说知道那座旅馆的所在地，不管能不能住宿都要过去看看。

要说我自己的话，我觉得自己从一开始就是清醒的。

对于当时并不认为乞丐也可以拥有一些东西，而只是忌惮人们的目光而偷偷摸摸地躲藏着过日子的我来说，就连"幸福"这两个字的意思都已经忘记了，不管听到什么都完全没有反应。

也就是说，我根本没有感觉到"不幸"这件事。

我觉得这件事情真是太愚蠢了。我用鼻子发出冷笑。不，我连笑都没有笑。

但是在那之后，我却去了新宿。

那是因为……

是的，因为绝望。我绝望了，摇摇晃晃地朝着新宿走去。

我记得很清楚。那是……对，应该是二月十三日。

为我带来绝望的，是深谷。

深谷是我高中的同学，那个时候在广告代理公司工作，是我最为亲近的朋友。他发现了蹲在新桥的立交桥下的我，大为震惊。随后，他告诉了我妻儿的死讯。

当时的我无法立刻明白他所说的话的意思。我只能感觉到自己的心脏在剧烈地跳动。直到现在，我的身体依然能够清晰地记得当时的感觉。

真的是——眼前一片黑暗。

即便在户籍上切断了联系，那帮无赖家伙也根本不会在意这种事。找不到我，那些追债的人便死缠着我的妻子和孩子不放。自从破产以来便开始有些神经过敏的妻子，不堪忍受贫穷生活的艰辛和追债者无穷无尽的逼迫，结果带着儿子一起自杀了。在妻儿死去一个月之后，我得知了此事。

之前即便是舍弃了一切也尚不至于绝望的我，被妻儿的死亡这一过于残酷的现实击溃，终于陷入了绝望的深渊。在我充满了背叛、欺骗的人生当中，妻子是唯一一个没有背叛我的人。虽然无论对谁来说，我都是可有可无的无能的存在，但儿子是唯一一个真正需要我的人。但是现在，妻子和儿子都死了。这一切都是我卑怯地逃走造成的。

又饿又累的我，在这个巨大的冲击面前昏倒了。

醒来的时候，我躺在深谷的公寓里。

妻儿的葬礼还有其他所有的事，似乎都是深谷帮忙处理的。不过，深谷说当时没法联系到我，他感到很痛心。举行葬礼时，那些追债的人也来了，叫喊着说"没买保险就死真是亏了！白死了啊！浑蛋！"引起了很大的骚动。结果，仪式还在进行当中，现场就起了纷争，最后不得不报警才得以平息。

我的身心都已千疮百孔，只知道机械地向深谷道歉，反反复复地道歉。

随后，我离开了深谷那里。就像被什么东西附身了一样，一门心思地朝着新宿而去。

住一晚就能得到幸福的旅馆……

幸福是什么？

要是有那种东西的话，就拿给我看看啊！

别开玩笑了！

幸福！幸福！那是什么样子的？是什么香气？是什么味道？

然后，在新宿，我和那个都市传说中的男人相遇了。

在情人节的晚上。

3

那个男人出现在坐在地下通道里的我面前。映在我那双失焦的眼眸中的，是一个打扮稍显华丽的刚刚步入老年的绅士的身影。

"你现在，不幸吗？"那个男人问。

"不幸。"

我脸朝着地面回答着。他在看不起我吗？在调侃我吗？挑唆也好，侮蔑也好，什么也好，不管是什么，对于这个时候的我来说都是没有用的。被嘲笑，被人当作白痴，别人对我抱着怎样的想法，对我来说都完全无关紧要不是吗？

但是那个男人用极为认真的样子说道："是吗？"

随后他在我身旁坐了下来。即便我已经处于缺乏感情起伏的状态，并不在乎他做什么，也还是被吓了一跳。他的行动出乎我的意料。男人告诉我说，他叫新美禄造。

"禄……禄造？"

我大概用尽了最后的力气，才让已经麻痹的肌肉活动起来，尽可能地凑出一个惊讶的表情，看着那个男人的脸。那个男人优雅缓慢地点了点头。

"看来你似乎知道关于我的传言呢……"他说，"但你似乎并不相信吧？"

他这样问道，同时看着我的脸。我无法回答。

"循环这种事情，是幸福呢？还是不幸呢？"

他继续说道。

"人类是追求永远的吧？不老不死。千年王国。人类祈祷着，希望每一件事都能够永久闪耀着荣光。我也是如此，没有任何疑问。你怎么样呢？"

我只是茫然地看着他的脸。不用我问什么，他便继续说了下去。

"所谓的永远，即不发生改变。但是什么都不发生改变地持续下去，大部分人都会说无聊吧？确实，要是从今往后发生的所有的事都已经被决定好了，那的确是挺无聊的吧？就像在读一本已经知道结局的推理小说一样,而且是反反复复地、一次又一次重复阅读。尽管如此,所谓的永远也是一种幸福吧?为什么众人都要追求'永远'呢?你,是怎么想的呢?"

我不知道他为什么要问我这个。不,我连他到底在说什么都不明白。但是,我知道他在做的事并非是诈骗一类的。我是个一眼就能看穿的流浪者,正在说话的这个男人却是一副生活优越富足的打扮。即使欺骗我,对他也没有任何好处,这是明明白白毋庸置疑的事实。像是明白我在烦恼什么一样,那个男人继续说道。

"前景不明、状态不安定,确实是不幸的吧?怎么样呢?你怎么认为?"他执着地寻求着我的意见。

"跟今后的事情没关系啊。"

我突兀地回答。

不幸是时时刻刻在眼前存在着的。

"问题只是现在吗?"他询问道。

我回答:"并不是这样的。在这个世界上并没有幸福或者不幸这种东西。这个世上,只有现在所有的东西,问题是如何去感受。我现在感觉不幸,所以现在,我并不是幸福的。然后,'现在'在一瞬间便会成为'过去'。'不幸的现在'作为不幸福的记忆而定格,并且不断地累积着,这才是真正的不幸啊!'现在的我是不幸的',这种过去的瞬间堆积起来,才成为了'不幸'!"

我把我的想法如实地告诉了他。

"原来如此啊。"男人用带了一丝佩服的口吻这样说。

我稍微有那么一点生气了。他是在耍我吧?

"人们追求永远，是因为不想让不幸的记忆定格为过去。明天的事情谁也不知道。连一分钟、一秒钟之后的事情也不知道。不管是幸福的人还是不幸的人，都不知道。因为不知道，不幸的概率对于任何人来说都是一样的。所以，那些幸福的人，才为了能将幸福的现在一直持续下去而祈祷。"

"祈望永远的人只是那些幸福的人……吗？"

"这个嘛……不幸的人，很可能他们只能就这样一直不幸下去而无法摆脱，所以他们想要能够得到幸福的机会啊。要是明天世界灭亡了，那可能自己确实无法得到幸福。十天比起一天、十年比起一年，当然是周期越长概率越高。即便是永远，也不过就是人类生存的几十年而已。希望不死的只是那些得到了满足的人。没有得到满足的人，只是希望尽可能地长寿一点，而非不死，不是吗？"

那个男人数次点头，随后摸着我的头，问道："你呢？你想要这样的机会吗？"

我空虚地笑了笑。

"对于绝望的人来说啊，别说是永远了，就连现在这个瞬间都是没有必要的。生存这件事本身便是一种痛苦。只是无法死去而已。"

"是因为害怕吗？"

"不是。因为就连自己主动去寻死这件事本身也觉得很麻烦。希望别人能够动手来杀了自己哦。"我说。

"绝望吗？"

"绝望。"

"和我好像啊。"那个男人说。

"你……不是很幸福吗？"

我想起了"禄先生"得到了幸福的那个传说。如果这个男人真的是传说中的"禄先生"的话，他就是不幸者们羡慕的对象啊。

"幸福啊……"男人自嘲地说，"我生活在名为幸福的绝望之中。"

"我不明白你在说什么。"

"不明白吧？"男人说，"我确实在这一年当中得到了难以置信的幸福。幸运女神与我同在，逢赌必赢；开创任何事业都能得到难以置信的成功；钱多得用不完；和别人交往也一帆风顺。无论做什么都能成功——心想事成。"

"是吗？"

我没有兴趣。这种自夸自傲的话，我听都不想听。

"无论做什么都很顺利——所以很无聊——你一定觉得说这种话很不知足吧？这种事情根本不是不幸，只是任性而已吧？我终于明白了啊。能不能永远幸福，无法知道将来所以不幸，为什么还要寻求这些问题的答案呢？我是幸福的,幸福过头了所以觉得没意思,想要体会一下像你们这样过着贫穷生活的人的波折——反正就是这么一回事吧？"

"真无聊。"

我说着，转过脸去。

男人露出一种类似深切地悲伤的表情。

"我以前也是无家可归的啊。无衣无食。家人、朋友、财产、信用……我失去了一切的一切，也曾像你这样绝望。你完全就是以前的我。"

"但是现在不一样。"

"确实不一样。自从在那家旅馆住了一晚开始，我变得幸福了。不……"

他一度停下，闭上了眼睛。

"……我变成了幸福的俘虏。"

"俘虏？"

俘虏是什么意思？

这个男人……不管怎么看都有些不正常。

"俘虏哦。"男人重复道，"那家旅馆给了我幸福。你刚才说过，你说幸福的人希望将那个状态长久地持续下去，不幸的人想要得到幸福的机会。那家旅馆……二者都能给予。曾经不幸的我被给予了千载难逢的机会，因此得到了幸福，并且，那个幸福永远地……持续着！"

"永远吗？不是很好嘛！你也变得不老不死了吗？"

这个男人果然不正常。"禄先生"什么的，真的存在吗？

"是的，在某种意义上来说，是不老不死的。"男人浮现出微微的笑意，说道，"幸福的时间是循环的。永远都不会重遭不幸。怎么样？"

"什么叫怎么样？"

"我想给你情人节的礼物。"

说着，男人给了我一张请柬。

4

　　随后,我来到了那座旅馆前。

　　那是一座似曾相识、古色苍然的旅馆。在宽敞的古色古香的大厅里,放着几张沙发。好像有结婚仪式什么的一样,大厅装饰得十分华丽,人们熙来攘往谈笑风生,能看到肥胖的白人绅士和精英分子模样的商人的身影。只是,虽然人头攒动,但却十分安静。

　　寒冷彻骨的空气沉滞在大厅里。我几乎要忍不住抱紧自己的肩膀了,匆匆忙忙地走进去。我一定是弄错了地点。衣襟已经黑了的肮脏的白衬衫、掉了扣子的外套、破烂的牛仔裤、没有鞋底的皮鞋,像我这种打扮的人在这里一个都没有。没有听过名字的旅馆,大概是很高级的那种旅馆吧?我不知道并不表示旅馆没有名气。这种档次的高级场所,就算在我没有失去工作之前,也与之无缘。

　　我径直地朝着前台走了过去。

　　"您是要住宿吗?"前台的工作人员虽然用惊讶的表情看着我,却依然殷勤地询问。

　　我沉默地拿出请柬。

　　"请允许我看一下。"

　　前台是个眼窝凹陷、瘦得像个骨头架子似的男人。他一看到我递出的请柬，顿时露出了奇妙的困惑表情。

"您是……特别房间的客人呢。"

我没有回答。不，我无法回答。前台对我说了句"请您稍微等一下"，走进里面的房间，似乎打了一个短暂的电话，不久又走了回来。

"您是新美禄造先生介绍过来的吧？"他问。

我点了点头。

前台露出一副了然于心的表情，十分殷勤地回答道"明白了"。随后又将先前的请柬恭恭敬敬地还给我，对我说："您的房间是在五楼的特别房间，没有房间号码。用这张请柬入住的话，一年只有一次，是只有在情人节才接受入住的特别房间。只不过，本旅馆规定入住时间是下午两点，退房时间是上午十一点……"

随后他确认了一下背后挂着的古香古色的时钟。

"因为距离入住时间还有一段时间……非常抱歉，客人，能不能请您在那边的大堂里等候我们准备完毕呢？"

我非常狼狈。这样真的好吗？

前台叫来了一个服务生，吩咐道："这位先生是那个打不开的房间的新客人。时间到了的话，你就带他过去。"

我按照服务生的指引，带着懵懵懂懂犹如发烧一般的心情，坐到了白人绅士坐着的沙发的一端。时间……好像还不到十一点。

我拿着从那个男人那里得来的请柬和车票，犹豫了一个晚上，最后在第二天早上从新宿出发了。虽然我觉得我在雾中走了相当长的时间，但事实上似乎并没有花费那么久。

但是距离入住时间大概还有三个小时，我根本无法忍受自己以

127

这副肮脏的打扮，就这么在这里等着。严重的羞耻感几乎要让我的脸燃烧起来。

就在刚刚几个小时之前，我还觉得不管是被轻蔑还是被嘲笑都无所谓，现在以这种寒酸的打扮出现在这里却让我感到丢脸。这到底是怎么回事啊？我不是已经绝望了吗？我凝聚起全身的力量，忍耐着四周嘲笑的视线。当然，他们谁都不认识我。这一点我十分清楚。

到底过了多长时间呢？每一分钟都令我感觉像是一两个小时那么漫长。

我有点糊涂了。我开始感觉到一种奇妙的不协调。

今天……

今天是什么日子呢？

不知为何我无法清晰地想起来。脑中的记忆像是云霞般虚幻飘忽。

坐在我旁边的白人绅士离开之后，一个老妇人坐在了原来的位置上。正当我打算向那位老妇人询问今天的日期时，听到有人叫我。

"客人。"

刚才的服务生不知何时已经站在了我的面前，用机械的声音对我说。

"请允许我为您带路。"

服务生把手伸出来，我战战兢兢地站了起来。我没有可以交给他帮我拎的行李。服务生身上的制服看起来很高级，不过却有点褪色。他面无表情地冲着我机械地行了个礼，转身带领我朝电梯走去。我能够感觉到自己的心脏在剧烈地跳动着。

"这……这里……那个……"

电梯的门打开了。服务生对我说了句"请"。

"我……我……那个……"

这样真的好吗？我身上一分钱都没有。冷静地考虑一下，眼前的状况十分奇怪。幸福不幸福什么的，这种奇谈怪论就算是已经束之高阁，也并不是那么高明的故事。到了现在这个地步，要是像那个男人说的那样有什么在暗中运行，那我肯定已经在套子里了。就算是恶作剧，也做得相当用心呢。

"……那个……"

"情人节是特别的日子。"

服务生在我开口发问之前抢先回答道。

"说是特别……"

等等啊，今天是情人节吗？

不！

不是的。昨晚那个男人，新美禄造，确实将这间旅馆的请柬当作是情人节的礼物，送给了我不是吗？那么今天就应该是情人节的第一天。今天是二月十五日不是吗？今天……今天的日期是……

"五楼到了。"

"那个……"

"因为今天是纪念圣瓦伦丁的日子，那么请往这边走。"

服务生轻快地在笔直的走廊里行走，在尽头右转。我慌慌张张地跟在他后面，看到了一道颜色奇异的双开门的门扉。服务员刚好在门前停了下来。

"这里是特别房间的客人的休息室。"

"休息室？"

"特别房间的入口在这间休息室内。入住时间还有十分钟，请您在这里等待。钥匙在房间里。方法也请您询问在房间里的那一位。"

"方法……吗？"

"是的。"服务员面无表情地回答，"十分抱歉。关于特别房间的住宿方法，我们也一概不知。这种方法是一年一度、由客人传授给客人的。"

"咦？前面已经有客人了吗？那是……新美……禄造先生吗？"

"是的。"

昨天他就已经回到这里了吗？不……

"但是，这个房间确实是一年只能使用一次……"

"是的。"

"那么，难道——新美先生这一年当中，一直留在这里？"

这并非不可能吧？喜欢住在旅馆里的有钱人也是有的。

但是，那个皮肤格外光滑的年轻的服务生，蹙起眉头一脸惊讶地看着我。

"并非如此，先前的客人也是在刚刚才进入休息室的。"

原来是这么回事啊。

"如果您有什么需要的话，请给前台打电话。"

服务生这样对我说了之后，缓缓地打开了门。

我不由得屏住呼吸朝室内窥看，就像是有什么压在我背上一样，我摇摇晃晃地走了进去。门在我身后"啪嗒"一声关上了。

在皮质的沙发上，背对着我坐着的男人回过头来。

"啊……"

是昨天的男人——新美禄造。

"来了吗？是啊……"

禄造站起身来。和昨天不同的是，他一副脏兮兮的打扮。

"那个……"

这是怎么回事？他穿着和我不相上下的肮脏的衣服，胡子也没有剃，头发也乱糟糟的，还很脏。那样的一位绅士，在一夜之间变成了流浪者的姿态。

"啊，你来了真好。不管我怎么跟你说没问题没问题，还是怎么也下不了决心吧？要下定决心还是一件很艰难的事啊。再有十分钟就是入住时间了，我……"

"新美先生！这到底是在开什么玩笑？你……这个……"

"我要放弃幸福的权利。"

禄造这样说。随后他指着桌子上的钥匙。

"幸福的权利？"

"是的。只要你来到这里，这把钥匙就属于你了。只要你按照我接下来告诉你的方法去做，你就能得到永远幸福的保障。知道吗？永远的幸福。"

禄造用肮脏的手抚摸着自己满是皱纹的脸。也就是说，他那脏兮兮的装扮，也许是与幸福诀别、重新回到原来生活中去的新美禄造式的告别之意吧？

"不是很难做到的事情啊。"禄造继续说,"概括地来说,这是很简单的一件事。首先,这个房间……"

禄造缓缓地用手指着。在那里有一扇全黑的门。

"今天在这个打不开的房间里住一晚。喂,别露出那么担心的表情来,并不是说会出来什么东西。这可是很豪华的房间哦。今晚你只要悠闲地住一晚就好了。等到明天,在退房之前,会有一个男人来找你。从那个男人那里,你会得到幸福。"

"得到幸福?"

"是的。你得到他拿着的钱——不,该说是夺过来吧。这样一来,不仅是金钱,那个男人所拥有的东西——幸福也好,幸运也好——那些全部都会变成你的东西。从那以后,你就能永远幸福下去了。"

"这么愚蠢的事!这不是抢劫吗?是小偷啊!"

多么离奇的话啊!我完全呆掉了,看着禄造。

"不,这不是抢劫。那个时候得到的钱,在来年的情人节,你再次到这里来归还就可以了。在明年的现在,你应该会得到连你自己都难以置信的幸福,不管多少钱都能还得起。对现在的你来说是大笔数额的金钱,对明年的你来说不过是九牛一毛罢了。"

"归还……你是说那个人明年还会来这里吗?我这样做不会成为抢劫?"

"这个嘛……"

禄造稍稍歪了一下头,随即微微笑了笑。

"那家伙已经无法再来了——你是这么认为的吧?总之,方法就是这样的。"

"我不明白……你在开玩笑！"

我微微提高了声音说。

"……大致上来说，要是当小偷能够幸福的话，我早就那么干了！特意跑到这种地方来，这到底算什么啊？……再说，要怎么把钱抢过来？我可没学过搏斗的技巧。面对面地说把钱交出来，哪有人会乖乖听话真的把钱交出来的？"

"没有必要付诸暴力。"禄造低声说，"在这个房间里，已经准备好了一把霰弹枪。你就用那个，从正面将来访者的头打飞。这样做的话……"

"多愚蠢的事啊！这种……"

这是杀人啊！抢劫杀人！

"就算开玩笑也要有个限度！要是做了那种事……"

"别那么大声。"

禄造静静地说，却威严感十足。

"没关系的，不用担心。不管是杀人还是抢劫，都绝对不会被问罪的。虽然我不知道为什么会这样，那个杀人……是绝对不会被追究罪责的，是安全的杀人啊。"

"难以置信！根本没有什么安全的杀人！那种疯狂的事……"

"大概吧。"禄造蹙起了眉头，问我，"你知道'年老的访客'这个故事吗？"

"那种东西我不知道！听都没听过！"我摇头。

"是吗？我……现在虽然是个流浪汉，但我以前可是在大学里专攻文化人类学的。这个'年老的访客'，也就是所谓的民间传说。

这个故事有很多演化的版本,简略说明的话就是这样的一个故事。在除夕夜,一个访客来到一个吃了上顿没下顿的穷人那里。穷人虽然很穷,但却是个热心的人,他亲切地招待那位访客,然而客人却死去了。第二天大年初一的早上,客人的尸体变成了黄金。"

"太无聊了!"

"别这么说。也有的版本是说死去的并非来访者,而是来访者将背来的尸体留下,自己离开了。当然在这种版本里,变成金子的就是留下的尸体了。而且还有这样的版本,说来访者没有死,而是留下了启示,告诉穷人让他袭击并抓住深夜从门前经过的人,将其殴打致死之后,幸福便会来临。"

"那又……怎么样?你想说什么?"

"穷人啊,听说能够幸福便按照所说的去做,拿着棒子或者什么的躲在窗户的阴影下,窥视外面的样子。首先经过的是穿着铠甲的武士的行列。穷人怎么样也下不了手,恐惧令他无法动弹。接着经过的是华丽的轿子。这一次他也是诸多畏惧,无法出手。最后经过的是个脏兮兮的老头儿。穷人觉得这个的话就没关系了,便将老头儿打死,随后老头儿变成了叮当作响的铜板。穷人大受触动,心想要是杀了一开始的武士的话,那该能得到多么不得了的宝物啊!穷人一边想着一边后悔莫及。——就是这样的故事。"

"所以我说你到底想说什么?!"

"我想说的是——明天来拜访你的客人,就是那个'年老的访客'。"

无聊。蠢透了。这不就是童话吗?

……是这样吗?

"哈哈!我知道了!我知道了啊,新美先生!我就觉得可疑,你为什么要费这么大的力气来引我上钩!——你打算不弄脏自己的手成功杀人吧?不惜打扮成这种脏兮兮的样子,连传说故事都编出来了,为了骗我……为了让我杀人!"

愚蠢的计划!上当的我也是一样的愚蠢!

"但是,并非如此啊……"禄造用低沉的声音说,"并不是这么愚蠢的事啊。你要是讨厌的话,放弃也无所谓啊。"

"放弃?"

"我一开始也是像你这样想的啊。在我前面的男人,大概也是这么想的吧?"

"前面的男人?"

"嗯,在这间旅馆住宿从而得到幸福的男人。"

"等一下啊,新美先生……"

那个……那不是你吗?

"那到底……是怎么回事呢?我已经搞不清楚了,你……"

"前面的那个男人,对我说了同样的话哦。不过我觉得还是我在解释说明这方面比较拿手。不管怎么说,听到这些话的时候,我也抱有和你一样的疑问。但是啊,前面的男人从这个房间里出去,留下我一个人之后,我改变了心意。"

禄造突然露出了十分寂寞的表情。随后他问我:"至今为止,你从未想过要杀人吗?"

我屏住了呼吸。禄造睁开眼睛,眼中充满了血丝。

"我……有过。我怨恨世人，嫉妒他人，诅咒那些背叛我、欺骗我的人。我曾经数度想要痛痛快快地杀了他们，但我做不到。不，我连想都没有想过要去做。杀人是不对的。不论何时，只有杀人这件事是不被允许的。并不是因为法律禁止这样做，和伦理啊道德啊什么的也没有关系，我……我只是遵从我自己的自制心。但是啊……"

"但是怎么了？被人告知说杀人也不会被问罪，所以就想杀一次人看看——你是这么想的吧？所以，你就想试试看去杀死那个和你没有任何恩怨、素不相识的拜访者？那么你就是大笨蛋！没有动机，就凭着素不相识的那个男人的胡言乱语，你就杀了人吗？"

"我没有杀人啊。"禄造说，"但是，到你来之前为止，我一直在迷惑。"

什么？

我觉得好像有什么不对劲。

禄造的话确实超乎常理，但我所感觉到的违和感，却和他所说的话的内容无关。

好像什么地方弄错了，好像我忘记了什么事……

禄造将充血的眼睛瞪得更大。

"我的人生啊，家庭、朋友、财产、信用，所有的一切都失去了，衣食无着，是个一点好事都没有的人生啊！我，绝望了。我甚至希望死亡。这个腐朽的人生，人生的一切都从头来过，反正也不是那么长的东西。那样的话……"

"那样的话怎么样？"

"假如因为杀人罪而被逮捕，那样也不错不是吗？——我就是这么想的啊。对于绝望的人来说，背上罪名这种事怎么样都无所谓了。"

啊！是的。

我也……处于绝望之中。

"而且，如果……如果真的，万一杀了人也不被问罪的话会怎么样呢？要是真的得到了幸福、永远的幸福，会怎么样呢？这有值得一试的价值吧？这是没有本钱的大赌博啊！即便失败了，境况也不会变得比目前更糟糕了。我就是这样想的啊。而且，你看！那边！你看门前的那块地毯！"

禄造狂暴地用手指着地板。

"你觉得那块黑色的地方沾了什么东西？那是血迹啊！是血液凝固干涸后的痕迹！在这里，在这个房间里，在这个只有情人节才能入住的特别房间前——至今为止有多少来访者被杀死了呢？"

"你疯了！"我大叫。

"也许吧……"

禄造闭上了眼睛。

"但是啊，要说我疯了的话，你也是一样的啊。为什么这么说？因为你接受了请柬对吧？不管嘴上说什么，你还是被永远的幸福蛊惑，恬不知耻地跑到这种旅馆来了不是吗？这才是童话不是吗？相信它才是正常的。要是不发疯的话是不会相信的吧？但你相信了不是吗？"

"但是，我……"

"不要强词夺理了，做出判断的人是你自己啊！"

禄造这样说着，站了起来。相反，一直站着的我却坐了下来，把自己的身体埋在沙发里。

"你可以做得到吗？好好想想吧。要是想放弃的话就放弃吧，谁也不会说你什么的。但是啊，即便你决定要实行了，要是下一个男人在入住时间之前来了，你就不得不把权利让给他。这就是规则。"

"但是……下一个男人什么的……"

难道，这个男人还把请柬送给了我以外的人吗？

不，不是的！果然有什么地方不对劲。事情的前后无法呼应起来。我昨天见到的男人，和现在在我眼前的男人，毫无疑问是同一个人……

所以说今天是……

今天到底是哪一天？

"要是下一个男人来了，你就要像我这样，把你现在听到的方法毫无保留地传授给他，然后离开这里，可以吗？"

新美禄造叮嘱完，随后走了出去，留下我一个人在房间里。

……杀人。

不会被追究罪责的杀人……

时钟的声音响了起来。

放在桌子上的黑色的木雕时钟。

一点五十九分。

还有一分钟。

似乎没有下一个男人要来的迹象。

幸福。

永远的幸福。

我……

5

随后,我站在了那座旅馆前。

反复汗湿了多次的外套格外沉重。暴露在细密的雾气之中的皮肤表面变得冰冷,而被包裹在带有湿气的衣服下的身体却像是被火灼烤一样热。虽然呼出的气带着白雾,但我却出了一身的汗。这种感觉和濒临感冒的那种恶寒之感十分相似。湿透的皮鞋踩在泥泞的土地上,脚全然失去了知觉。一年之前也是这样。大概,再之前也是这样。不,更早之前也是这样,一直,一直……

我怎么也想不起来这到底是第几次了。第一次来的时候的记忆是那样鲜明生动,可是从第二次开始的记忆就暧昧不明了。第二次第三次也都完全没什么区别。从那以来,我到底是第几年到这座旅馆来了?

那条讨厌的道路,不管什么时候来都是雾气弥漫。

通往这座旅馆的路,并不是让人心情舒畅便于行走的。我大概每年都在后悔吧。至少也应该乘车前来。

周围的环境恰如仙境一般,而且这座旅馆距离最近的车站也并不是那么遥远。即便是乘坐出租车,费用也并非难以承受,也许还有像温泉旅馆那样的专用摆渡车呢。

139

在宽敞的古色古香的大厅里，放着几张沙发。好像有结婚仪式什么的一样，大厅装饰得十分华美。人们熙来攘往谈笑风生，能看到肥胖的白人绅士和精英分子模样的商人的身影。只是，虽然人头攒动，但却十分安静。寒冷彻骨的空气沉滞在大厅里。

不知为何，这个氛围相当令人讨厌。

眼窝凹陷、瘦得像个骨头架子似的前台看着我，露出了难以形容的表情。

大概，他一直都是这个样子吧。

消瘦的男人殷勤地说道："您是特别房间的客人。欢迎您的入住。您到得稍微有点早。请您在这等一下好吗？"

他看了看挂在他背后的古香古色的时钟。

现在才十点四十分。何止是稍微早了一点，现在还不到退房的时间呢。

"不，如您所知，我们的特别房间是只有在情人节的时候才能入住的，前面根本没有客人，就算您想要立即进入房间也……"

"是吗？那么就……"

因为我连这一点也知道，所以才早早过来的。大概，每年都是这样吧。

前台叫来了服务生。我把行李交给了那位皮肤格外光滑的年轻人。

"我来为您带路。"

服务生伸出了手。我跟在他的后面。

服务生身上的制服看起来很高级，不过却有点褪色。他面无表情地冲着我机械地行了个礼，转身带领我朝电梯走去。我能够感觉到自己的心脏在剧烈地跳动着。这是第几次了呢？我总是对于前去那个房间感到厌恶。

是的，虽然我无法清晰地回想起那到底是几年前的事情，但我行使了我从新美禄造那里得到的获得幸福的权利。

我……

用霰弹枪将来访者的面孔轰得粉碎，然后抢走装在皮包里的现金。在那个满是鲜血的皮包里，放着一千万日元的纸币。

休息室被横飞的血沫和散碎的肉块弄得一片通红。抱着"随它去"的心态，我就那么放着不管了。就这样什么都没做，我逃离了现场。在那前后的我的心情，完全和新美禄造跟我说的一样。"要是被抓住的话也好"，我就是这样想的。随它去的心境也有。与其说为此战战兢兢，不如说我已完全放弃。杀人之后置之不理地逃走，是不可能不被发现的。快点逮捕我！不管是死刑还是别的什么，尽管来吧！我这样想着。

然而我并没有被捕，就连杀人事件的报道都没有。我就那么逃过去了。

不仅如此，从那之后不管什么事情，全都进展顺利。我真的抓住了幸福。

在那家旅馆住一晚就能得到幸福——不用想就知道不可能。这是多么幼稚的传言啊！简直像小孩儿开玩笑一样。可是，这却是真实的。

仅仅一年的时间，我就得到了不可思议的幸福。幸运女神与我同在。逢赌必赢。开创事业便能得到难以置信的成功。钱多得用不完。和别人交往也一帆风顺。就像以前禄造跟我说的那样，无论是做什么事，都心想事成。

得到幸福之后，人们便强烈地希望这种幸福永远也不要失去。

我按照禄造告诉我的方法，一年之后，再次来到这家旅馆。

太可怕了。

鲜明生动的红色的影像在我的头脑中复苏。

即使是现在也一样。尽管不知道这是我第几次到这里来，但每次来到这里的时候都感觉到同样的恐怖。

等等。

果然，是有人打扫了吗？我的记忆模模糊糊。应该是那样的吧？那里没有尸体。应该没有。有的只是被染黑的地毯。不，这是从一开始就有的。禄造不是指给我看了吗？那么我杀死的那个男人怎么样了呢？旅馆的人帮忙收拾了吗？那种事是不可能的。这是……

那种事情怎么样都无所谓。

我到现在也还平安无事。正如禄造所说，对于现在的我来说，一千万日元只是九牛一毛。

今年也像这样再次把钱送还回去的话，我就能得到下一年的幸福……

……把钱还给谁呢？

归还的对象根本就不存在。应该是不存在的。那样的话我每年拿着钱过来，然后就只是再拿着钱回去而已吗？不知道为什么，我并不十分明白。每次坐上电梯的时候便开始觉得头脑混乱了。

每次？

我来到这里几次了呢？今天是什么日子呢？

"五楼到了。"服务生说。

那个……今天究竟是……今天……

不知是否因为思绪混乱，我理直气壮地问出了这个傻乎乎的问题。服务生用毫无起伏的语调回答说："跟昨天差不多。因为昨天是纪念圣瓦伦丁的日子。"

"咦？"

服务生轻快地行走在笔直的走廊里，在走廊的尽头右转。我慌慌张张地跟在他后面，一道颜色奇异的双开门的门扉出现在视线中。是休息室。服务生刚好在门前停了下来。

"到这里就好了。"

我接过了特别房间的钥匙和我的行李。我一直都是这样做的。因为我有一种感觉，觉得休息室里似乎还残留着尸体。服务生行礼后转身离去。直到完全看不见他的身影，我才低下头，用手缓缓地推开了休息室的门。

在这里，我杀了人。

太可怕了！

我应该已经熟知，房间里并没有任何东西。每一次我都重复着这件事，感觉上十分遥远。然而……

太可怕了，有种毫无由来的厌恶。我不想进去。

是的，明明无论如何都无法在脑中形成明确的影像，但只有厌恶的已知感支配着我。这种奇妙的倦怠感，硬要说的话，应该是因为事先了解所带来的放心之感以及因为事先了解而产生的厌恶之感，这两种相反的感情互相磨合所产生出来的吧。

我抬起头。

沙发上——当然没有人。

桌子上——放着木雕的时钟。

十点五十分。

这个时间是……

我走进去一步。我看到了地毯。

地毯上果然残留着点点黑色的痕迹。如同记忆中一样。什么时候的记忆呢？不是最初见到时的记忆吗？那么这些痕迹就不是我杀死的那个男人的血迹？在漆黑的特别房间的房门前，地毯上大片的痕迹，并不是新的东西。但是我确实杀死了那个人。

那又是什么时候的事呢？

我站在那扇讨厌的门前，插入钥匙。啊啊，真讨厌。我转动钥匙。当啷。讨厌。讨厌讨厌。门开了。

在那个瞬间。

如同爆裂般的枪声响起。与此同时，我的头部炸裂了。

6

天亮之后，我一直站在这扇讨厌的门扉之前，将枪口放在门的正中位置，蓄势待发。在门被打开的过程中，我扣动了扳机。

枪声非常大，震耳欲聋。

我并没有瞄准。我闭上了眼睛，只是条件反射地用力牵动手指而已。

直到这个瞬间为止，我一直在犹豫。在那前后的我的心情，完全和新美禄造跟我说的一样。"要是被抓住的话也好"，我就是这样想的，随它去的心境也有。

而随着"当啷"一声钥匙开门的声音，一切便被决定了下来。

我行使了我从新美禄造那里得到的获得幸福的权利。

我睁开眼。眼前是极为凄惨的情景，休息室被横飞的血沫和散碎的肉块弄得一片通红，在那一片鲜红的血泊中，一个人倒在那里。勉强能看出是个男人，脑袋已经没有了。我按照新美禄造告诉我的方法那样，用霰弹枪把来访者的脸孔轰碎了。我放下凶器，打开满是鲜血的皮包，里面放着捆扎好的钞票。应该有一千万日元吧？我翻了翻皮包里面的隔层。钱没有放进去，用一个口袋装着的。

用这个……用这个就能得到幸福了！

用这个！用这个！

啊啊！

但是，不知为何……

不知为何……

觉得很讨厌啊！

讨厌的祖先

1

讨厌。

我如此回答。

我想无论是谁都会觉得讨厌的。

志村嬉皮笑脸地看着我。虽然他的为人说不上不好,但基本上,我的这个后辈是相当迟钝的。他根本不懂得看场合,或者更确切地说,他总是对场合做出错误的解读。这样一来就导致——虽然周围的人觉得他是个恬不知耻、厚脸皮的家伙,他本人却连一点自觉都没有,因而遭到了众人刻薄的评价,成了大家眼中的一个笑话。

我对此感到十分困扰。并不仅仅是因为他被人相当彻底地讨厌,他从根本上就没有认真地把这当作一回事,不管别人说什么他都不在乎。别说不在乎了,志村最近的举止倒像是在有意识地展现自己的厚脸皮。他是不是错误地接受了每当自己离开便会响起嘘声的事实?所以,他倒很有些积极地厚颜无耻起来了。

这样一来他的个人定位已经算是成型了吧?真是太愚蠢了!还真是不得了的误解呢!

"讨厌啊……"

我嘟囔着。因为跟他说话很有可能根本说不通。

"不是挺好的吗?"志村再次嬉皮笑脸地说。

"有什么好的啊?一点都不好!别开玩笑了!"

"咦?我没有在开玩笑啊。"

完全没有一点诚意的回答。

"你就是在开玩笑吧?有哪个公司里会有拜托前辈帮自己保管佛龛的后辈啊?!"

"你眼前就有啊!"志村干脆开起了玩笑。

"所以我才觉得讨厌啊!"

"不是挺好的吗?前辈的公寓不是很宽敞吗?我那里可是一室户啊!前辈知道的吧?"

"这跟我知不知道没有关系!这不是你要搬家所以我替你保管两三天这种情况吧?怎么说的好像我家的房子稍微大一点,所以我不替你保管佛龛就不行呢?真不知道你在想什么!你是白痴吗?"

我用了相当严厉的讲话方式。不这样说的话,志村是不会明白的。

但是,志村脸上的笑容并未消失。他完全没有明白我的意思。

"别笑了!"我说。要是我接受他这种态度的话,他又会变得更加自以为是。我秉性如此。原本我就讨厌迟钝没脑子的人。

志村难得地露出一回认真的表情,立刻又恢复到嬉皮笑脸的样子,用轻佻的语气说:"讨厌啦!你别生气嘛!"

"一般人都会生气吧?"

"被人拜托保管佛龛,一般来说是会生气的吗?"

"不是啊！我是对你的态度生气！你那个吃定别人的措辞是怎么回事啊？根本就没有像你这样的！不顾别人是否方便，在这种时间把别人叫到这种偏僻的居酒屋，一开口就说要人帮你保管佛龛！我可是连吃的东西都还没点呢！"

"除了前辈之外，我没有其他可以拜托的人啊！"志村发出了撒娇似的声音，又卖人情地说道，"这里我请客！"

"不是这个问题啊！被你请客我也不觉得高兴！何况这种廉价的劣等酒，就算免费喝了也没什么愉快的！"

事实上味道真的很差。

"而且，要是接受了你的请客，我就不得不答应你的要求了吧？这明摆着是我吃亏啊！我吃亏！"

"你不愿意答应我吗？"

"所以，我说了我讨厌的吧？你没听到吗？"

"为什么呀？"

志村一边说着一边举起酒壶。我急忙把杯子缩回来。要这家伙给我倒酒实在是太讨厌了。我很生气。

"想发问的人是我啊！我真想问问你到底几岁了啊？为什么你会有什么佛龛啊？"

这是我从之前便很在意的事。

我家里并没有佛龛。我觉得一般来说都不会有吧？

不。我转念一想，觉得自己只是对他不够强硬。也许那只是我的偏见？也许一般人家里通常都会常备佛龛？

我觉得不会有那种可能的。

大致来说，近来的住宅里并没有放置佛龛的地方。这不是空间的问题，是设计的问题。比方说，近来的公寓能够放置佛龛吗？那种价值几亿日元的豪华公寓我不清楚，就我所知的公寓，通常的房间布局，即便有和式房间也没有壁龛，连客房也没有。当然，也不可能会有佛堂。所以就无法放置佛龛吧？在客厅或者餐厅的电视机旁放置佛龛，这种情景我无法想象。

所以我觉得，只要不是信仰坚定到一定的程度，是不会在家里放置佛龛的。

即便是信仰笃定，也不能在来访者能够一眼看到的地方放置佛龛。这样的话，那就不是能够局限在公寓里的东西了。

回想起来，首先我就不记得曾经在认识的人家中见到过佛龛。

不，和老人一起生活的家庭里，也许会有佛龛也不一定。我的祖父也是个热心的信徒，虽然我并不知道他所信奉的宗派。所以在我的老家，即便是在祖父已经去世的现在，也还留有一个能够容纳小孩儿进出大小的佛龛。我的父亲虽然完全没有信仰之心，还是把那个佛龛就那么保留着。但是，我并未想过假如父母去世，我是不是要把那个佛龛搬到自己家里来。完全没有想过。从实际来看也是不可能的。

但是，把大小的问题放到一边不考虑，要是我和祖父一起生活的话，当然应该设置佛龛。考虑到这一点，我也许比我自己想象得更加接近佛龛。

即便如此，佛龛也应该放在看管它的人生活的地方吧。我觉得祖父的佛龛大概也是放在他自己的房间里吧？认识的人当中，也有可能有几个人家里有佛龛。一定是因为我到熟人家里拜访的时候没有兴趣窥探老人的房间，没看到佛龛，所以我才认为别人家里都没有佛龛吧？

不过，志村是一个人住的，应该不是这一类的原因。

我也没听说他的长辈都已经去世。虽然我记得不是很清楚，但似乎听说他老家在岐阜还是哪里的。那样的话他应该也不是被硬塞了这个佛龛到这里的。

无论如何，不管是什么宗派，都没有说离了佛龛就不行的。佛龛又不是室内装饰。它是信仰的证明，也就是说和佛具、法器是一类的东西。没有任何一个宗派会指导信徒将佛龛放置在玄关、起居室这些显眼的地方。不管怎么说，我身边是没有这种宗派的信徒。

但是……但是，志村的公寓里有佛龛。

虽然是一室户，但也没有藏起来的意思。虽然很令人厌恶，但还是一眼就能看到。

我第一次进入那个房间的时候被震惊了。

说是震惊，更确切地说，是觉得好像看到了什么不该看到的东西，不知为何有种内疚的感觉。

比电视机还要大的老式的黑漆佛龛，就放在电视机的旁边。

那真是奇异的景象。也许我一开始根本就没想到那是佛龛。我觉得那也许是尺寸超乎常规的衣橱啊、柜子啊之类的东西。

不，也许我从一开始就已经接受了。

佛龛不管怎么说也是佛龛。我在知道那是佛龛的同时，也在无意识中努力地想要把那当作是别的东西。

因为它的出现太过唐突了，完全超乎常理。我并不是觉得佛龛超乎常理。只是那个东西出现在那里这件事，超出了我能够理解的范围。

不相称。

志村是个把头发染成茶色的轻浮的年轻人。虽然现在也算不上是年轻人了，不过他应该比我要小上七八岁，还是二十五岁左右的年纪。他并不是个和佛龛搭调的男人，他们的路数反而恰恰相反。

倘若佛龛不是出现在志村的房间里，我大概也能稍微顺利地接受事实，但遗憾的是，那是志村的房间。我的固有观念也不得不发挥作用，强烈地抗拒着去接受那个大大超乎常理的存在。我想事情一定就是这样吧。

但是不管我怎么想，佛龛依然是佛龛，它千真万确地出现在我的视线中。在那个场合下，不管我多么不想承认，它依然存在在那里。我的意识立刻陷入了被迫承认那是佛龛的困境中去。

但是，要说我下一步做的事，就是将自己和世俗对于志村这个人的恶劣评价纠正过来。

志村就如同我之前所说的那样，感觉迟钝。迟钝、没神经、轻浮，也就是没脑子。这不是知识或者教养的问题，而是他作为一个人来说的迟钝之处。那种迟钝很难加以指责，结果引起了周围的不愉快。

"这个白痴！"虽然让这样的嘲笑满天飞也挺好的，在这期间，微妙的不适宜感在反复看见志村做些没脑子的事情的过程中变成了更加令人不快的东西。情绪低落、受到伤害、缺乏干劲，虽然这些都不是什么大事，累积起来就让人郁闷了。那种失望的、麻烦的感觉，是一种难以忍受的情绪。

因为原本对志村本人并没有什么恶意，而且也没有发展成无能为力的交流障碍，仅此而已，依然很难回避志村带来的不愉快。

所以志村被大家讨厌。可他并未觉察到这一点。他也没有要在乎的意思。

不知为何，我被这个令人讨厌的家伙缠上了。志村把我当成他的伙伴，并不仅仅因为我和他是同一所大学毕业的，他似乎完全信任我。

老实说，这让我十分困扰。

我觉得过于断然地划清和他的界线显得太孩子气了，所以尽可能地努力保持正常接触。然而拜他所赐，我失去了好几个绝妙的机会。不仅如此，最近向我抱怨志村的人也在增多。

我把这当作他年轻的缘故。我觉得他这个人思虑不足，考虑事情不够周到，因此一直在帮他收拾烂摊子。

然后，就是佛龛这件事。

在一个思虑不足的轻浮的年轻人的屋子里，应该不会有佛龛吧？

应该没有的。既然有的话，那他……

是信仰吗？那个时候我这样想。

虽然我并不认为有信仰的人就思想成熟就了不起，但多少思念着什么、崇敬着什么的话，和那种全然不做思考的人还是有所不同吧？

抱着这种想法，志村在我心里的定位就偏向了信仰者的方向。

我也没法盘问那个佛龛是什么，也不能问志村信仰什么。因为我对宗教的派别并不熟悉，所以立刻想到的便是新兴宗教。如果真是新兴宗教的话，那就不是可以随便询问的事了。

不知是什么原因，我的心情陷入了沉重和厌恶之中。

但是，现在想起来，那也是一种错觉。佛龛的门紧闭着，紧挨着旁边放着便宜的迷你音响和 CD 架，这些东西堆得满满的。佛龛上面扔着商品宣传单和收据，我想灰尘应该也积了不少，很散乱地堆在那里。

"你啊……为什么会有佛龛这种东西啊？"我再次问道。

志村的表情认真起来，有点瞧不起人的意思，鼻翼鼓了起来。

"没有为什么，我就是有啊！"

"为了什么呢？"

"可以问一些不寻常的事。可不是供奉祖先什么的啊！"

"什么意思？"

果然，这家伙完全没有信仰之心。

我又问道："你父母呢？"

"母亲在岐阜啊。"

"一般来说，佛龛都是放在老家的不是吗？"

"啊？"

"啊什么啊？你母亲住在老家吧？"

"是住在医院哦。"志村说。

"住院了吗？"

"因为老家的房子已经卖掉了。而且我母亲是嫁到我们志村家的媳妇，和我家的祖先没有关系吧？"

"没有关系？"

具体怎么回事我并不清楚。是这么一回事吗？

"那你父亲，那个……"

"当然父亲也进去了啊。"

志村说着，把剩下的章鱼下酒菜放进嘴里。

"是因为母亲住院，房子也卖掉了，所以佛龛没有地方放了吗？"

"不是啊。是我父亲死的时候，这个佛龛到我这里来的啊。"

"啊？"

我感觉好像怎么也说不通。

"是因为你母亲说让你暂时保管吗？"

"暂时保管？"

句末的音调稍稍上扬，志村露出了惊讶的表情。

"算是暂时保管吗？是我接收了吧。"

"接收……吗？不，也就是说……嗯……是这么回事吗？我祖母去世的时候，祖父完全崩溃了，一直坐在佛龛前，整日整日地拜祭。"

是宗教信仰不同吧？

我问志村他母亲是不是基督教徒，志村笑着回答："不是啊！真讨厌！"

"什么讨厌啊？"

"别嘲笑我了啊。为什么我的妈咪要是什么基督徒啊？"

"妈咪？"

相当地……讨厌。这家伙。

"怎么还叫'妈咪'啊？"

"不，前辈自己才是基督教徒吧？也并不是没有这种可能吧？"

"我不管有没有这种可能什么的。那种事情除了你自己谁也不知道啊！别说得好像理所当然似的！你母亲是什么宗派的，跟我没什么关系吧。那个，志村啊。你的常识就等于这个世上的常识吗？可别以为对你来说是理所当然的事，对这个世界也是理所当然的啊！什么叫别嘲笑你啊！"

"因为……"

"因为个屁啊！"我说。

是的，要是觉得自己的常识就等于这个世上的常识，那可真是大错特错了。

我回味了一下自己说过的话。但是，比起坐在眼前的这个把自己愚蠢的一面暴露出来的男人，应该还是我的常识更接近大众的一般常识吧？日常生活可以为我证明这一点。

"好好地给我说明！"我说。

"好好地……说明什么啊？"

"就是说，那个佛龛对你来说是什么？为什么必须要委托我暂时保管？我完全不明白啊！难道我是白痴吗？是我的理解能力有问题吗？"

"前辈不是白痴啊。"

这样说了之后，志村又用"只是稍微有点迟钝"做了总结。

"什么啊！"

"看，又生气了。前辈你真开不起玩笑，马上就认真起来了！"

"我？"

"开玩笑，开玩笑！"

志村笑着，硬把廉价的劣质酒往我的杯子里倒。

"我就完全不介意，心平气和！"

"你说你不介意？"

他没有回答我。

不，难道说别人是这样看待我的吗？

令人讨厌的思绪从脑中飘过。迟钝的人是我吗？在我不知道的地方，别人是这样评价我的吗？而且这家伙……

"是女朋友啊……"志村突兀地说。

"女……女朋友？"

"讨厌啦！你知道我在说谁吧？理惠子啊！理惠子。"

"理惠子……咦？总务科的……安藤理惠子？"

"你还装傻！"

我根本没装什么傻。我真的不知道。

"公司里已经传得沸沸扬扬了啊！我应该很困扰吧？"志村用事不关己的口吻说道。

"困扰……"

"内部恋爱什么的，大家都这么说的不是吗？"

所以说我不知道啊！这已经成了除我之外大家都知道的事了吗？而我只能勉强想出"总务科的安藤理惠子"这个名字，长什么样子就完全想不起来。印象中，似乎是个很朴素的女孩儿。

"我这么说吧,她下个星期到我那里去。"

"你们在同居吗?"

志村歪起了一边的脸颊。

"你这个说法可真讨厌呢,前辈!怎么说呢?像老头子一样啊。说什么同居啊?只是暂时住在我家而已。你在想什么啊?"

我并没有在想什么。一起住的意思不就是"同居"吗?

"那么,怎么……是女朋友觉得讨厌吗?"

"是我觉得讨厌啊。很不好意思。"

"不好意思?"

我不明白,我怎样都无法明白。这种无法沟通的感觉很讨厌。非常讨厌。

"那个,你该不会是因为要和女朋友一起生活,佛龛很碍事,所以才让我帮你保管吧?"

"你直接说我任性不就好了吗?"志村回敬道,又说,"真的只是一小段时间啦!"

2

"那么,你就帮他保管下来了?"

制作部的深谷将提神的健康饮料喝完之后,露出看起来十分放松的表情看向我。

"就算做好人也要有个限度啊,河合!"

深谷把饮料的盖子拧上。

"你根本不用去管那个白痴方不方便不是吗？你明明是他的上司吧！"

"这个嘛……"

"这个什么啊！虽说你照顾部下是没什么不好的，也不用做到这种地步吧？上次高部辞职了，这段时间洼田的老婆也住院了。我们这个年纪的人要糟糕啊！"

糟糕。

实际上我觉得我也糟糕了。

"认真的家伙是不行的吧。像高部那家伙，就是痛痛快快地把那个龟井部长骂了一顿之后交了辞职书，连我们这边都受了牵连。怎么说呢，我觉得虽然他胆量是挺大的，但结果却不尽如人意。"

深谷用食指戳着自己的太阳穴，软绵绵地左右摇晃着脑袋。

"已经是废物了吧。"

"不要背负多余的压力哟。"深谷继续说，"即便没有这件事，那个志村也是个烦人的小鬼吧？我们制作部对那小子的评价也参差不齐。虽然对于作为他上司的你不太好意思，但确实有人拒绝和志村搭档工作。那家伙真是派不上用场的头号废物啊！怎么说呢，不知道为什么，我们的部长对于那个志村似乎并不在意，我们要是做了多余的事反而不好。"

他弯下腰说道："因为都是一样的笨蛋，所以才不在意吧？"随后又咯咯地笑起来。

"最差劲了！那家伙。"

"最差劲了哟！"

是的。最差劲的人，是我……

"怎么了啊？"

深谷拍拍我的肩膀。

"要是讨厌的话，还给他不就好了？那种东西怎么能拜托给别人代为保管呢？是做出这种要求的人自己不正常吧？"

是的，不正常。

为什么他会开口要我代他保管啊？

这两天里，我就在反反复复地回想这件事。并不是后悔这么简单的。那个时候要是拒绝的话……

虽然我是打算拒绝的，但最终却接受了下来。我也只能认为自己是着了魔了。

不知为何，我的记忆十分模糊，记不清楚。是被廉价的劣质酒冲昏了头吗？因为觉得很难喝，所以我并不记得自己喝了那么多，但也许是因为累了，所以实际喝的量比我自己估计的要多。

第二天，佛龛送了过来。

我打开门，门外站着一个像是便利店店员的年轻人，直接就问我"要放到哪里"，我丈二和尚摸不着头脑，但是看到那个放在年轻人身后，用布包裹起来的大箱子一样的东西，我立刻猜到了那是什么。

但我当时刚刚睡醒，还残留着起床气，头也疼，整个人晕晕乎乎的。大概是因为这个原因，我也没心情和年轻人扯皮，就把那个东西收了下来。即便迁怒于送东西的年轻人，也无济于事。

因为拿到房间里去觉得很讨厌，我就把它放在了玄关，然后自己再次回到床上，觉得非常不愉快，尽管这种心情只持续了一会儿。

这都是什么啊！

我这样想。虽然想是这样想，但我实在不愿意到玄关去，于是就在卧室里闷闷不乐地待了差不多一个小时。

但是，就算我这么待着，不愉快的心情也无法得到纾解，玄关的那个东西也不会消失。

这样想着，我就觉得自己的身体软绵绵地使不出力气，仿佛有千斤之重。我牵动着沉重的四肢，不管怎么样还是到玄关去看看吧。

佛龛放在玄关那里，就像是防范入侵者的路障一样。不仅如此，玄关还充满了令人讨厌的气味。

当时我以为那是沉香的气味。因为佛龛常年沉浸在线香的香气之中吧，我自己这么想着。

只用手触摸都会觉得讨厌，于是我就把它放着不管，直接给志村打电话。

志村家的电话没人接，打他的手机也没有开机。我无可奈何，就把佛龛搬到了客厅里。就这么放在玄关的话，我根本无法进出。

佛龛虽然不重，但是很大，一个人搬实在是很要命。

而且还很臭。

早知这样，让那个送过来的年轻人给我搬进来就好了！我十分生气地想。当然是生自己的气。

搬进客厅之后，果不其然，形成一种罕见而又奇妙的景观。太奇怪了。我这已经是陈设简单的房间了，但还是显得轻浮。

果然，佛龛始终是佛龛。

我泄了气。

不管是坐在沙发上还是坐在地板上，只要有佛龛在，我就无法静下心来。放在客厅正中间的话，不管从哪个角度都能看到。因此，我索性把它靠墙放着。

我好像在认真寻找放置佛龛的场所，这令我越发泄气。

因为心情实在糟透了，我就去冲了个澡。但是在淋浴的过程中，我的思绪还是停留在那个客厅里的佛龛上，一点都不爽快。

讨厌！讨厌！我简直想这样大叫出来了。

我草草地洗完澡，披上浴袍回到了客厅，"扑通"一声把那个佛龛放在了分隔卧室和客厅的墙背后。

这情景简直像房间被佛龛占领了一样。我无法忍受。

我本来想用床单盖住它，但又不愿意让床单沾上佛龛上的那种味道。而且，即便用布盖上，它的存在感依然不会改变。

不管怎么样，我要让它从我视线所及的范围内消失。我不想看到它。

"然后？你把它搬到卧室里了？"深谷皱着眉头说。

"因为也没别的地方好放了。"

"送回去不就好了吗？"

"我也这么想。但我想早一点把那东西从我的视线中挪走，早一秒也好！"

"嗯，你的心情我能理解。我听下来，觉得你稍微有点神经衰弱呢！"

"那个时候还没关系。"

是的，那个时候，我还是正常的。但是从那以后……

"怎么了？"深谷说着，眉间皱了起来，"总觉得你有点故弄玄虚呢，河合？"

"故弄玄虚吗？"

并非如此。是因为我无法确切地描述出来吧？这实在是相当困难。

"大概我也不正常吧。"我说，"和高部半斤八两吧？而且还在发展之中哦！不，从以前开始大家就是这么看我的吧？因为你和同一批进公司的人交往时间很长，虽然你平时就像这样很正常地和我来往，但实际上，你对我的评价和对志村没什么区别吧？"

"你在说什么啊？"

"开不起玩笑、马上就较真儿的木偶！我就是那样的人吧？"

"喂！河合！"深谷说着站了起来，"你果然变得奇怪了吗？"

"确实奇怪啊！从一开始你不就这么说吗？"

"等一下！等一下！"

深谷张开两手像是要平息场面一样，再次坐了下来。他从里面的口袋里拿出香烟，塞了一根在嘴里，随后把香烟盒递到我面前。

我拒绝了。

我的鼻子已经失去作用了，对气味和香气已经无法判断。不管闻到了什么，都会觉得是佛龛的味道。

"高部开始出现异常的时候也是这个样子的。别激动。我没想要惹你生气啊！那什么……怎么说……那个……该怎么说呢……"

深谷说话的声音慌慌张张的，显得十分狼狈。他叼着那根没有点上的香烟，思索了一会儿，随后又说："志村怎么样了？把东西送到你那里是星期天的事吧？不管怎么说你没有马上送回去，是没有联络到他吗？"

"不。"

我联络上他了。在那之后我打了好几次电话。志村一直不在家，但到了晚上终于接通了电话。

"然后……"

"哼！说'承蒙关照了，稍后送还过来吧'！"

"承蒙关照？是总务科的安藤？"

"大概是吧。"我漫不经心地回答。

——根本就是前辈你自己不好！

——所以被人讨厌啊！

志村是这样对我说的。我……

"就算取得联系也已经是晚上十二点了啊！那个时间就算说让我送还过去也没办法啊！所以，我只有无可奈何地上床睡觉，还开着卧室的门。"我这样告诉深谷。

"为什么？"

"臭啊！那臭味很厉害。不，其实不是很大的臭味，算不上强烈。但是，怎么说呢……"

那个臭味十分不同寻常。

更进一步说的话，那并不是线香的味道。

确实是有沉香的气味，但并不是那么高雅的气息。

"臭吗？那个佛龛。"

"臭。我一开始也以为会不会是别人家的臭味，但不是的。那个啊，好像是老年人特有的臭味！"

"是老人臭吗？"

"嗯，很类似。但是有少许不同。那个啊，螃蟹……的味道？"

"螃蟹？你是说吃的螃蟹吗？"

"是啊！吃完螃蟹之后会留下蟹壳吧？不管是毛蟹还是花蟹。然后，把吃剩的蟹壳放在那里等待垃圾回收日，这段时间里蟹壳就会发臭吧？"

"啊。"深谷蹙着眉，"我说你啊，那很臭啊！你能受得了？"

"并不是单纯的那种臭味，好像有香味混在里面，所以也不是无法忍受的。不过那种香味也就只是一点点。"

"那就不是佛龛的臭味啊！"

是的。正确来说，应该是佛龛里面的东西的臭味吧？从佛龛里漏了出来……

"是不是里面放了什么东西？"

深谷眉头紧蹙。

"那个浑蛋！难道打算把厨房垃圾塞进佛龛里送出去吗？这种让人笑不出来的笑话他还真擅长啊！我们制作部里可没有一个人听了那家伙的笑话能笑得出来的。志村一到我们这个楼层来，除了他以外的笑声就听不到了。你看过那里面吗？有没有放什么东西啊？"

"放了啊！"

"啊？"

深谷一瞬间僵硬了。

我并没有在意他那种表情。

"不过，即便如此也没到难以忍受的那种程度。但要是这样想的话，到了睡觉的时候，只要再一次开始在意，就受不了了。"

"讨人嫌吗？"

"是啊。我也没有除臭剂、芳香剂这种东西，充其量只有不知道是谁给我的味道庸俗的香水，我还一次都没有用过呢。我把那个拿来放在枕头旁边试了试——完全没有用。没办法我，那天晚上就在客厅的沙发上睡了。"

我记得自己好像做了讨厌的梦，出了一身冷汗才睁开了眼睛。

"什么啊！你，连那种事情都……"

"为了那种事……为了那种事情通宵不睡，像白痴一样吧？我也还有工作。和你们制作部不同，我们营业部早上可是很早到的啊！每个星期的第一天上班还有晨会，更别提工作一天的辛劳了！"

但是……

"光这样说说就觉得肚子被愤怒填满了，也只有来上班看看了！"我继续说，"志村请假了。"

"请假？还是无故旷工？"

"不，他好像是越过我直接跟部长说的，好像上个星期就接受了他的休假申请。总之志村请假了。不，那家伙今天也在休假。从那之后一直休假。"

"一直……今天已经是星期五了吧？这个星期他一次都没来过吗？他请了长期疗养的假吗？"

"好像是请了延迟的夏休。"

"我就说完全没听说过！真是让人大跌眼镜啊！再说，你不是他的直属上司吗？他请假需要你同意的吧？"

"我上个星期出差去了。这种情况只要代理课长盖章不就行了吗？山田那家伙接受了他的申请，却没有报告给我。"

是忘了报告吗？还是……故意不告诉我？

"不知道的人好像只有我一个，营业二部的人全都知道。怎么样，你看，刚刚说的那个安藤也休假了吧？"

"什么啊！"深谷大声地说。

随后又转为小声，说出了完全没有水准的话："两个人一起请假，是做过头了吗？"

但是不管用什么方式来表达，这似乎是事实。正如深谷所说。

"讨厌讨厌！"深谷学着我的样子说，"这个嘛……不……不管多么年轻，也不是大学生了，这算怎么回事啊？带女人回家拼命做爱，佛龛放在那里确实是碍事吧？女人也觉得讨厌，气氛也难以创造出来。可就算这样，就该把碍事的佛龛硬塞给上司吗？"

"要是我早知道的话就拒绝他了！"

"当然啦！"深谷说着，终于点燃了香烟。

在公司里是全面禁烟的，所以在吸烟室以外都不能抽烟。也许是因为如此，平常到这里来的话都会自然而然地想要抽烟，今天却觉得十分厌烦。

烟草的臭味沾在身上了。

"所以那家伙就骗了你吗？"

"没有。那家伙……似乎，理所当然地觉得我知道，说不定他是以我知道为前提来跟我说的。我感觉似乎是这样的。"

只有我不知道。我是迟钝的。

被讨厌的人是我。

我，什么都……

什么都……

不知道！

"然后就那样……吗？"

"我去过一次啊。"

"去过？那家伙的公寓吗？确实是在祖师谷吧？"

"嗯。星期一有接待任务，所以晚上太晚了。我只有星期二的一个晚上在沙发上睡。"

"那么，他在吗？"

"在啊。两个人都在。然后……"

志村半裸着身体出来了。

——讨厌啊，前辈！

——稍微考虑一下吧！

——你突然过来我很困扰啊！

——女朋友也光着身子呢！

他笑着这样说。

越过笑着的志村的肩膀，我能够看到那个女人。

因为是一室户的公寓，所以就算想躲也没地方好躲。虽然我心里也是这么想的，但那种态度我怎样都无法接受。那女人就像志村所说的那样光着身子，但是既不害怕也不害羞，连遮掩胸部的动作都没有，就那么无所谓地面朝着我。既不见她像是受到惊吓的样子，也没有表现出害羞的神色。

我对那个女人有印象，知道她的名字，也曾跟她打过交道。

白痴吗？我想着，同时产生了极度厌恶的情绪。怎么说呢？过于不要脸了！我能闻到像是精液的气味飘浮在空气中，让我想吐。

"要进来吗？"志村问。

"进去？你问我吗？那家伙是怎么回事啊！而且你……"

"你要进来吗？"

我根本没法进去吧？

就算志村无所谓，那女人怎么办？

不，那个样子的话，我也只能说那个女人也不怎么介意。我没法进去。要是真的那么做的话，我自己会觉得讨厌的。

而且，如果就那样说着"好，我知道了"走进房间去的话，结果肯定还是会被"前辈没脑子""一点都不顾虑"这些话数落一通。这种事情已经太多太多了。

"我虽然想把志村叫到外面去盘问，但志村也跟个木头似的。"

我泄了气，完全失去了干劲。

我想揪着志村的衣领，但他光着身子。而且，志村身上散发出雌性的气息，如果让我触碰他那满是汗水、黏黏糊糊的肌肤，我会感到十分厌恶。

"所以你就沮丧地回来了吗？"

"我抱怨了啊！但是……"

也就只是抱怨了而已。

"从那之后我就没心思再去了。电话也不打。会想着说也许那两个人正在亲热吧，恬不知耻，令人恶心……"

"确实是讨厌呢……"

深谷把烟熄灭。

"那两个人的组合我连偷窥都不愿意。怎么说呢……"

"迟钝啊！"我说。

"迟钝……吗？"深谷拉长了音调反问道，"迟钝！是迟钝没错吧？怎么会那么迟钝啊？大体来说那个男人……"

对那个臭味熟视无睹吗？

不，那是之前的问题。那家伙……

"冷静点啊。"深谷说。

"所以，河合，你是不是睡眠不足、心神不定的缘故啊？神经真是意外地纤细呢！这件事，怎么看都是志村不正常。太奇怪了。大概算得上是狂人了。所以，那种事情你就别在意了。不管怎么说，那种迟钝的白痴，你也没必要和他生气。还给他就可以了吧？悄悄地送还回去不就好了吗？要打包的话我可以帮你忙！"

"没法送啊。"

那个……

没法送。

3

星期三那天,裕美过来了。

我和裕美已经交往三年了。

裕美是个上班族,在服装类企业的开发部门工作,原本是我们公司秘书课的员工。四年前,她因为现在的制作部部长龟井恶意的性骚扰而辞职。她辞职之后,我和她在旅行的时候偶然相遇,从那之后就一直在交往。

我们也商量过早晚是要结婚的,我也是这样打算的。只不过当着彼此的面,谁都没有提过结婚这件事,一周也就见一两次面而已。即便如此,我也觉得我们的关系很稳固。

我忘记了和裕美的约定,显得狼狈不堪。我的公寓里,不,我的头脑中,那时正被佛龛占据着。我虽然立刻提议出去到哪里吃个饭,但裕美已经把食材都买好带来了。于是,我只好跟她说那就随便做点什么吧。

裕美问我是不是身体不舒服,说我脸色好像非常糟糕。

"还是说有谁在吗?"她微微一笑说道。

这是她深有把握我不可能出轨才说的话。我已经被她看穿了。我在女人方面淡泊得令人惊讶。虽然我自己觉得跟别人一样,可事实似乎并非如此。

"家里有佛龛。"我如此回答。

"那是什么啊？"裕美的眉头皱了起来。

虽然她的神色很严肃，但并非真的生气了。我就喜欢她这种不是对任何事都谄媚地呵呵笑的作风。

总而言之，我简单地做了说明，一边吃饭，一边仔细诉说现状。虽然我觉得这不是适合吃饭时谈论的话题，但想想看这又不是什么粗鲁的话题，对于除了我以外的人来说，最多也就是个偏离常规的故事而已。志村的愚蠢，我平常就多多少少给裕美传达过。这次，我重点说了他那种异乎寻常的做事方式。

真的，想要说一下佛龛的事。

"什么啊！真让人无话可说！"裕美说。

"安藤那个人我也知道。是在我辞职之前进公司的吧？那个女孩儿才二十三四岁吧？还是说'已经'比较合适？我记得她。多俗气的一个人啊！"

"是吧？"

不出所料，裕美把这件事的重点转移了。在我看来，休假的白痴部下不管想和谁上床、对方是怎样的白痴女人，这些都无所谓的。

"多令人讨厌的气氛啊！"我说。

难得的一顿饭也浪费了。虽然说不出口，但实际上我根本无法品尝到美味可口的滋味。并不是裕美做的饭菜不好吃，而是一想到卧室里放着佛龛，我就觉得吃不出味道来了。

我们还喝了不少红酒。

无法遏止的自暴自弃感，与裕美的存在所带来的奇妙的安心感交织在一起，我喝醉了。不管我怎么喝、怎么醉，佛龛都无法从我的头脑中消失。

这是理所当然了。不管是喝酒，还是吃饭，卧室里都放着一个庄严的佛龛，并不是说消失就可以消失的。

不久，裕美说要去淋浴。

这时我终于注意到了——卧室很不妙。卧室里有佛龛。

注意到的时候已经晚了。我踌躇了。我并不是没有那个意愿，不，坦诚地说，我是想要拥抱裕美的。为了解除压力而寻求性行为这种做法，我觉得对性爱的伴侣是很失礼的，但情欲这种东西又不是理性可以控制的，它就那么擅自涌现了出来。

淋浴的声音传入耳中。在心里稍微想象一下裕美裸身的姿态，我立刻冲动了起来。

但是，那个臭味……不，那个佛龛……

把它放到阳台上去吧？

不，不行，太麻烦了。我觉得很扫兴。这种氛围真是相当微妙，要是做到一半没有心情的话就前功尽弃了。

但是，裕美不喜欢在床以外的地方亲热。

我搜肠刮肚地想着对策。

裕美进到卧室里来，当然就会注意到那个异样的臭味。她也理所当然会看到佛龛，要是因此而失去兴致也是没办法的事。

不久，裕美披着浴袍从浴室里出来。浴袍的前面并没有裹得很严密，显得相当妩媚。

"怎么了？"

裕美一边摸着我的头发一边问。

我一脸十分愚蠢的表情。

"有佛龛啊！"我说。

"那种东西……不就是个箱子吗？"

裕美用鼻子轻轻"哼"了一声，敞开浴袍的前襟，把我包了进去。

"我不在意啊！"

"但是……"

"什么？"

她用嘴唇将我的借口堵住了。

身体的接触是无可替代的诱惑。裕美的身体柔软而温暖，而白天的她则是个冷静的知性女子。这种反差令我无法抗拒。

我紧紧地拥抱着裕美赤裸的身体，就那样站了起来，两人的身体交缠在一起，打开了卧室的门。

那个瞬间，我的脑中浮现出了志村和安藤纠缠在一起的不愉快的画面。

我们跟他们是一样的，在心底的一角我这样想。

十分讨厌的心情，倦怠感从胸口渗出。佛龛的臭味唤醒了我的记忆。即便如此，我也无法后退了。

裕美是没有注意到吗，又或者她是不在意呢？

那种心情非常微妙，我只能让自己的身体跟着起反应。

只看着裕美的身体。

只闻着裕美的气息。

近乎沉溺。

在意！在意！在意！我的心思全部朝向了那个讨厌的箱子。我无法集中精神，对裕美的爱抚也是有一搭没一搭的。

我想着那件事，越想越在意得不得了。

类似疲劳感一样的东西涌入我的身体，甚至渗入指尖。这样不行，我想。原本应该是甜蜜的行为，突然间变成了义务一样的东西。

心情烦乱。由于无法化解自己这样的心理活动，我转而专注于行动上。我强烈地想要专注，强烈地驱使自己。

"怎么了？"裕美用很小的声音简短地问。

做到一半我便萎靡不振了。即便如此，裕美依然热情高涨。我勉强硬着头皮又努力了一会儿，就抬起了身体。

"抱歉啊。"我对裕美说。

裕美失神地躺了一会儿，很快就抓着自己的头发说道："这样的事也曾经有过啊！"

我坐了起来，告诉她不行，我没办法做到。

"又不是你不愿意，别介意。"

裕美从背后抱住了我。

"两个人在一起是很重要的吧？"

"嗯……"

温暖，柔软，非常……

想要拥抱她。

但是……

我抬起头来，正对眼前的是那个可恨的箱子。

果然还是有异臭。臭。有什么东西漏出来了。我仔细一看……佛龛的门稍稍打开了一点点。

"啊……"

"那是……让你在意的东西?"

"开着。"

"原本是关着的吗?"

"怎么能打开啊?这种东西!"

"也许是震动弄开的呢?"

裕美稍微笑了笑,朝着佛龛的方向探过身子去。

"不要!"

我抱住她的身体阻止她。肉体相互接触的瞬间,我的情欲高涨了起来,但心情依然无法愉悦。似乎仅仅是皮肤的表面在渴望性行为,而大脑却加以阻止,就好像是这种感觉。

实在是太可恨了!

"别去碰那种东西!"

"但是,是不是牌位什么的倒了呢?"

"牌位?"

"里面有的吧?"裕美说,"牌位啊,遗像啊,木鱼啊什么的,佛龛里面不是放了各种东西吗?要是摇晃的话是会倒的啊。你是一个人把它搬进来的对吧?"

"是啊。"

但是,这么一说,不管我之前如何粗暴地挪动,它一点声音都没有。一般来说,要是那样搬运的话,里面一定乱七八糟了。

"是不是什么都没放进去？"我说。

裕美瞪了我一眼："别说那种傻话。佛龛就是会放很多东西进去的啊！"

裕美伸出了手。

"住手！"

我说着抱住了她，我不想让她碰那种东西。我的手腕碰到了她的乳房，强行抱住她。

啊啊，好柔软！我再一次燃起了情欲。

就着这样的姿势，我们两人结合在一起。

像是要展现给佛龛看一样，我拥抱着裕美，律动着，然后达到高潮。

就好像硬要把一个燃烧不起来的东西给点燃一样，半吊子的成就感。我不知道裕美是否得到了满足。只是，真的有那么一个瞬间，我把那个讨厌的箱子给忘记了……

不，我没有忘记。

不仅如此，欢爱结束的那个时刻，讨厌的感觉加倍扑过来。讨厌，臭味更浓了，门也……开得更大了。

事后的收拾也草草了事，我拉着裕美的手离开卧室。

余韵也好，后戏也好，全都没有。

无法忍受。

无法忍受！那是什么呀！那个讨厌的臭味，还有视线……

我胡乱地洗了个热水澡。

裕美没有察觉到我的异样，提议再喝点红酒。

"你感觉到某种罪恶感了吗？"

"罪恶感？"

"你出人意料地不是那么在意啊。什么时候来着？在神社里面要接吻你都说讨厌。"

"那个啊……神的视线不是挺让人在意的吗？"裕美笑着说。

"白痴。为什么那种……"

"好啊！那才平常不是吗？一般来说是讨厌的啊。特别是佛龛什么的很讨厌不是吗？好像是被父母看到一样的感觉吧？"

"那是……"

确实是那样吧。

谁也不想在牌位和遗照的面前亲热吧？

但是，那个明显不一样。

那个……

"你喜欢那样吗？"

"我可是正常人，是你过分在意了。是不是压力太大了？"

裕美说着拿出了玻璃杯，将液体注入杯中。我没有闻到酒的香气，鼻子已经完全失灵了。

"也就是说，被熏臭了吧？是吧？"

"虽然是奇怪的臭味，但真的很讨厌啊！"我说。

当然并非如此。

如同裕美所说，因为志村而带来的各种各样的压力，在诸多方面施加于我。虽然都只是些微不足道的小事，但累积下来却是相当的重压。

佛龛便是那份沉重的象征。

"不过是个箱子而已啊！"裕美说，"用板子钉起来涂上漆而已吧？虽然不是很清楚，但如果里面是空的话就只是个箱子。对于有信仰的人来说，那也许是个特别的东西；你又没有信仰，再说也不是志村君的家人。"

是的，我也有被人强加了别人家的秘密的不愉快之感。

本该是既不能进入，也不能触碰的别人家族的中心区域，却大大方方地被送了过来，从而带来一种不愉快之感。

有不少人曾经在那个佛龛的面前祈祷吧？而且那些祈祷的内容，也应该是别人无法触及的。可能是对死者的虔诚的哀悼之意，也可能是丑陋的憎恶的火焰。像这种意念，这种历史，应该在那个佛龛里累积了不少吧。

而我就在那样的东西面前，袒露自己的身体，拥抱异性。

确实是很讨厌的吧？

"也许你说得没错。神佛这种东西，即便是没有信仰之心……不，正因为没有信仰之心，才会想要远离，才会感到介意吧？"

讨厌，是因为最为接近吧？

"讨厌吧？"裕美说。

"嗯，讨厌啊。"

"那就还回去吧！"裕美说，"明天给志村君送回去吧。他跟女人一直在一起三天也足够厌烦了。要不然的话，我会很担心你。我觉得你真的陷入了很严重的被害妄想之中，这样的话你会丧失自信的。"

"被害妄想吗？"

"你不是感到惴惴不安吗？"

确实没错。

"要是跟志村一样不正常了，那要怎么办啊？"裕美中气十足地说，"最近经济也不好，没有什么好事，所以你心情低落，我可以理解。但光工作是不行的啊！"

"结婚吧！"她说。

我无法回答她。

4

"那不是求婚吗？"

深谷十分吃惊地说。

"什么啊，河合！这不是值得祝贺的事情吗？要说岛冈裕美，那可是当时的秘书课之花啊！你这家伙！那么，怎么样？"

"不是啊！"

"什么不是啊？"

深谷好像很生气的样子。

"一起进公司的人里面，就只有你和我还是单身了吧？虽然像高部那样，最后落个家庭崩溃的结局也没法说什么，但老实说还是很羡慕的啊！"

"所以我说不对啊！"

"什么啊？"

"我现在不是考虑那种事的时候啊！"

"那种事？"

"我……"

大概已经疯了吧。

当晚，我做好了第二天到公司上班的准备，离开公寓，到裕美那里住了一晚。我近乎贪婪地大睡一场，第二天感觉心情稍许好转了。

我就那样到公司上班，把志村的事情和佛龛的事情全部忘记，努力工作。即便如此，志村带来的冲击依然持续着，办公室里鸡飞狗跳、杂乱无章。因为志村留下的尚未完成的工作还没有顺利地找人接替，也因志村过去的漫不经心，我相当生气。

但结果，我却安稳了下来。那一定是由于我可以认为"志村是没用的""志村是白痴""志村派不上用场""志村被人讨厌"才这样的。每当针对志村的责骂从他人口中说出的时候，不知为何，我都有种松了口气的感觉。

讨厌的人。

对志村的评价越是不好，对我的评价就越是上升——这样的错觉使得我重新找回了安稳的心态。针对志村的评价和针对我自己的评价之间没有任何因果关系。我为志村的漫不经心收拾残局也是因为职务的关系，是我的职责所在。要是对我处理突发事件、回避风险的表现做出评价的话就另当别论，并不是因为志村是白痴，所以我就应该得到褒奖。这样的想法就好像是自己给自己解闷一样。

随着心态的安稳，我最终专注地埋首于工作之中。结果，工作告一段落的时候，已经是临近末班电车的时间了。

随后我想了起来。

那个佛龛，那种臭味。

半路上我开始变得不想回家。放眼环顾四周，无论如何已经不是能在繁华街上流连的气氛了。大家都累了。而且，即使拖延回家的时间也没有意义，终归是要回到那里去的。我也想过干脆再回裕美那里算了，却不知为何没有心情。

在我磨磨蹭蹭的时候，末班电车也已经开走了。我没办法，只能坐出租车回家，却因为发呆而忘了拿发票。

和前一天晚上一样，我带着一身的疲倦，抬头看自己的公寓。能够看到巨大的佛龛，甚至从电梯门里都能看到佛龛。

我怀着犹如铅一般沉重的心情，筋疲力尽地走过走廊。虽然是司空见惯的光景，但似乎能看到什么东西沉淀了下来。我用钥匙打开门。

臭。

并不是我的心理作用。虽然神经确实变得敏感了，但即便如此，这个臭味……

并不是佛龛的臭味。

我故意粗暴地脱下鞋子，把外套脱下来扔在客厅里，松开领带，粗暴地打开了卧室的门。

异样的臭味笼罩着我。

这是……

这是尸体的臭味！

我十分确信,这是停尸房的臭味。祖父去世的时候我闻到过的,就是这个臭味。线香的味道,药品的味道,还有……

死亡的味道。

错不了!

我走上前去。佛龛的门比我离开时开得更大了。有什么东西在里面!

我在佛龛前弯下腰来,屏住呼吸,朝着佛龛的门伸出双手,突然地……

"喂!等等!"

深谷打断了我的话。

"喂喂,这可不是开玩笑啊!你,难道把那个佛龛……难道是……"

深谷把肩膀松了下来,让两手放松。

"不会有那种事吧?"

"哪种事?"

"不,因为你说尸体的臭味什么的,是不是你自己做了些奇怪的想象?不会真的有尸体放在里面吧?"

"尸体……倒是没有。"

那不是什么尸体。

"果然。"深谷说。

"而且你啊,里面有尸体什么的,怎么说呢,做得太过头了吧?这种发展简直像缺少制作经费粗制滥造的两小时电视剧呢!志村把什么人杀死，装进了佛龛里，然后把装有遗骸的佛龛寄放在你这里，自己逃走了——不，没有逃走吧？要是这样的话真是个很棒的猎奇故事呢！照目前的情况来看，大概是安藤理惠子被杀了吧？糟糕！真糟糕呢！"深谷笑了。

"这不是什么好笑的事情啊！"

"所以说你啊……"

"不是好笑的事情啊！别笑了！！"我的情绪很激动。

"哦，别生气啊。什么啊！到底是什么东西放在里面啊？"

"死人啊。"

是的。死人。

"死人？！"深谷用近乎抓狂的声音大叫，"死人……是什么啊？"

"就是死了的人啊！"

"果……果然是尸体吗？"

"不是。不是尸体，是死人啊。"

"你别光这么说啊！你到底什么意思啊？"深谷说，"不是尸体是死人，这什么啊？那就是说是幽灵吗，还是魂灵？那种东西在佛龛里……啊啊，你见过幽灵吗？"

深谷说着坐直了身体，继续说道："是错觉吧？你这个癔症患者！可怕可怕！太讨厌了啊！"

"不是错觉啊。"

不是错觉，也不是幽灵。那个……并不是什么幽灵。

"我对于灵魂啊、心灵现象啊之类的最讨厌了，所以我根本不知道幽灵是什么东西。那种东西都是透明的吧？但是，那并不是幽灵什么的，是实际存在的东西。"

"实际存在？有……实体？"

"有啊，所以……"

因为可以触碰到。

"什……什么东西？喂，河合，你要是知道的话就说吧！喂！"

深谷似乎变得不安了。

"喂！该不会是一部分的尸体吧？不会吧？那样的话，你就应该立刻叫警察……"

"并不是一部分哦。"

"全部吗？是碎尸之后堆到一起的吗？"

"不是啊。我说了好几次了，那不是尸体，但也应该不算活着。"

"咦？"

"大概，放进去的是志村的……"

那是志村的……

"祖先。"我说。

"祖先？是牌位吗？别耍我了啊，喂！"

深谷一脸哭笑不得的表情。

"佛龛里有祖先的牌位是理所当然的吧？你在说什么啊！"

"不是牌位啊。"

没有放那种东西在里面。

不，没有地方放那种东西。

佛龛之中……满满地挤着赤裸身体的人。

"啊？"

深谷真正地瞠目结舌，嘴巴半开着，直挺挺地僵硬在那里。这也没办法吧？谁也不会相信，连我自己也不愿相信，到现在我也不相信。虽然不相信，但事实就是事实。

"等等！等等等等！等等啊，河合！什么东西挤在一起啊？"

"人啊。"

"人的……什么？"

"不是什么，就是人。我也没说别的。"

"但是满满地……你说'满满地'是吧？"

"是啊。我是这么说的。"

"那就是数目很多……的意思了？还是说你'只看到'的意思呢？"

"两者都有。"

"两者吗？"

深谷闭上嘴，双手环抱，神情变得微妙起来。他是在担心我的精神状态吧？

"那个佛龛有多大？"

"大概有小的冰箱那么大吧。"

"那也就是说是能抱起来的大小吧？总之把人团起来的话，大概能够把一个人放进去，但不可能会放得下很多人吧？"

"放了很多进去啊。"

"要怎么做到？佛龛很小啊！"

深谷多少开始生气了。一定是无法理解吧？不可能理解的。

"那个啊，深谷。"

我冷静下来进行说明。越是冷静，就越是觉得很滑稽。滑稽的、没有道理的、脱离常识的、惹人发笑的东西。

"我觉得那是用硅胶或者别的什么东西做的，做工精巧的人。皮肤的质感高度还原，连细小的毛发都有，是十分精巧的东西。"

深谷怔住了。大概是觉得我突然间冷静下来很奇怪吧。

"那是……总之，就像真正的充气娃娃那样的东西？"

"我也没见过那种东西，所以无从判断。大概是那样吧。看上去完全和真正的人体没有区别，但是，没有骨骼。"

"是很柔软的吗？"

"也不是说能达到软泥那样卓越的柔软度。那完全就像是人类的那种质感。而且，给人感觉像是硬生生塞满箱子的。"

"在箱子……里面？"

"是啊。一点空隙都没有，硬生生地塞进去的。这样的话可以放多少个呢？我看到很多个，满眼都是。"

"白痴。这是在讽刺吗？"深谷说。

要是把这当作讽刺的话，我是被现实本身讽刺了。对我来说，我根本不想去确认那种充满了亵渎感的东西。

打开佛龛门的我，真的无语了。

也正是因为我屏住了呼吸，几乎要晕倒了。

我转过脸，面朝床的方向，才得以继续呼吸。因为门全部敞开了，那个臭味结结实实地让我吸了一肚子。

我被呛到了。不仅被呛到了，喉咙数次蠕动之后，我当场吐了出来。

一旦开始呕吐，就没法停下来了。

胃痉挛着，我吐了好几次。呕吐物的味道笼罩着我，很要命的味道，使得我又吐了起来。床和地毯都被我吐得一塌糊涂。

吐完之后暂时镇定下来，我回过头去。

并不是幻觉，那东西依然在那里。

佛龛之中挤满了人。

当然……当然，我以为那是尸体。不管是谁都会这么想吧？不，不这么想的才是有问题呢。深谷的反应是正确的。

我想打电话报警，但是我直不起腰来。胃部多次痉挛，我按着腹部，总之先让自己冷静下来。那么臭的空气令我无法呼吸。

我想我保持那样的姿势喘了有十分钟左右。

在那十分钟里，我稍微恢复了一点点的理性。随后，那仅有的理性，促使我思考了其他的可能性。

恶作剧。

那个志村的白痴恶作剧！

这一定是人偶，要是我慌慌张张地报警，一定会丢人现眼的。志村是不是一开始就瞄准了这一点，所以才说让我帮他保管佛龛呢？

不这么想的话，我无法接受。

那样的话，这个臭味也是由于把散发出异臭的什么东西放进去了吧？他可能预想到我不会打开佛龛，才事先把厨房垃圾还是什么东西的放了进去吧？

这样一想的话，我就注意到了。也许所有的一切都是计划好的不是吗？志村的休假也是，和安藤理惠子的事也是，什么都是，都是为了引我上钩而演的戏不是吗？不，根据场合不同，整个楼层的人联合起来演戏的可能性也是有的。志村和同事们联合起来欺骗我，想把这当作笑话，不是吗？我……因为我被讨厌了。

像个白痴一样！

我触碰了那个肉块，是冷的，弹性也似有还无。不去触碰的话，觉得和死人很接近。

我把脸凑了上去。

制作得很好。与其说是做得好，不如说不管怎么看都像是真的。

但是，这的确还是很奇怪的。不管怎么想，都不可能是尸体。

为什么呢？因为不该弯曲的地方也弯曲着，不该破烂的地方破烂了。而且那并不是一个，而是好多个。在我手边的是一个老年男子，在他后面好像是个中年女性。在那后面还有。好几个人纠缠在一起，挤在一起，比满员的电车还要拥挤。要是尸体的话是不可能的。感觉上像是被强行用力、硬生生塞进去的。大概，昨晚因为那个反作用力，使得门稍微打开了。

在中间的上方是一个老人的脸，在垂直面上被压扁了，浮现在脸上的老年斑就好像 T 恤上的印花一样伸展着。在老人的腋下，是一个破烂的中年女性的脸。到处都是这样，就好像是橡胶做的玩具一样，那些东西紧紧地挤在一起变了形。

我茫然地看着。

随后，我无意中看向中间的老人的脸。漆黑眼珠的老人，眼里浮现出泪水，一瞬间眨了一下眼睛。

"什么?"

"所以说眨了一下眼睛啊。"

"什么,河合?"

"所以说……"

不是尸体。

但是,也不会是活着的。

应该不会是活着的。

但是,大概……

"有反应啊。嘴不能说话,也无法判断有没有意识。但是,对刺激有反应。也许也听得懂别人说的话。"

是的。一定是明白的。

前一晚,把佛龛的门弄开的,也许就是老人。

他们听到了我们的,不,裕美的声音,随后又看到了我们的肢体。我们就好像是为了做给他们看一样卖力演出。

"别……"深谷大概已经完全不想理我了,"别说白痴的话了!"

"不,就是那样的。因为我们啊,以佛龛中的死人为观众,尽情地上演了一出猥琐的表演。他看到了,因而……"

"住口!"

"我也变得奇怪了吗?"

"是很奇怪吧?"深谷说。

"我也这么想啊。但是,不管怎么触摸,那是活的东西。不是人造的。"

"那么,那是什么?"

"这个我不知道啊。你真舒服啊！你就只是从我这里听故事罢了。我可是亲眼所见，亲手触摸，亲自闻到了那个味道啊！混乱了！整个人都混乱了！但是，我……"

我什么都没做，什么都无法思考，结果我打开了佛龛的抽屉。

我为什么要做这种事，连我自己都不知道。也许我是想着能在佛龛里面找到什么线索吧。

不，大脑几乎已经停止运行的我，除此之外，已经无法思考任何事情了。要说那个时候的我能做的事，大概也就只到这种程度了吧。

我煞费苦心地打开了抽屉。光这件事就已经大大耗费了我的精力。

触碰到老人是很讨厌的一件事。

讨厌！讨厌！讨厌！讨厌得受不了！

也许我已经什么都不知道了。即便如此还是讨厌讨厌讨厌！

讨厌得不得了！

"我啊，已经出了一身汗，但我还是慢慢地打开了抽屉。佛龛下面都有的吧？那种很薄的抽屉。"

深谷用像是在看什么脏东西一样的眼神看着我，数度点头。

"里面有这个。"

我从衣服里面的口袋把那东西拿了出来。

古老的、泛黄的照片，放在那个佛龛里的照片。所以，那个佛龛发出了臭味。

深谷不用手来拿，就只是眯起眼睛去看，随后蹙起眉头。

"这是什么啊？"

"这个啊，如你所见是张照片啊。"

"那个不用你说我也看得出来。我是说这照片怎么了？"

"看啊。你不想看吧？照片背面用肮脏的字迹写道——志村俊道，享年六十九岁。这个人似乎是志村的父亲。然后是这里——志村和代，享年五十岁。这个大概是志村的姑姑吧。以前他说过，她姑姑没有结婚，在自己家里去世了。"

"那……那是……"

"所以啊，是同样的脸孔啊。佛龛里前面的老人是志村的父亲，在他后面的是志村的姑姑。多少有些扭曲了，但确实是他们。"

"怎么会？你……"

"那个佛龛里有志村的祖先。"

挤在一起的祖先……

祖先，大量的祖先们……

祖先们满满地挤在一起……

"这种事情真是难以置信啊！不，在那之前，怎么说呢……"

"什么都不说也无所谓啊。我是无法发表任何评论的。这种疯狂的事，这个世上到底有没有呢？这不对吧？"

回应我吧。

并不是弄错了吧？

佛龛这种东西，是这个样子的吗？

只有我一个人不知道吗？

"世上的佛龛都是把祖先们塞在里面的吗？怎么样啊，深谷？回答我啊，深谷！只有我……只有我不正常吗？"

"不正常啊！"深谷说，"那是幻觉啊！"

"大概是吧。对于看到幻觉的当事人来说，可能也没什么区别。"

"河合……河合！河合啊！"

这样说着深谷站起来，数次摇晃着我的肩膀。

"你给我振作一点啊！你被客户、上司、部下们信赖着，是个出色的课长不是吗？工作的事情你三下五除二就处理好了吧？你和我合作了好几次，一起攻克艰难的大项目走过来的不是吗？你忘了吗？而且，对了，你还有裕美不是吗？裕美说得没错啊！那个，变成像志村那样可不行啊！喂！喂，河合！"

"那个，深谷啊……"

"什……什么？"

"佛龛那东西，根据放置的家庭不同，里面的东西会发生变化吗？"

"变……变化？"

"还是说，会让在它面前拜祭的人的祖先出现，就好像窗口、平台一样的东西？"

"适……适可而止吧！"

深谷猛地打了我。因为我是个讨人厌的人。

"喂，河合！那种佛龛赶紧给他送回去啊！不管怎么说，我也去，给志村送回去！振作点，笨蛋！"

"送回去？"

已经，送不回去了。

已经无法送回去了。

那个……

"混账东西!是说真的还是开玩笑我不管!不管怎么说,你难道想一直留着那东西吗?醒醒吧!你要结婚的吧?不是被求婚了吗?"

没法结婚啊。

因为啊……

你,在有血缘关系的亲戚们面前能够拥抱女人吗?

一直被血亲看着,竟然还起了欲望。

我和裕美在做的事,血亲们一直看着不是吗?

所以,今天早上……

"今天早上再一次打开佛龛,我死去的祖父被推到了最前面。而且祖父不知为何很兴奋,那个……"

的确还是很讨厌啊。

讨厌。

讨厌的女友

1

讨厌。

"讨厌的话，分手不就好了吗？"深谷前辈说。

话是这么说没错。如果我是深谷前辈的话，我大概也会这么说吧。我回答："我是想分手啊！"前辈说着"喂喂喂"，用格外恐怖的表情靠近我。

"那就分手啊！有什么理由无法分手吗？那个，难道是你父母帮你决定的未婚妻什么的？现在这个时代，这种父母之命也没什么效力了吧？还是说有别的什么原因？……是有了吗？"深谷前辈用右手在自己的肚子上比了个膨胀起来的动作。

"有了都要比现在这样好呢！要是真的有了，不管是生下来还是打掉，不管是哪一种选择，问题都能明确下来，无论是精神方面还是经济方面。总之，该怎么说呢？那个，因为我没有面对那种情况的经验，无法提出确切的建议……"

"没有怀孕吗？"

前辈把脸凑了过来。

"那是怎么回事？结果人家还是对你留恋不舍吧？也就是说，

刚才你说那些都是在夸耀吗？喂喂，你啊，时隔半年之久把我叫出来，就是为了让我听你在这津津乐道你们情侣间的小插曲吗？那就直接表现出高兴的样子来就好了嘛！"

前辈拍了拍我的肩。

"像我已经人到中年了，而你才刚刚三十岁吧？当然也算不上是年轻人了，不过最近的人，三十岁都还是毛头小鬼啊！所以怎么说……该说你们是甜蜜蜜吗？"

"没那回事啊！"

无法让前辈理解我的意思。难以说明。

"也许我没办法简单地让前辈完全明白我的意思，不过有一点，我可以明确地说清楚。我，已经不再喜欢三代子了，所以我对她没有任何的留恋！就是这么一回事！老实说，我连她的脸都不想见到！"

"即便那样也无法分手吗？这点我无法理解啊。怎么，你是有什么把柄握在她手上吗？"

"您指什么把柄呢？"

"犯罪的证据被她掌握了，或者你欠了她的钱无力偿还——诸如此类的事啊！"

深谷前辈喝干了杯子里的酒。

我立刻往他的杯子里倒酒。要是让酒杯空下来可不妙。说是不妙，不如说是讨厌。我不想回家。

坐在隔壁桌子的学生们格外吵闹。不管怎么说，只要有一个声音大的家伙在，受这个人的影响，全体的音调就会抬高。因为声音传达不到的话就听不清楚，而因为听不清楚，声音就更大了。说话声音大，兴致也会跟着高涨。年轻人是很单纯的。

我说我的人生和犯罪无缘，但前辈似乎没听见，问我："你干了什么？"

"我什么都没干啊！"

"什么都没干吗？说到三代子，就是那一位吧？半年前一起在涩谷喝酒的时候，你确实是带了一个女孩儿一起来吧？就是那个很可爱的女孩儿吧？虽然稍微朴素了一点，不过长得那么小巧玲珑，感觉又很勤快，看起来是个不错的女孩儿啊！"

"嗯，娇小、勤快，虽然看上去朴素但很可爱的一个女孩儿。"

是的。

这是事实。

森田三代子就是这样的女孩儿。

光从这些方面来说，她是作为女友的最佳人选，让人挑不出任何毛病来。

"你有什么看不顺眼的？"

我被问住了。

该说什么？该怎么说才好？在我反复思索着挑选辞藻组织逻辑的时候，深谷前辈说了句"大概有很多吧"，把话岔开了。

"外表和内里相反啊，这种人大概有很多吧？因为凡事都有合适不合适这个问题。不是说长得漂亮就是好的，也不是为人认真就可以了。像什么睡相不好、上厕所的时间太长这一类的小事，也可能会导致严重的争吵。一旦开始挑剔对方，那么就会一点一点地开始在意所有的事。这不是能不能习惯的问题。还有人因为无法忍受对方在刷牙的时候一直开着水龙头而导致离婚。总之，就算是无聊的小事，有些也是无法忍耐的。你看，还有人因讨厌和尚而讨厌袈裟——不，应该反过来说，是因为讨厌袈裟，所以连和尚也一起讨厌了。这是没办法的啊！"前辈这样说。

邻桌的学生突然大声笑了起来。

遇到这种事情也很困扰。在吵闹之中，深谷前辈摆着手说"没事没事"。

"这个还没关系。那个，你为什么没法跟她分手？既然已经讨厌到连她的脸都不想看到的程度了，还是没有提出来吧？你也没什么留恋的吧？那不管怎样都应该做出点行动吧？"

"没用啊！"

什么都没用。

"我不太明白你的意思啊。"

前辈垂下头，叼起一根香烟。

"抽烟可以吧？那么，总之我先来问你一下。你们吵架了吗？"

"吵不起来。"

"吵不起来？"

前辈打着了打火机，却没有点着香烟，呆呆地张着嘴。烟掉到了桌子上。

"吵不起来是指……"

"不管我怎么生气，怎么责备她，怎么打她，怎么踢她，完全吵不起来啊！"

"她忍着吗？"

"大概是忍着吧……"

不，她根本没有在忍耐什么。不如说在忍耐的一方是我。

"又踢又打……你做了这种暴力的事情？你？"

"嗯。跟我并不相称。"

"但是……她不反击回来吗？就那么老老实实地承受？也不讨厌你吗？那可真是有点怪。难道她有被虐待的嗜好？"前辈问道，"是不是还表现出很高兴什么的？"

"不高兴。她哭了啊！"

"哭了吗？但是她不反抗？"

"不反抗。所以殴打她的我，看上去就像是个彻底的坏人。别说别人看了会这么想，就是我自己本身也是这么想的。我对打得手都疼的自己，产生了深深的嫌恶。这样好吗？一个三十岁的男人，竟然能够持续殴打一个没有反抗的女人吗？"

"那是犯罪啊！"

深谷前辈终于点上了香烟，深吸了一口，吐出了白色的烟雾。

"也就是说，只要你把手抬起来，从那个时刻起就构成了犯罪。就算你只是轻轻地敲打了几下，要是被提起诉讼的话也构成暴力罪。啊！难道你被起诉了吗？"

"要是被起诉的话就是一场彻底的战争了啊！"我回答，"不，正好相反，被起诉的话我就能和她打起来了，我希望被起诉啊！"

"我越来越不明白了。"前辈说，"就是说，你就算感到自我厌恶，也还是动手打了她？她到底什么反应？就只是哭喊而已吗？"

"她没什么反应。"

我停止殴打,她也就止住了哭泣。她和被打之前相比,什么变化都没有。

"若无其事吗?"

"该说是若无其事吗……"

该怎么说呢?即使把她打得青一块紫一块,我也不知道事情为什么会变成这样。明明打她的不是别人,就是我自己。

"你打了她之后,她没问你为什么打她吗?啊,还是说你动手之前她已经明白了呢?"

"她不明白呀!"

"但是吵架……你们没有吵架吗?"

"吵不起来啊!因为吵不起来……或者说,因为想吵架,所以我才打她的啊!要是口头吵架能解决问题的话那就好了。用说的怎么也说不通,结果到头来,我只有动手打她了。"

"'你从没打过我啊''不能使用暴力啊',这种话她也没说吗?"

"没说。"

"那……确实还是在忍耐着不是吗?就像以前的那个什么,贞洁烈女的榜样还是什么的,具体我不太清楚。在以前高官贵族都普遍实施家庭暴力的那个时代,女眷就算被打得脸都变了形也依然强行忍耐的情形,不是很普遍的吗?不,我实际上也不了解那种女性,但总觉得是一种陈腐的演技不是吗?"

"不是那么回事。前辈,我并不是像古装戏剧里表演的浑蛋丈夫那样,歇斯底里发作、对女人暴力相向。打女人的男人最差劲了!

199

差劲死了！即便现在我也是这么想的。但是，我跟她说不通啊！"我说。

"说不通吗？"

"不管我说什么，完全，一点，都说不通！"

"但是，她又不是不懂日语吧？难道是心不在焉？"

"她听到了，她也理解了，但是她无视我所说的话。不，并不是无视。也就是说，虽然她听懂了我说的话……"

这很难表达，我欲言又止。深谷前辈似乎更加感兴趣的样子，再次凑到我面前，问道："怎么回事？"

"就是……虽然是小事，我还是举个例子来说吧。我讨厌豌豆。我对食物基本上没有什么喜好挑剔，但只有豌豆不行。"

"我也是，我不吃香菇。"前辈说，"只有香菇不行呢。无论如何都吃不下去。"

"嗯。对我来说并非讨厌到那种程度，要是勉强一下也能吃得下去，但就是不喜欢吃。这种程度的挑食谁都会有吧？但是，她……"

她为我做了牛肉烩饭，照平常那样撒上了豌豆。

"她做饭很拿手。做出来的饭菜，就像是家庭餐厅的菜单上的照片一样，做得真的是很好看。"

前辈说："打开店里的菜单看一看，也是挺漂亮的。不过，这种连锁居酒屋里，现场做出来的实物多多少少还是比不上照片啊。"

"家庭餐厅也是这样的啊。但是，她做出来的饭菜完全就和照片上一模一样，甚至看起来比照片上更加美味。实际上也真的是很好吃的！"

"不是挺好的吗？"前辈说。

隔壁桌的学生大声地笑着。

"嗯，挺好的。但是，牛肉烩饭上有豌豆对吧？撒了几粒。"

"放了豌豆啊？我挺喜欢的。"

"我不喜欢，所以我就把豌豆拨到一边去了。我没吃那些豌豆。"

"所以她就生气了？就像老字号拉面店里的顽固老爷子一样，大吼着'全部给我吃干净啊，浑蛋'。"

要是她生气的话就好了！

"'啊，你讨厌豌豆是吧？'她这样说。我回答说，'是啊，无论如何都吃不下去呢。'说得稍微有点夸张。随后，我们聊了一会儿彼此的喜好，那个时候的谈话也很平常，并没有什么奇怪的地方，事实上，倒不如说感觉很好。那天就那样过去了。"

"很平常啊。"

"确实很平常。但是，几天之后她又到我家来了，问我说前几天做的牛肉烩饭好不好吃。除了豌豆这件事不提，确实可以媲美专业厨师，十分美味，所以我就老老实实地回答说好吃。随后，她再次做给我吃，然后在上面撒着豌豆。"

"是不是忘记了？那么小的一件事。而且豌豆是做点缀的作料吧？会不会是顺手就加了进去？"

"嗯，虽然我也是这么想的……但很明显，豌豆的量增加了哦！"

"增加了？"

"增加到了二十粒左右。不过，我虽然有点皱眉，也还是再次把豌豆拨到一边，跟她说我上次说过了。"

"你这个回应十分平常呢。"

前辈说着，把杯子里的酒喝干了，并且阻止了我准备帮他倒酒的动作。

"那么，她怎么回答的？"

"'你说过了呢。'"

"啊？"

"她回答说——'你说过了呢。'她记得啊。所以说她并不是忘记了，因为也就是几天之前的事。所以我就说，'既然你知道我讨厌豌豆，为什么还要放进来？'这也很正常吧？"

"很正常……啊！"

"她笑了啊！呵呵呵地笑。"

"你被她讨厌了吗？那个，单纯只是恶作剧吧？"

我当时也是这么想的，所以就自嘲一笑，把饭吃掉了。

"总之，那天就是这样。"

"还有后续吧？"

"嗯。几天之后，我从公司回到家，她已经来了——啊，之前我就已经把家里的钥匙给了她。然后……"

"牛肉烩饭吗？"

"她说因为我对牛肉烩饭评价很高，所以她又做了。这种反应也很正常吧？女孩儿做的饭被男朋友夸奖了，所以就一直做同样的饭。因为这种行为很可爱，所以男朋友也就吃了下去不是吗？"

"我怎么就找不到做饭这么拿手的女朋友？"

深谷前辈像是不服气似的说着,把剩下的章鱼下酒菜放进嘴里。

"我大学时代交往的女朋友做饭很难吃。碍于面子,我便说她做的奶油腊肉好吃,她就天天做给我吃,我真是相当为难。很难吃啊!她自己也认为并不好吃,但因为我说好吃,她就觉得可能还不错,我又不能跟她说我是在敷衍她。到第四次的时候,我终于说我已经吃腻了,这才让她就此打住。"

"这真是引人发笑的逸闻啊!"我说。

我是真的这样想的。

"三代子只有反应是正常的。这次的牛肉烩饭里,豌豆的量增加了十倍哦!"

"十倍?"

"一般来说就放五六颗对吧?她一下子放了五六十颗哦!"

"好多啊!"

"表面大约三分之二都是绿色的豆子啊!"

"是……恶作剧吗?"

"也只有这么想了吧?但是,即便如此,做到这个地步,我也没法扮到一边了,所以我就吼了句'别开玩笑了啊'。"

我当时很累,而且饿着肚子。我的语气相当不好。

"她怎么回答?"

"'你说我开什么玩笑了?'"

"哦……"

语调下降了。前辈大概也愣住了吧。

当时,尽管我相当火大,还是努力克制自己,滔滔不绝地做了

203

说明。我告诉她我非常讨厌豌豆。而且就这件事,我曾经跟她说过两次。即便她这么做没有恶意,我也不觉得是什么令人愉快的玩笑。更何况,就算我不讨厌豌豆,这种牛肉烩饭也不会觉得好吃,还不如做豆子饭算了!

"也许真是豆子饭呢……那么,她怎么回答的?一般来说,通常情况下,不管怎么样都要把话说通,应该要道歉吧?不管是真的不知道还是装傻,遭到别人的正式抗议的话,不道歉是不行的吧?"

"那个嘛……"

她笑了。

她说,我讨厌豌豆这件事,她听我说过。她说,是不是说了两次啊,她记得是听我说了两次。她说这并不是个有趣的玩笑,还说自己没有开玩笑。她说,一般来说确实不好吃……

但是在这期间,我也说好吃不是吗?

她这样回答。

"所以说这跟以前的不一样不是吗?"我理所当然地抗议。

她说是同样的食谱。我反驳说不可能是一样的吧,她坚持说是一样的,说我不吃怎么知道不一样什么的。

可那一看就知道吧?

"这不成理由吧?你说一看就知道吧?但实际上知不知道……"

"嗯。但不管怎么说,食谱是一样的。就像前辈说的那样,豆子是附加食材。"

"但是你都已经说了你讨厌豌豆了……"

"是啊……"

我没有说让她不要加豌豆。两次，我都是笑着把豌豆拨到一边，然后才表示好吃的。

"这难道不是狡辩吗？"

"嗯。但她说得没错。所以我尽力忍耐着，道了歉。然后拜托她说，下一次请不要放豌豆了。随后，我把大量的豌豆拨到一边，把其余的吃掉了。"

"你道歉了吗？只要道过一次歉，她就得意忘形起来了哦！"深谷前辈说，"听起来你觉得没什么，但这可不单单是男女之间的话题啊。似乎就是这样啊。猴子也是这样啊。这是真理。"

"我知道，但我不想进行无意义的争论了。我只是很累。我道歉之后，她就像什么事情都没发生过一样，又回到原来的样子了。但是啊……"

"还有吗？"

"下一次，就只有豌豆了。"

深谷前辈张开了嘴，自己往杯子里倒酒，没加水也没加冰，一口气喝了下去。

"你啊，完全被她讨厌了吧？"

"嗯。不管是谁来看，不管怎么考虑，都是我被讨厌了呢。但是，没有任何理由让她讨厌我，也没有任何因素导致我们的关系变差。她的心情也很好。硬要说的话，事情只不过是——桌子上仅有豌豆而已。"

这件事透着疯狂的气息。没错，这是我当时的真实心情。

"你说什么？"

"我说，'这是什么啊！'"

"她怎么回答你？"

"'牛肉烩饭。你喜欢吃的吧？'"

"喂喂喂！"

深谷前辈把冰块加到玻璃杯里，用手拿着杯子摇了摇，随后一口气喝掉。

"你女朋友，她……疯了吗？"

"不。她是正常的。至少她过着正常的社会生活，没有所谓的异常行为，也没有暴力倾向，待人接物也都很正常。"

"不正常吧？"

"嗯，只有餐桌上的盘子里不正常。无比不正常。我也无法应对她那种异常。"

我什么都没说，如同之前一样把豌豆拨到一边，只吃了白米饭。随后，我用十分平常的口吻说："不要再给我豌豆了。"

三代子同样用十分平常的口吻回答了一句"嗯"。我指着盘子里剩下的大量的豌豆说："这是豌豆吧？"

她笑了，回答道："是啊！"

"那的确是疯了吧？"

前辈这样说了之后，大声地骂了几句脏话。隔壁的学生大概也听到了，有两三个人往我们这边看。

"嗯。我也觉得有点害怕了。这个那个，全都不正常，让人感觉到疯狂的气息。但是啊，前辈，比方说，对了，如果说我的这些话全部都是妄想的话——我想我已经无限接近疯狂的状态了,你觉得呢?"

"嗯,也许吧。"

"但是,前辈现在不觉得我是个疯子吧?前辈是以我说的话是事实为前提在听的。为什么?"

"为什么……因为你至今为止一直很正常啊……不是这样吗?"

"是这样的。自己说来也觉得难以置信。总之在这种情况下,不正常的是我所说的话的内容吧?所以前辈把我说的话作为事实来接受,也不觉得我本人有什么奇怪的。我自己也是这样,考虑着这个豌豆是不是有什么原因之类的。"

想要让事情接近日常的范畴,但从结论来说,接近是不可能的。

"我极力装成平常的样子,那天就没再提别的事情了。说起来,晚餐是白米饭这种事,大概是相当难得的体验了。不过,除了做得有点过分之外,倒也无所谓。她的心情也很好。总之,人有时候总会被日常生活束缚住吧?我觉得只有表面上平稳也就可以了。"

"虽然是这样啦……但还是很奇怪吧?"深谷前辈说。

"奇怪啊!因为奇怪所以才跟前辈商量的。总之,这件事的结果,就是连白米饭都没有了,到了全部都是豌豆的地步啊!"

"全部……"

"嗯。从那以后,我家的饭桌上,每个月总会有几次,放着满满地盛着豌豆的盘子。"

深谷前辈用食指画着圈揉着自己的太阳穴,说道:"这样不行

207

啊！"

"嗯。确实是不行的吧。但是，我直到事情发展到那个地步之后才初次注意到。"

"什么？"

"她的盘子。因为是晚饭，所以她也跟我一起吃。"

"她也盛了满满一盘子豆子？"

"单样的小菜很多。但是，她的盘子里盛着普通的牛肉烩饭啊！"

"这……这样吗？"

"在那之前，我只注意到自己的盘子里不合常理的情况，没有去看她的盘子。"

"只有你是豆子吗？"深谷前辈确认道。

"是啊！"我回答，"她吃的一直都是普通的牛肉烩饭，而且没有放豌豆！"

"啊？"

"她似乎变得讨厌豌豆了，而且那个理由……似乎是因为我说讨厌！"

"照搬过来啊？"

"嗯。但是啊，前辈，这只是一个例子而已，其他类似的事情还有很多。我无法一一列举，因为只要想起来我就觉得不愉快。"

"我也不想听呢。"深谷前辈说，"那不就是完全着魔了吗？虽然你说她是正常的，要是那叫正常的话，像我这样的，还有你这样的，不就是完全不正常了吗？这样根本无法沟通吧？不管说什么……"

　　说到这里，前辈停了下来，发出了"啊啊"的叹息一样的声音。

　　"你是说跟她说不通是吗？"

　　"嗯，说不通。语言明明好好地传达到了她那里，她也理解了意思。但是，说不通吧？没有恶意，也没有造成什么危害，没有实际的损害——总之就是没有犯罪性。但是，实际上做出来的事情总是不一致的，发生了偏差。"

　　"名为偏差的异常。"

　　前辈脸上的表情已经变成像是看到了什么妖怪一样了。

　　"那可是……总之……也吵不起架来啊。"

　　"嗯，吵不起来。大致来说，她对我应该没有什么不满的。而我这方面，说是不满，其实更接近于恐惧，一直存在这样的感情。这已经变成单方面的行为了吧？我单方面地对她进行了身体上的暴力。她哭泣，道歉。但是，不管她怎么哭泣和道歉，所有的一切都……"

　　没有改变！

　　倒不如说，我越是说她，越是责备她，事情就越糟糕，已经到了很过分的地步。疯狂的气息愈加浓重。

　　"我也不是什么圣人，我的忍耐也是有限度的，最后终于走向了暴力。但是……"

　　"嗯……事情另当别论，单说你对她暴力相向这件事，感觉上就好像是你单方面地在欺负她一样。那个，郡山，我这样说你别生气。你一刻都别耽误，趁早跟那女人分手比较好！那毫无疑问，是精神出了问题吧？"

"所以说……"

无法分手啊。

2

我和三代子相遇是在大约一年半前的夏天。

当时我喝醉了。我酒量并不好,特别是对红酒不行。不知为什么,对于我来说,红酒的效果奇妙而显著。忘了是在招待客户还是什么情况下,总之是一次半吊子的饮酒会,我被客户那边一个喜欢喝红酒的课长灌了三杯廉价葡萄酒,就喝醉了。

当时的记忆十分清晰,直到现在我还记得滴水不漏。

那个时候的我,觉得自己的步伐还是十分沉稳的,当然,应该也还保持着理智。只不过因为心情不好,不,是因为有预感觉得心情将会不好,我把大人物们送上了出租车,把那些不那么大人物的家伙们送到车站之后,独自一人朝着稍微有点距离的私营铁路的车站走去。

大量的豹脚蚊飞来飞去。我朝着护栏另一边那条公园小径一样的路走去。

要说那条路,是稍微有点脏,绝对算不上干净整洁的地方,只有破了又补、补了又破的瓷砖,以及间距相等的格外气派的街灯,街灯下放置着长椅。

当时大概是深夜十一点半吧?因为我是打算去赶末班电车的,

所以大概应该是这个时间。我记得是在距离车站还有五分钟左右路程的地方。

蚊子大量聚集的街灯异常闪烁着,在不知道是第几张长椅上,三代子正在哭泣。

不过,我只是大概判断她在哭泣。

在离她稍微有些距离的地方站着一个男人。金发、戴着无檐帽、穿着迷彩短裤的年轻男子,大概二十岁出头。

男人露出的肩膀上有文身。确实是很简单的图形,颜色、大小,我都还记得很清楚。虽然如此,不知为何我却想不起来文着什么图案。

不过,也许是那种贴在皮肤上的假文身也说不定。很遗憾我跟这种东西无缘,所以单是用眼睛看是分辨不出来的。

男子在颤抖,似乎很激动的样子。

另一头,三代子低垂着头,抽抽搭搭地哭泣。也许是因为她把脸埋在手心里,我能听到像抽泣一样的声音。

瞬间,我想着"啊啊,遇到麻烦的场面了"。

我很尴尬。装作没看见,脚底抹油溜之大吉是最好的。我做出了这样的决定,于是加快了走路的速度。

然而我确实是喝醉了,脚步稍微有点踉跄。因此,我朝低着头的三代子坐着的长椅斜着走了过去。

这真是最糟糕不过的情况了!

在我调整自身平衡时,那个年轻男子的声音响了起来。

"你是死的啊?!"

男人这样说着,声音在颤抖。

211

这肯定是情人之间的吵架。女人在哭泣。不知是哪一方提出了分手,两人在为此争执,应该就是这样的场面了。我刚好在那根绷得紧紧的线切断的瞬间,在一个十分糟糕的时间点闯了进来。不,也许是我的踉踉跄跄导致了那份不安定的对抗情绪的崩坏也说不定。

女人什么都不说,只是哭。

男人愈发怒吼起来。

"已经够了!我受不了了!你这个蠢女人,快点去死吧!"

是女人被甩了,我想。说是被甩,不如说被抛弃了。我上下打量,总算看到了三代子的脸。

看起来是一张非常可爱的脸孔。

并不是我的错觉,三代子实际上真的很可爱。也许算不上是出色的大美人,但那张小巧的、残留着孩子气的端正脸孔,除了可爱之外再也无法形容了吧。不管是哭还是笑都很可爱,她就是这样一个天然的美人。

男人的脸很暗,我看不太清楚。

我当时腰已经软了,相当狼狈。不仅是狼狈,下一个瞬间,更是吃惊了起来。

我听到了破空之声,随后是"咔"的一声很大的声响。

那个男人扔了石头。

扔完之后他立刻弯腰捡石头,再次扔了过去。这一次打中了三代子的肩膀。

三代子按着自己的肩膀,发出"嘶"的声音,向前弯下身子。

这样一来,就算是怯懦的我也不能沉默下去了。

我明白是怎么回事了。

"你，干什么呢？！"

我想我当时是这么说的。完全是毫无技巧的警告。男人冲我回道："大叔你别来碍事！"那个时候的我还不到三十岁呢，和那个男人的年龄差距应该没有那么大。但是在他们那样的人看来，也许打着领带、穿着西装的我们这些上班族全都是大叔，这也是没办法的事。

"用石头打人会受伤的吧？"

我应该是这么说的。他打得太过顺手了，一点都不像只是开玩笑的程度。

男人用瞧不起人的语尾上扬的声调"哈"了一声。随后，他像是掂量我的分量似的看着我。他的脸上有街边的树或者其他什么东西落下的影子，我无法确认他的相貌，只能够清楚地感觉到他的视线。

男人再次用像是咒骂或者蔑视一样的声音，转身说了几句话，就这么离开了。

他说了什么我没听见。

也有可能我当时听到了，但我现在已经忘记了，根本无法回想起来。

直到男人的脚步声已经听不见了，我才确定茫然呆立的我和蹲下身的三代子确实被扔下来置之不理了。

就这样离开，这大概是我平常的风格。

对于和麻烦扯上关系的事情，我唯恐避之不及。不管是谁，不管是什么事，都和我没关系。我只做我能够做到的事情，超出能够承受的范围，我便退避三舍。我就是这样的人。虽然我并不是个心理扭曲的人，但也不是什么正直的典范。

在这种情况下，我曾经一度催促自己下了决心，结果因为那个男人的野蛮行为而中止了，变成眼前这种局面。尽管如此，我还是……

"没事吧？"我问她。

我记得她回答说很疼。我就说"疼的话去医院比较好吧"。我还是在给自己寻找脱身的机会。

她的反应十分迟钝，我呆站在那里很长时间。不久，她的右半边身体落下了忽明忽暗的光影，随后，我看到了末班电车从我眼前驶过，开走了。

别无选择了。

我陪伴着她走到车站。我们的方向似乎是一致的，便共乘一辆出租车。

我并非别有居心。即便日后我和三代子开始交往，那个时候我也没有什么特别的感觉。因为救人于困境，所以便要求回报，令被恋人抛弃的女性陷入伤心之境，诸如此类的打算我连一点点冒头的可能性都没有。

我只是稍微觉得自己做了一件好事，只是稍微觉得自己有那么一点了不起。这毋庸置疑是我的错觉，但这个错觉也令我心情大好，多多少少有那么一点飘飘然。

我喝醉了。

在车上，三代子反反复复地向我道谢。当时自己到底是什么表情，我已经不记得了。是满脸堆笑，还是做出哀愁之状？不管是哪一种，想象一下都觉得很愚蠢。

随后，不知为何，我在车里把自己的名片给了她。

忘了是她乞求还是死缠烂打，总之，那就是一切的开始。

在公寓前她下了车，我跟她道别后回到自己的公寓。回去之后我就睡了。这样应该就结束了。因为我没有问她的名字，所以我本来是打算让这件事到此为止的。

第二天早上，我已经把事情的大部分埋在了记忆中，随着上班的忙碌就全部忘记了。

我记得她联系我大约是一周之后的事。

当然，我给她的名片上印着的是公司的地址，所以她打电话到公司来找我。

"想要当面向你道谢。"她——三代子这样说。

随后，我们开始交往。

一开始是一个月见一次面的频率，随后变成一个月两次、三次，不久便开始几乎每周约会。我们用了大约一年的时间，构筑了世人眼中的恋爱关系。

三代子很可爱。不仅是姿容，举止也是，声音也是，说话的方式也是，然后性格也是，全部都很可爱。我是这样认为的。

不，即便现在也是如此。基本上来说，从我认识她开始，她就一点都没变。

把三代子介绍给深谷前辈的时候，正好是我们……不，是我自己最幸福的时候。那时我觉得她是无可挑剔的女友。事实上，我一直这么认为。也许现在我也还是这么认为的。

所以……

所以才如此痛苦。

这样说来，也许我是迷恋那种痛苦吗？

不，不是的。

我感到痛苦，是因为我知道了那个时候的幸福感和愉快的回忆，全部都是虚假的。所以，我感到痛苦。

我，很怕三代子。

我讨厌跟她在一起。

准确地说，我讨厌名叫三代子的这个人的存在。

现在真的很讨厌。讨厌！讨厌得不得了！讨厌到坐立不安！从这种意义上来说，着了魔的人也许是我吧。我那小市民的神经，在和她的纠缠当中，已经完全被撕得稀巴烂了。

但是，大概在她看来，她一点都没有改变。对三代子来说，我是个温柔的男朋友。即使是现在，三代子也感觉和半年前同样幸福吧。不管我的做法多么过分，骂她也好，责备她也好，打她也好，踢她也好，我都是三代子的……温柔的男朋友。

有什么东西疯狂了。

我没有感觉到三代子变得疯狂。她从一开始就一直没有变，现在也说喜欢我。

但是，我已经不喜欢三代子了。

讨厌。

完全厌恶。

已经对她感到排斥了。

一开始，是牙刷。

我虽然没有洁癖，但依然是个十分整洁的人。我不喜欢自己的牙刷被别人使用。

她一开始在我家留宿的时候，我似乎跟她这样说过。她说她也是一样的。"真不明白那些使用别人的牙刷的人是怎么想的！"她这样说。

"不管是多喜欢的人，这么做还是感觉不干净。"她自己是这么说的。

她确实说过。我没有听错，也没有记错。

我之所以如此肯定，是因为她这样说完之后，吻了我。她当时的语气、声音，我都清清楚楚地记得。她的表情、口红的颜色，以及魅惑十足的柔软嘴唇的触感，一切的一切，我都记得清清楚楚，能够全部在头脑中还原出来。

那并不是我们的第一次接吻，可对我来说却是相当具有冲击性的一次接触。

随后，我在自己家里的床上，第一次拥抱了她。之后我便怀着幸福的感觉进入了梦乡。

当我睁开眼的时候，她，嘴里咬着我的牙刷。

一开始我没有注意到。注意到之后，就觉得她大概是不小心弄错了。要是不这么解释的话，怎么都说不通。

因为我觉得这是件微不足道的小事，还不到需要挑剔的程度，于是就什么都没说。但是之后，她每次留宿都用我的牙刷。明明她带了自己的牙刷过来，却还是要用我的。

是故意这么做的吗？

这是她表达爱情的方式吗？

因为我很迟钝，所以这也许是她传达给我的爱情信号吧，我这样想。

她明明说过，不管是多喜欢的人，这么做还是感觉不干净。也就是说，这种行为是她独特的表达方式，说明我对她而言是超过"喜欢的人"这个地位的存在吗？

于是，我故意用她的牙刷来刷牙。

我必须回应她的心意不是吗？我是这样想的。

然而……

"难以置信！"她说。

她并不是生气了。要说起来，应该是一种惊呆了的口吻。她对我说："你明明说那样很脏，所以你讨厌那么做！难道你是骗人的吗？"

随后她说："抱歉，虽然我喜欢你……但我还是无法忍受这种事！"

这样说着，她就把我用过的那支牙刷扔进了垃圾箱。

我相当混乱。因为过于混乱了，导致我无法做出正常的反应。她这么做有些过分了。

像这样细小的偏差——是的，最初我以为是言行偏差，随后一次次发生着。如同僵硬的沉渣一样的厌恶之情，一天天地累积着。

比方说，还有这么一件事。

有一天，我上厕所，发现擦手的毛巾掉在地上。我不记得自己曾把毛巾弄掉，所以就去问她。三代子说也许是毛巾自己掉下来的吧。

"掉下来的话就把它捡起来吧。"我很平常地说道，"厕所的地上不干净，所以要是毛巾掉下来了，洗一洗比较好吧？就算不洗，起码把它放回原来的地方吧。"

这也不是特别奇怪的要求，也并非不讲道理的话语。她回答说："是吗？对不起。"

"确实是很脏。我没注意到，抱歉。"她很坦率地向我道歉。

一般来说，应该就到此为止了。

但是，从那天开始，只要她到我家来，厕所的毛巾就一定会被扔在地上。一定，掉在地上。不管是我把它放回去还是换一条新的，都一定会……

掉在地上。

我再也没说什么。我也不捡了，就让掉在地上的毛巾躺在那里，再挂上新的毛巾。但当我看到那第二条毛巾也掉在地上的时候……

啊啊！我想已经不行了。

反常。什么都是反常的。不反常的就只有她本身。三代子本人什么变化都没有，一如既往，容貌和举止都很可爱，个性坦率、坚强。

然而，疯狂的气息却愈演愈烈。

那里这里，无论什么，全都出现了偏差。拜三代子所赐，我的生活整个地偏离了正常的轨道。

随后，我进一步注意到了……

在我身边，充斥着我所讨厌的事物。鞋子不加整理。电视开着不看。厨房垃圾直接扔在垃圾桶里。天色已经晚了窗帘却只拉上一半。

厕所的毛巾掉在地上。浴缸的盖子浸在浴缸的水里。淋浴喷头关不上。咖啡杯到处乱放。没洗的衣服和洗好的衣服一起塞在洗衣篮里。报纸扔得到处都是。

每一件都是无关紧要的小事，并不是无法忍耐的。也有很多人就是要住在这样的环境里才觉得心情舒畅吧。那样……那样也好。我也并没有想要责备那些觉得这样不错的人。

不管是过着多么散漫的生活，人都不会死。不管收拾得多么干净整洁，实际上细菌的数量也并没有太大的区别。住家又不是灭菌室。

只要恰到好处，能轻松地过日子，这样的程度就够了。

即便是要我和抱有懒散主张的人一起生活，我也是可以考虑的。可以让步的地方就让步，相反，不能让步的就坚守底线。

能做出妥协的地方还是有很多的。我可以忍耐，对方也可能会被感化。我也可以做出好像完全不介意了一样，因为本来就不是什么大事。

我并没有抱着特别强烈的信念生活，同时，我也不是个完全不懂得变通的顽固的人。

事实上，我一直过着随遇而安的生活，小心谨慎。

但是。

但是啊。

她，森田三代子。

平时大概比我还要神经质、爱干净、精致吧？

也就是说……

粗线条、不干净、懒散的——

是我。

当然，尽管我并没有那么做，这样一来——

我难以生活在其中的讨厌的环境将我的四周包围起来，我所厌恶的事物将我的四周掩埋起来，那正是因为我讨厌这样。

我只能认为，她，三代子，专门做那些我说我讨厌的事。针对我不在意的方面，她就什么都不做。因为我说讨厌、讨厌、不要、不要——

她就偏要那么做。

我不明白她的心情。我不觉得她有恶意，但是，事实却是如此。是无意识的举动，还是有意为之？我完全不能理解，三代子为什么要做我讨厌的事。

注意到了之后，我便想试一试，说说看我完全不在意的事。

"报纸还是到处放着比较好啊。"

我试着这样说。

"不知怎么的，要是捆扎起来放在一起，就觉得很憋闷啊！"

当然我完全不是这么想的。把广告页拿掉，仔细地折叠四次，按照日期顺序放好，最后用绳子捆扎起来，当然是这样做比较好。

但是，要是反着说的话，也许……

我是这样想的。

然而，这个意见完全被嗤之以鼻。三代子说："怎么可能呢？像报纸这么大的东西扔得到处都是、不加整理，卖旧报纸的时候就不能立刻拿出去了。"

是的。

是这么回事没错。

结果,我家的报纸和广告、传单之类的东西混在一起,电视下面,床下面,到处都是。

不知为什么,和她无法沟通。

因为日常生活而产生的细小的皱纹,一下子就增加了,我每天都要为抚平那些皱纹费心费力。持续增大的压力开始侵害我的健康,随后对工作的影响也开始显现出来。

我已经对她——三代子,感到讨厌讨厌讨厌讨厌讨厌讨厌讨厌得不得了了!

随后,我做了件极度失败的事。

我对她说……

"你比什么都讨厌!"

我表明了自己的真实心情。

"拜托了!你别再来了!"

这样一来,她……

她认为这就是我讨厌的事物。我,在当时已经完全失去理智了。

从第二天起,她就开始住在我家,好像还说不再回去了。

当然,从她的角度来说,是因为喜欢我。要是我这边也喜欢她的话,就没有理由拒绝了。也就是说,我们变成了同居状态。三代子似乎有这样的打算。

我当然是拒绝的。

"讨厌!"

但不管我怎么说,哪怕我变换方式、说破嘴皮,她依然住在我家。

我好像真的已经疯了。

即便如此，那个时候依然——大概是两个月前的事吧，我也依然抱着微小的希望。

那像是前辈所说的留恋。又或许是一种无法用"留恋"这个词来表达的感情，十分奇怪，但那个时候的我尚无那种心情。

只要我不觉得讨厌，她应该是个非常完美的女朋友吧？

但前提是只要我不觉得讨厌。

她可爱，个子虽小但气质很好，会做饭，谨慎、认真，头脑聪明。三代子在人力派遣公司登录了个人信息，她还拥有各种资格证书，因此不管什么工作都能顺利熟练地完成，收入相当不错。她在待人接物方面也很妥当，人又长得甜美，经济观念也很正派，不会乱花钱，而且有点脱线，既不抱怨也不生气，更何况比这些更为重要的是她喜欢我——我已经没有什么好抱怨的了。

应该没有了。

只要我不觉得讨厌，森田三代子作为女友来说是满分的。但是，现在这种情况，别提什么满分，根本就是负分了。要是能够修复这种关系——我的意思是只要我能够喜欢上她，我一定会变得比谁都要幸福不是吗？

这就是我的留恋。

我尽了一切努力。

我的努力完全没有得到回报。

讨厌的东西就是讨厌的东西。

随后，讨厌的东西、讨厌的事情，一件一件地增加。我开始觉得我为什么要讨厌那个，只要我不讨厌的话就没事了。

全都是讨厌的东西。

全都是讨厌的事情。

决定性的事件发生在上个月月底的时候。

我一直饲养着热带鱼。说是热带鱼，也不是那么昂贵的东西，就是像红色燕尾、彩虹鱼这一类的，也就是所谓的孔雀鱼。我已经养了很长时间了。

因为她确实很可爱，我对于女友令我的心从热带鱼身上转移一事也是平静地加以接受的。

我带三代子看孔雀鱼的时候，她说："这么漂亮啊！"

我回答说："漂亮吧？"

"一直饲养着呢！""现在感情已经转移了哦！"我们两人很难得地进行了平常的对话。"很费工夫，照顾起来也很麻烦，就算是鱼，死了的话也很可怜。"

"活生生的东西死掉真是让人悲伤啊。"

"嗯，确实很悲伤啊。宠物……在这一点上很讨厌呢。"

第二天，鱼全部都死了。

我崩溃了。

理所当然的吧？就算是鱼，也是活生生的东西。三代子为了引起我的厌恶之情，夺走了它们鲜活的生命。她杀死了它们。不管是什么样的理由，这种事情都是无法原谅的吧？

"出去！"我对她说。

她道歉，哭着道歉。但是，我无法原谅她。我展现出完全不像我自己的凶暴姿态，怒吼着，把三代子从家里赶了出去。

我把三代子的东西，不管是什么全都从门口扔了出去，乱七八糟地扔出去。"别再回来了！"我大吼。

把她赶走，锁上门，挂上门链，我感到周身清爽。比起热带鱼死亡带来的悲伤，比起热带鱼被杀带来的愤怒，从她那里解脱出来的清爽之感占了上风。

将她痛骂一顿之后断然分手，宣告之后又用尽全力把她从家里赶出去，虽然这是很残酷的分手方式，但我也没有其他的办法了。

以一般人的思维来考虑，我觉得她已经不会再回来了吧。

我把死去的热带鱼处理掉，把房间打扫得干干净净整整齐齐，从家里把她的痕迹漂亮地完全抹去。那一天，我久违地睡了个好觉。

第二天，我从公司回来之后……

三代子在我家。

如同以往一样，像是什么事都没有发生过的样子，她在我家里，对我说："你回来了。"

不仅如此。

报纸扔得到处都是。窗帘只拉了一半。毛巾掉在地上。鞋子乱七八糟。待洗衣物堆在一起。水管的水开着一直流。桌子上的盘子里，堆着像小山一样的豌豆。

而且，原本应该已经很干净的水槽里，放满了死鱼。

那一天，我第一次打了她。

反反复复、反反复复地殴打。

这种事，已经超过让我讨厌的范围了。

我讨厌你啊！讨厌死了啊！看到你的脸我就想吐啊！滚出去！去死吧！不要再让我看到你的脸了！

我生平第一次打人。

拳头非常疼。我觉得自己已经变成了鬼，眼泪扑簌簌地往下掉。三代子嘤嘤地哭着道歉："对不起对不起，原谅我原谅我。"

能原谅吗？

我能容忍自己原谅吗？

这家伙特意买来热带鱼，杀死之后放进水槽里！这种事情……

做了这种事情的家伙……

干脆让她死掉算了！

从三代子可爱的鼻子里喷出了鲜红的鼻血，圆圆的眼睛周围一片乌黑，脸上肿起了紫色的瘀青，嘴角也破了。

"好疼啊……对不起……请你原谅我……饶了我吧！"

我能饶过你吗？

我把三代子从玄关踢了出去。

随后，我把旁边的东西朝她扔过去，扔了几个之后，不假思索地关上了门。

心脏像是要从嘴里飞出来一样高声鸣叫。由于情绪激动，我把迷你音响砸在了水槽上。水槽破了，屋里子到处都是水。死鱼在地板上散落着。

之后的两个多小时，我一直被死鱼包围着，精神恍惚。不久，我慢慢地恢复了正常的思维能力。

随后，我开始感到害怕起来。

如果……

她也许就这么死了呢?

我找回了这种原本就该有的判断能力。我意识到自己把三代子赶出去已经过了三个小时了,可我连朝门外看看都做不到。我真的很害怕。

过了半夜十二点,我把门打开了。

地上留下的只有血迹,她已经不见了。

之后的两天,我都向公司请了假。第一天我简直像废人一样,根本无法起身。第二天我总算是起来了,把房间收拾了一下。我也想过要不要给三代子打个电话看看,最后还是放弃了。

第三天的下午,我去了公司。右手腕非常疼痛,所以我顺便到医生那里去诊断。医生说是扭伤。我对上司撒谎说从楼梯上摔了下来,当天也没处理什么工作就回家了。

回去之后,三代子——在家里。

三代子脸上全是瘀青,手腕用绷带吊着,额头和嘴角都贴着膏药。她就用那副凄惨可怜的模样看着我说:"你回来了。"

什么都没有改变。

三代子说:"真的很抱歉,我做了让你不高兴的事情,我道歉。我会注意不会再犯第二次了。我很喜欢你,我爱你,没有你的话,我就活不下去了!"

她这样对我说。但是——

新的水槽里,放满了死鱼。

3

"回来得好晚啊。"三代子说。

"和前辈一起去喝酒了。那个,半年前帮你介绍过的吧?我大学里的前辈。你不记得了吗?"

"嗯……是深谷先生?"

"是啊。"我十分平常地回答。

简直就像平常的夫妻之间的对话一样。

但是,这是虚假的。

水槽里的鱼已经发出了腐臭的气味。家中充满了异味,而且是一种令人无法忍耐的恶臭。但是,我什么都不能说。

"这个臭味好重啊。"

三代子先开口说道。随后她又对我说:"鱼死了真是可怜啊。"

确实如深谷前辈所说,这个女人也许已经疯了。

我在这一个月之中,多次拜托她和我分手。

我恳求她离开。有时激动起来,我也打过她。

但是,一点用都没有。

三代子一直住在这个家里。

这个家已经不是我的家了。我讨厌的东西和我讨厌的事物充满这个家的每一个角落，扭曲着我的神经，虐待着我，这里只是地狱而已。

深谷前辈最后相当认真地听了我说的话。前辈对于这个异常的事态有着大致上正确的把握,对于我所身处的状况似乎也能够理解。好像最近前辈的身边也连续发生讨厌的事，因此他觉得这些事之间并非毫无关系，于是他便积极地与我讨论分析。

这件事很难办。

首先，前辈说这种情况下，不管是刑事案件还是民事案件，大概都算不上。

别说警察和法庭了，连找律师商谈都不行。就是这么回事吧？

三代子其实什么都没做。

不，实际上她只杀了鱼，但要以这件事来定她的罪是很难的。

三代子不小心把鱼弄死了，就买了其他的鱼代替，又不小心把鱼弄死了。

仅此而已。

严格说来，也许可以用财物损坏或者别的什么罪名来起诉。但是，哪有人会因为同居对象照顾热带鱼失手把鱼弄死这种事找警察报案呢？

即便是有，控诉的一方也会被警方认为稍微有些异常，而不会被当作一回事。又不是陌生人非法侵入导致了鱼的死亡。那个女人……拿着我家的复制钥匙。因为她是我的女朋友。

其他的行为也是，很明显地让人讨厌，但即便用跟踪狂来解释大概也很难说得通，也不能引用《跟踪狂规制法》或者《迷惑防止条例》。如果三代子和我是完全无关的陌生人的话,也许还有这种方法,但她是……

我的女朋友。

不过,三代子是我的女朋友,但却不是我的妻子。我们并未缔结婚姻关系。要是三代子是我妻子的话,我也许还能向家庭裁判所提起诉讼。但是我们连婚都没结,当然也就不可能离婚。

没有任何司法能够介入的余地。

而且,如果惊动了警察,那就是压倒性地对我不利。我就算被她追究暴力伤害罪也是无话可说的。而且,还不止一次。

暴力伤害这一类的犯罪,即便对方是女朋友,或者是父母,罪名都不会改变的。殴打对方就是暴力罪,如果让对方受伤就是伤害罪。如果能够证实存在杀意,就是杀人未遂。

杀意的话,确实是有的。

深谷前辈得出的结论有两个。

第一个,我逃走,舍弃一切。工作也好,财产也好,全部抛弃,藏身在某个地方。

这也许确实有效。我只要装作出门去上班,然后就那样隐藏起自己的行踪就好了。银行里有存款可以作为生活资金。我没有什么兴趣爱好,为人木讷,相应地就存了一些钱,可以保障一年左右的生活。

但是,这个家怎么办?

这个家虽然小,但却是我从父亲那里继承下来的。土地和房屋都是我的财产。

不，那种东西并不可惜。舍弃掉就好了。

但即便放弃了这个家，那我的工作怎么办？

为了让三代子无法得知我的行踪，我觉得我也不能冒险迁动住民票。

那个女人，太恐怖了。

在这种情况下，三代子并不是出于对抛弃了她的我的憎恨而追寻我的行踪。我想她一定是因为喜欢我、爱我，所以才去找我的。这也许比任何事情都要恐怖。

爱，也就是执念。

以这种连夜潜逃般的状态，是不可能找到像样的工作的。即使是打工，大概也很困难。本来我就不那么年轻了，在这种经济不景气、就职困难的大环境下，大概不会有地方愿意雇用这种连住民票都无法提供的人吧？

尽管我在公司里不是精英分子，但也是将来备受期望的技术岗位。这些，为了这个女人，全部都要舍弃掉吗？

为了这种讨厌的女人，我就必须舍弃我的一大半人生吗？

我看着在厨房准备食物的三代子的身影。

她虽然衣着朴素，但服装的品位并不差。围裙也是，尽管乍一看上去是没有什么特别之处，可说不定实际上是品牌产品呢。内衣啊，钱包啊，这些也都是如此。她是个在不惹人注目的地方花钱的女人。

只有这个场景本身看上去像是新婚家庭。

但是，三代子现在，大概正在打开豌豆罐头。而且，在到处都乱七八糟的家里，现在也还充斥着鱼的腐臭味。

讨厌。

讨厌讨厌。

为了这样的女人。

三代子回头，嫣然一笑。真的，只有场景如新婚家庭一样。

"今天啊，是牛肉烩饭哦。"

三代子用明朗的声音说道。

"你记得吗？是你第一次夸奖的菜哦！"

记得啊。

你，昨天不也是这么说的吗？

然后拿出盛满了豌豆的盘子吧？

昨天也是。前天也是。

你这个……

你这个……

深谷前辈说出了另外一个结论。

——只有杀死那个女人了。

没错，前辈当然不是认真的。但是，这是最放心的做法吧？

交谈也说不通，暴力也不管用。不管是把她赶出去还是打出去，她都会回来。

然后重复同样的事。不管几次……不管几次。只是为了让我难受，就重复着我所讨厌的事和我所讨厌的行为。根本没有道理可讲。

不管是拜托她，还是恐吓她，她什么都听不进去。这么恐怖的女人。这么……讨厌的女友！

——杀了她是最好的方法。

"做好了啊!"三代子说。

做好了吗?

"是豌豆吧?"

我这样说。

"不是呀。是牛肉烩饭呀。再说,你不是说过你讨厌豌豆吗?因为吃不下去,所以让我不要放。"

"啊,说过啊。但是啊,你装在盘子里的东西,不管在谁看来都是豌豆啊!连米饭都没有吧?你看不见吗?只放了豌豆不是吗?你看啊!料理台上还有空罐头盒不是吗?是你打开的啊!"

三代子歪着头。

"我——做了让你不痛快的事情了吗?"

"啊,因为你很奇怪啊。你感觉不一样不是吗?"

"过分。"

"我一点都不过分啊!过分的是你吧?什么啊!这什么啊!为什么不好好地把水龙头关上啊!为什么不拉上窗帘!为什么把报纸到处扔!"

"那是你……"

"是你做的啊!全部都是!"

我用尽力气大叫,几乎要撕裂喉咙。

"你做那些让我讨厌的事情感到很愉快吗?嗯?厕所的毛巾掉到地上你很高兴吗?怎么办啊?很奇怪不是吗?特意买来水槽,把死鱼扔进去,让它腐烂很愉快吗?臭死了!臭得要命啊!这要怎么办啊？你这个……白痴女人！"

我怒吼。

我根本没有考虑自己说了什么。我从未吐出如此肮脏的语言。

三代子的表情十分悲伤。

即便是这种表情的她，看上去也很可爱。虽然她脸上有瘀青，嘴角破了，带着似乎要崩溃一样的表情，也很可爱。

"你还不称心如意吗？！"

我踢开椅子站起来，随后快步走近她，打了她那小小的脸颊。

她发出"嘶"的一声。

我拿起一个塑料盆子去敲那个装了看起来很难吃的豆子的盘子。盘子碎了，豌豆撒得厨房里到处都是。声音非常刺耳。

我捡起盆子，不假思索地去敲她，敲了一次又一次。

"请停手！请停手！"

"我不会停手的！我多少次拜托你停手，你不是也没有停手吗？别光说让我停手啊！"

"会死的！我会死的！"

我一下子变得更加疯狂了。

塑料的盆子敲破了，手柄也掉了。我的手上也渗出了血。我把手柄扔掉，把双手放在她那讨厌的纤细雪白的脖子上。

死吧！死吧！死吧！

只有杀了她！只有杀了她！只有杀了她！

死吧死吧死吧死吧死吧死吧死吧！

我紧紧地绞着她的脖子。她的脖子细得很滑稽。她的脸膨胀起来，眼睛充血，她半张着的小嘴里流出了泡沫。随后，我听到了骨头碎掉的声音。

4

我睁开眼睛，发现自己躺在医院里。深谷前辈坐在我的病床前。

前辈用十分悲伤的目光注视着我，低声问我："没事吗，郡山？"

"前辈，对不起，我选择了不能选择的方式。但是，我无论如何都无法忍受了！"

"不能选择的方式？"

"嗯，我把她……"

用这双手……手掌上依然残留着微妙的触感，那个纤细柔软的脖子，然后是作为中心的部分，碎掉的骨头。

"喂！冷静点啊！"深谷前辈说。

"我很冷静。"

我回答。那件事情是真实的。

"总之，我做了那样的事。虽然当时相当错乱，但现在也已经冷静下来了。不管有什么理由，我都做了无法挽回的事，我打算赎罪。那，警察在哪里？"

"没有什么警察啊。"

前辈很困扰似的说。

"喂，郡山！你……做了什么？"

"所以说，我杀掉了啊！"

"什么？还是鱼吗？"

"都这种时候了，请不要说奇怪的话。"

"这种时候是指……"

深谷前辈露出了困惑的表情。

"是什么时候啊？总之，我知道你发生了很多事情……"

"很多事情是……"

难道，她没有死吗？

不，不可能的！

我明明已经那样掐她的脖子了！明明都已经掐断了骨头！

"我……我杀了我女朋友啊！用盆子打她，然后掐着她的脖子。我感觉好像连脖子的骨头都折断了似的，那肯定是长时间的用力绞杀……"

"情况很不稳定啊。"深谷前辈说，"你杀了谁？"

"就是三代子啊！森田三代子！"

"那么，现在正在洗脸台那里把探病送来的花插进花瓶的那个人，是谁？"

"咦？"

我不假思索地起身。

"她一直在殷勤地照顾你。那个可爱的姑娘，就是那个森田三代子不是吗？"

"等……等一下啊！前辈，我……"

深谷前辈把手放在我的右肩上,说:"你就像我担心的那样。"

"担心?"

"你很奇怪啊!"

"什……什么意思?"

"你说过的不是吗?要是自己的话全部都是妄想,自己也已经不正常了。就是这么回事啊。所有的一切都是你的妄想啊!"

"那种……那种愚蠢的话请不要说了!前辈,你不是认真地听我说过了吗?你不是明白了吗?"

我的双肩被按住了。

"我相信啊。因为相信所以才担心。因为担心,所以我到你家去了。"

"我家……"

"嗯。那一天,喝完酒分开之后,我怎么样都放心不下,所以就到你家去了。还多亏我那天去了!森田小姐在慌慌张张地哭泣,说你回到家之后就说一些莫名其妙的事情,大发雷霆,最后倒在地上。她真的是个非常用心的好孩子呢!"前辈说。

"请等一下。就是说那一天……"

"那一天什么都没有发生。我过去的时候,屋子里虽然乱七八糟的,但并没有变成你说的那个样子。"

"地……地上,厨房的地上……"

"牛肉烩饭撒在地上啊。"

"牛肉烩饭吗?"

"嗯。地上撒着饭、卤煮、打碎的盘子。厨房的锅子里好像煮着什么很美味的东西哦。"

"罐头呢?"

"没有那种东西啊。总之,屋子里之所以乱七八糟的,似乎是你发狂导致的。再说那个水槽,里面的孔雀鱼游得好好的啊!"

"难……难道……那不可能!那些已经腐烂了,非常臭!家里有腐臭的味道!"

"有牛肉烩饭的香味啊。"

"全部……"

全部都是我的妄想吗?

"是妄想啊。"

深谷前辈用哄小孩儿一样的温柔口吻说道。

"你太累了啊。总之,是压力让精神方面产生了变化,也就是所谓的现代病。我们公司里已经有好几个人中招了。这不是什么丢人的事情啊。你还太年轻了,而且,还和那么能干的女朋友住在一起。"

能干的女朋友?

"不是很幸福嘛!"深谷前辈不知道是第几次啪啪地拍打我的肩膀了。同时,病房的门开了,我看到了手上拿着插了玫瑰和满天星的花瓶的三代子的脸。

没有瘀青。

也没有膏药。

当然,脖子也没有折断。

"郡山,你醒了吗?"

"啊……似乎已经恢复意识了。都是你照顾得好!"

前辈这样说着起身离开，对我说："你好好养病，我会再来的。"

"以后就拜托三代子小姐了哟！总之，这个男人似乎抱有奇怪的妄想。"

完全是浪费时间。

"那么，过了会面时间了，我先走了。"

深谷前辈对三代子行了个礼后走出了病房。

"我很担心呢。"

三代子坐在前辈坐过的病床前的那张椅子上，露出真的很担心的表情，用听起来十分担心的口吻这样说道。

"你……做出那么暴力的事情来……"

"我……"

全部都是妄想。

会有那么……那么愚蠢的事情吗？

"我很暴力吗？"我问。

"嗯。很难想象你会做出那种事来，用相当粗暴的语言骂我……"

"然后呢？"

"把我好不容易做好的饭菜打翻在地。"

"然……然后呢？"

"用盆子敲打我。"

我确实用盆子打了她。

"你说牛肉烩饭里不准放豌豆，不可原谅，叫我去死。"

"去死？"

"然后你掐住了我的脖子。"

"掐你的脖子?"

"你杀死了我。"

三代子说。

"'对不起,我不会再这么做了',我明明都已经这样向你道歉了。要是你那么讨厌豌豆的话,事先告诉我不就好了吗?要是你说讨厌的话,我……我什么都不会做的。我……我……我没有你不行啊!因为我是属于你的啊!我是……"

"爱着你的啊!"

三代子站了起来,把拉上的窗帘潦草地拉开了一半。

"只要你说讨厌的话,我……"

"你……你……"

随后,我想起了在那个昏暗的、犹如公园小路一样的地方,当时的那个男子离开时吐出的只言片语。

"那种怪物,就送给你了啊!"

是吗?原来是这样。

我也想用石头来砸她了。

"好像没有外伤,差不多明天就能出院了。热带鱼在等我们。回家以后……"

我做你喜欢的牛肉烩饭给你吃。

讨厌。

讨厌的房子

1

讨厌。

讨厌。讨厌得无法忍受了。

"会不会是神经过敏之类的啊?"我说。

然后深谷回答道:"那种叫法最近不怎么听得到了呢。"

"现在怎么说呢?神经官能症?"

"这个嘛……虽然根据症状的不同有各种不同的叫法,但已经不再一概而论地全都叫作神经过敏了。"

"也许是这样吧。唉!我也已经与世隔绝好长时间了。"

"才一年吧,本部长?"深谷说。

"别再那么叫我了。"我回答,"只要离开了公司,对于部长啊、课长啊这种职务称呼就会开始感到抗拒了。觉得像过家家一样,跟白痴似的!"

"是那么回事吗?"深谷冷淡地说。

"身处公司内部是不会明白的啊。想要出人头地啊,想要升职加薪啊,被这种欲望驱使着,就愈发不明白了吧。"

"因为被人用职务来称呼自己会感到高兴吧。但是从本部长……不，殿村先生的嘴里说出这样的话来，我确实没有想到过。欲望是工作的动力——这是您经常说的吧？想要做出出色的工作成绩来，想要实现自我的价值，像这种漂亮话并不是随便说说的，而是坦诚地表达出想要得到金钱、想要往上爬的意愿。我就是被您这样教育的吧？"

"是啊，就是这样教育你们的，因为我自己也是这样想的。把工作做好就能得到出人头地的机会，薪水也会跟着上涨，因而从结果上来说是一样的。但是，那反正是公司这片小天地里的事情吧？要是把这种禁锢抛弃，在外面的世界里是不通用的。只要离开公司，职务什么的就好像是无人岛上的纸币一样的东西了。"我说，"就算拥有，也没地方用。"

"这个嘛……部长啊、课长啊什么的，被那些陪酒的女公关一叫，大家都变成了'社长先生'啊！"深谷用含混不清的口吻说道。

"我可不去那种地方啊！还真有男人活在那种脂粉堆里啊？"

"还不到老迈的年龄啊！"深谷继续说道。

深谷直到去年为止一直是我的部下。

我在去年春天离开了公司。并非正常退休，只是我自己不想继续干下去了而已。

"我已经年老体衰，所以辞去工作。"我对公司提出了这样的请求。

上头的人竭力劝说我作为员工留下来，我拒绝了。不知为何，我已经没有继续工作的精力和体力了。我讨厌被人叫作"常务""专务"之类的。

我和深谷相识已久，他进公司时的面试官也是我。之后他便被分配到我手下，成为我的直属部下。随着我的升迁，深谷也跟着一起上来了。我们之间的关系不即不离，是多年来一同工作、一起走到今天的同伴。

"果然一个人还是不行的吧？"

"嗯，确实不行。"

三年前，我妻子去世了，死于咽喉癌。儿子夫妇一直在国外生活。我便成了独自一人。

"因为殿村先生很能干。像咱们公司的常务，都到了那把年纪了，依然精力旺盛啊！"

"那个男人不一样。"我说，"都六十多岁了，还追在年轻女孩儿的屁股后面跑，在我看来就是所谓的疯狂行径。怎么说呢，我也并非食古不化，而是觉得麻烦啊。"

"嗯，女人这方面的事，确实又费神又花钱，也消耗体力，我也是觉得很麻烦啊。所以艳遇之类的事情就算了！不过，六十岁以上的独居生活在很多方面都很严峻不是吗？"

"那个嘛……"

也并不是那么回事。

妻子在去世之前，病了差不多有五年的时间。到她住院为止的两年期间，我又要在家里照顾她，又要带她到医院去治疗。当然，这都是我分内的事，我肯定是要自己去张罗的。住院之后也是，有各种各样的事情，十分辛苦。

她死的时候，老实说，我是松了一口气的。

怎么想都是令人惭愧的想法。明明失去了长年累月携手相伴的伴侣，却感觉松了一口气，真是相当薄情寡义不是吗？我自己也是这么觉得的。

即便如此，那也是我的真实想法。

因为我已经不想再看到她痛苦的样子了，已经看得厌烦了。妻子自己也松了一口气吧？我只能姑且这样去想。

以妻子的去世作为分水岭，我来自日常生活上的麻烦减少了一大半。不管什么事情，只要照顾好自己就可以了，十分轻松。

"不会啊。因为我是个擅长做家务的人。"

"那不会觉得麻烦吗？"

"因为是自己的事情，所以怎样都无所谓啦。如果不想做的话就不做。但是，我很清闲啊，所以就把家务全都做了。"

幸运的是，我还有积蓄，也没有背负债务，只是一个人独居而已。

"很清闲吗？"

"很清闲。所以像这样不打招呼就突然跑到后辈家里拜访，这种厚脸皮的事情也做得出来哟。"

"反正您要来拜访我随时欢迎啊！不过我和殿村先生不同，我很懒散的，所以如您所见，家里是这种惨状……"

确实，深谷的公寓里乱七八糟的。不过也还算不上"惨状"，正如我所预想的状况一样。我对他说："你才应该找个老婆吧？"

他回答说："要是能找到的话，明天就想要啊。"

"我可不像殿村先生为人这么认真啊。而且还很麻烦。大概是这个缘故吧，我在女人这方面的运气很差，也不安定。所以如此这般，早就过上了邋遢懒散的生活。但是，就算我这样，即便没有可以一起生活的对象，至少可以想象吧？一个人生活是很寂寞的吧？"深谷说。

"寂寞……吗？"

我也不是没有感到寂寞的时候，偶尔也会触碰到类似寂寞一样的情感。但是，每当我产生这种类似伤感的情感时，便会产生一种违和感。感伤主义并不适合肮脏的老人。

"又说那种话了。人生从六十岁才刚刚开始哦！"深谷说，"应该能够活到一百岁吧？还有三十多年不是吗？"

"有那么长吗？"

我感到了厌恶。

还有那么长的时间，都必须要住在那座房子里……

"讨厌啊。"我说。

"到底是怎么回事啊？"深谷用认真的表情询问道。

"无法说明。"

"什么？"

"讨厌的理由，无法弄明白啊。"

"所以说到底是什么啊？发生了什么事？在哪里？"

"在家里啊。"我回答。

"家……是指您自己的房子吗？"

"我只有一个家。三十二岁的时候建造的、已经住了快要三十年的那栋破破烂烂的房子。"

"我去拜访过好几次呢。您夫人葬礼的时候，我不是也留宿在您那里帮忙准备吗？那个房子又宽敞，日照又好，维修保养也很到位，并没有那么陈旧的感觉，是很好的房子啊！"

"建筑物本身是这样没错。"

深谷鼓起了鼻翼，拿过放在桌子上的香烟，试探着问我："可以抽烟吗？"因为我不抽烟，所以他一直都顾虑着我的感受。

"也给我一根。"

我伸出了手。深谷露出了愈发惊讶的表情。

"没关系啊。自从老婆生病以来我就不抽烟了。既不是为了健康而戒烟，也不是由于环境因素，当然更不是为了追求时髦。我现在已经没有不抽烟的理由了。"

"这样啊。"深谷用有气无力的声音回答，把烟递了过来。我抽出一根叼在嘴里。

已经有八年左右没有抽过烟了吧？我想要把烟点上，所以对深谷说借他的打火机用一用。我以前就不喜欢别人给我点烟。

点上火，深深地吸了一口。就算没有把烟雾吞咽下去，也还是能够感觉到血管扩张的昂扬之感。我感到一阵眩晕。

深谷没有把烟点上，只是叼在嘴里，看着我。

"啊啊！真不错啊，这个家！"

"您说这个家……那个，是指这个，我的公寓是吗？哪里好啊？"

"只要吐出烟，就会有烟草的味道不是吗？"

"那是理所当然的吧？"

"因为理所当然，所以我才说不错啊。"

那是最好的。

"您这样真奇怪啊,殿村先生。无法说明的是什么事情呢?"

"嗯……"

我吸了两口,把烟熄灭了。

"那个啊……嗯,我觉得大概是心理作用吧?啊……怎么说呢,我觉得难以说明之处在于——硬要说的话,也许好像是幽灵一样的东西。"

"幽灵?出来了吗?"

"不,没有出来。'没有出来'这种说法对不对呢?"

"啊?"

真的很难说明。

"幽灵什么的,我是不太了解的。不过在电影里看到的,还有小说什么的描绘出来的,幽灵都是像人类形态的东西吗?"

"有各种各样的。"深谷回答,"但是,那个……大致上来说是人类的形状吧?要不然的话,到底是幽灵,还是怪物,还是外星人,不就分辨不出来了吗?要判断出那是死去的谁谁谁,首先要断定那是幽灵才行啊。"

"死去的……谁谁谁吗?"

"没错吧?比方说活着的某某人……对了,比方说在那个窗子外面的阳台上。"

深谷指着探出去的窗子。

"……嗯,对了,比方说看到田中常务的身影在那里。那么,在那种情况下,我们两个当然会大吃一惊吧?因为这个房间在三楼,

247

只有爬上来才行。但是一打开窗子，田中常务就消失不见了。"

"那是幻觉。"我说。

"是的，是幻觉。即便我和本部长……殿村先生两人都看到了，也是我们看错了吧？只有这种可能性了，因为田中先生依然在世。"

"似乎很有精神吧？"

"很有精神啊。所以就有可能是'生灵'之类的。但如果确认了田中先生的死亡……"

"原来如此。那样的话，就会变成……幽灵吧？"

"是吧？如果假设说，刚好在我们看到他的那个时刻，他本人被车撞死了——那就百分之百，我们看到的是幽灵了。也就是说，死亡是必要条件。明明已经死了却再度出现在别人面前，这就是幽灵。总之，必须确定那个人已经死了。就算是不认识的陌生人也不例外。再怎么说，也得是人类的形态才行吧？"

"那是人类的幽灵的情况吧？"

深谷把没有点火的香烟从嘴里拿出来，发出了"哈"的疑问声，随即再度把烟叼在嘴里。

"是猫狗之类的动物灵这种情况吗？"

"不是的。"

那种东西就算出现，也不会觉得有什么恐怖的吧？

"让我先问您一下——不是……您夫人变成幽灵出现了吧？"

"要是我老婆的幽灵出来的话，我可是欢迎得不得了呢！能够解除我的寂寞无聊，我高兴死了！我会问她——老太婆啊，不管是活着还是死了，你都没什么变化啊！死去的话也没什么痛苦的吧？"

"那么……是'骚灵'现象吗?"深谷问道。

"那个我不了解啊。虽然我记得以前好像看过这个名字的电影。"

"是啊。那个啊,那个——明明没有地震,但家具却晃动起来,盘子飞上半空,椅子倒在地上什么的……"

"啊!"

真的是这样吗?我像是被他提醒了一样。虽然是发生在身边的事,但却感觉很遥远。

"那个,那个所谓的'骚灵',和幽灵不一样吗?"

"嗯……"

深谷抱着胳膊。

"我也不是超自然现象的发烧友,所以详细的情况我也不清楚,不过那是不是所谓的'心灵现象'啊?在电影和小说里会有的,盖房子之前是一块墓地什么的这种内幕呢?"

也许会是这样吗?

"那种现象,大致来说,把它想成是埋在那片墓地里的人变成的幽灵不就好了吗?"

"并不是……幽灵啊。也看不到具体的形象,而是一种奇怪的现象哦。"

"奇怪的现象吗?"

也许就应该这么说,没错的。

"那个奇怪的现象,和幽灵没有关系吗?"

"不。虽然我不清楚,总之幽灵一类的东西是会引起不好的事情吧？各种各样的不好的事情。虽然幽灵本身没有出来，但那好像是某种恶作剧一样的。"

"死去的人的恶作剧吗？不……"

深谷把头凑过来。

"那是怎么回事呢？电影也是这么说的。实际上就是说，这种愚蠢的事究竟是否存在，这个根本性的问题依然值得怀疑，是吗？"前部下问道。

"我的情况是……"

不同的。但尽管不同……

"假定存在的话，要说这种现象的原因，也就是那个……幽灵对吧？是幽灵干出来的事吧？"

"我觉得实际上不是这么回事。事实上，幽灵什么的是不存在的吧？只要是引起了物理上的现象，那就一定要有物理上的原因，因而也可以说，幽灵的产生其实是偶然和误解造成的。要么是有人装神弄鬼，要么是因为地震，或者房屋靠近主干道这一类的原因。"

"那是什么意思呢？"

"也就是说，不管什么样的现象都是物理学上的原因导致的。固定振动频率一致啊什么的，不是有各种各样的原因吗？甚至微小到人体感觉不到的晃动，传导至房屋上，就被房屋本身增幅了。"

"单凭这样也不会让盘子飞起来吧？"我说。

"总是有点夸张的成分吧？"

深谷回答。随后，他终于把烟点上了。

"像我也遇到过啊。晚上到便利店去买点东西，袋子的四个角都装得满满的,走路的时候会发出一定的节奏,袋子里的东西发出'咔啪'的声响不是吗?突然听到那个声音真是吓人一跳啊。明明没有人却有声音,而且是相当大的声音啊。对于当事人来说,发生了未曾预想到的事情,在事后讲述的时候多少会加以夸大吧?"

"嗯,也许是这样没错。但是,那跟幽灵没有关系吧?"

"没有关系。所以说,所谓的真正的原因是存在的吧?但是因为无法得知具体的原因,所以就把它当作是幽灵干的。这就是所谓的给出一个解释吧?"

"谁会……"

"有的吧?灵能者什么的。"

深谷吐出一大口烟。

"明明很可疑,却在电视上公然出现。"

"我可不看那样的电视节目。反正都是骗人的吧?"

"是骗人的啊!灵能者百分之百是骗人的吧?既然没有骗人的自觉,灵能者自身也对此深信不疑吧?也就是说他们在自欺欺人。幽灵什么的是不存在的啊,所以把幽灵当作是奇异现象的罪魁祸首这种事,不就是借口、冤罪一类的吗?"

"冤罪吗?"

"说是冤罪也可以啊,因为冤罪的对象并不存在。概括来说,因为是幽灵,所以难以理解。简而言之,难道不就是类似作祟之类的吗?"

"作祟吗?作祟啊……"

"作祟啊,诅咒啊,当成这一类的事情比较容易理解吧?因为不明就里，原因不明的灾祸，大致来说就是以这样的方式来了结的。那么就该进行驱魔或者净化一类的仪式对吧？那并不是不好的事情啊！不是迷信，是从灾祸之中有效地拔除那些无根无凭的根源。"

"驱魔啊……"

但是，我不觉得自己身上发生的事情像是被什么东西诅咒了。

"我家啊，并不是把墓地平掉之后再建造起来的啊。那边原本就是从战后开始将原来的山铲平之后建成的新兴住宅区。当然说新兴什么的也是以前的事了。在我家之前盖起来的那座房子是最早的建筑物，也没有人死在里面。在我买下来的时候，前面的住户夫妻二人也都健在。我从那个老爷爷手上买下了土地。"

"在以前还是山的时候有没有什么……"

"什么都没有啊。"

"有没有谁被杀死之后埋在山里什么的？"

"如果那样的话，在一开始造房子的时候就应该出现了吧？我什么都没有听说啊。说是山，其实也就是个土丘啊。土丘。周围的住宅区，也是从战前就有了的。要是有什么不寻常的事情发生的话，我一定会听到相关的传闻的。"

"是吗……"

"大致来说，要是有这么古老的东西在作祟的话，应该从一开始就会发生吧？为什么三十年来什么事情都没有发生呢？即便驱魔能产生什么作用，好像也很难施行，要驱除什么，怎样驱除才好，这些我都不知道啊！"

"没有什么契机吗？"

"没有。"

"那么有什么发生了吗?"

深谷把香烟熄灭在烟灰缸里,改变了身体的姿势。

"是骚灵什么的吗?"

"我觉得……不是那样的。因为我不知道该如何定义'骚灵'这种现象,适用于什么范围也完全不清楚。但至少我知道,并没有什么东西在动,也没有东西飞起来什么的,而且也没有形似人形的东西出来,也听不到声音。当然,除此之外的东西也没有出现。什么都没有出现。"

"什么都没有动?要说没有动,那么有什么东西发生了改变吗?"深谷用有点追问的口吻问道。

实际上,我的说明确实是不得要领的吧。不,实际上我什么都没有说明。

"也听不到声音吧?也见不到形态,也没有什么动静,因而……比方说,有什么觉得异样的?身体状况改变,或者在梦里见到什么?"

全都,没有。

"这可真是困难的谜题啊。那会觉得恐怖吗,或者感到不安什么的?"

"并不觉得害怕,觉得可怕的情况一次都没有过。不安……对于这样的自己是不是着了魔了这种不安,多多少少是有的。"

"'这样的自己'是指什么样的自己呢?这到底是怎么回事?殿村先生是被什么东西困扰着呢?"

"硬要说的话……大概是时间的幽灵吧?"我说。

"时间的幽灵吗？我不明白啊。不是说空中浮现出一个时钟这个意思吧？怎么好像是哲学上的话题呢？本部长在职的时候就经常沉迷于说教不是吗？您常说,哲学什么的连一丁点的用处都派不上。'不管沉迷于怎样的想法，不管以什么样的思想为基础，到最后都是以事情的结果来判断的。在寻求神的旨意之前还是努力去工作吧！就算祈祷着世界和平去描绘一个圆，虽然它是一个圆，但在不同的人眼中，圆的意义是不一样的。所以设计师啊、客户啊这些人所说的那些抽象的字句，就是来迷惑你们的！不要被迷惑了！哲学是一种妨碍！'您不就是这么说的吗？"

"我说过。我到现在也是那样想的。"

"'客户是根据我们提供的商品和服务来支付货款的，他们不会为你们自说自话的思想和哲学支付一分钱！'——简直太帅气了！"

"这跟我现在说的事情不相干吧？"

"所以，请您说得具体一点，否则我无法帮您提出意见。"深谷说，"特别是我没想到本部长会来寻求我的建议……"

"所以，别再用那种称呼来叫我了。"我说，"因为想要得到一些建议，所以即便觉得丢脸，我还是恬不知耻地来拜访了啊。"

还有，还有一点，就是我不想待在那个家里。

"那就请您好好说啊。"深谷说，"对了，再喝点酒吗？很难启齿吧？"

"并不是那么难以启齿的事，只是要说明起来相当困难。当然，我是想说给你听，所以才来拜访你的，我不会有什么保留，只是没法好好地说出来而已。"

"您不是很擅长做工作简报吗？"深谷笑了，"这样说来，您也曾说过在简报之中也不需要哲学这一类的豪言壮语吧？"

"老实说啊，我只是完全无法理解哲学这种东西而已啊。仅此而已。总之，还是请你听我说吧。"

2

一开始是小脚趾。

在我家的卧室房门左侧，安放着一个柜子，是在妻子病倒之前购买的。虽然不是设计错误，但多多少少和房间的尺寸有些不合，妻子也说看起来不够美观。

那个柜子即便是紧贴着墙壁放置，门也只能勉勉强强地打开。不管怎么摆放，不是这边出来就是那边进去，也会妨碍到插座的使用，最后只能放在卧室里了。

确实是很碍事。虽然没有门打不开的情况出现，但门确实很难彻底打开，拿放东西也很不方便。

但是，除了卧室以外的地方，它也没有用武之地。原本就是为了放在卧室使用而买的。我们之前一直使用的侧橱型衣柜已经完全倾斜，抽屉也已经打不开了。因为年代久远，修理也没有意义，于是就把它闲置了。

所以我们一直在凑合着使用新柜子。除了不方便的外观之外，也没有什么不能用的,而且,习惯了之后也就觉得无所谓了。卧室里单放这么一个家具的空间还是有的,这柜子也算是帮了我们的忙,我也就没有抱怨什么。

事情是在妻子去世之后不久,头七的法事也全部做完之后发生的。

当时,不知是无精打采还是睡迷糊了,又或者是与生俱来的懒散发作了,刚起床的我并未将房门全部拉开,就往走廊走去,这时……

左脚的小趾狠狠地撞到了柜子的角上。

很疼。

瞌睡和寒冷在一瞬间烟消云散。因为独自生活,我也没有大叫的习惯,只记得应该是含糊地发出了什么声音。

非常疼,不过万幸的是似乎没有骨折。那时我按着自己的脚尖,原地跳着转了好几圈。作为一个六十多岁的老人,想必那模样十分滑稽吧?而且,之后差不多一个小时,那里一直都隐隐作痛。

即便如此,要是事情就此结束,也就到此为止了。就像吃了热的东西,虽然当时感到灼烫,但食物经过了喉咙之后便忘记了当时的灼痛一样,我在中午之前就把这个意外事件完全忘掉了。

过了几天,我再次撞到了小脚趾。这一次疼得我几乎以为它断了。真的疼得很厉害。

之后又撞了几次。虽然只要我加以注意就没事了,但即便我反复想着要注意要注意,睡醒的时候还是无论如何都会忘记。打算去小便的时候也完全忘记了。

所以我的脚趾就反复撞到柜子,甚至变成了一种惯性。

我睡觉的时候不穿袜子，在室内也没有穿拖鞋的习惯，因而刚睡醒的我是光着脚的。我想也许这样不行，因此也试着在床前准备好拖鞋，但也只穿过几次。

撞了四五次之后，我的小脚趾似乎呈现出脚趾挫伤的凸出状态。我也去医院就诊过，医生警告我说，要是不加注意再次让它撞到的话，骨头真的会产生裂缝。

我决定把柜子搬走。

柜子里放的大都是死去的妻子的衣物，所以，原本就这么放着不动是最好的方法。即便将死者的贴身衣物和睡衣好好保管，也无济于事。柜子里也没有她特别喜欢的衣服。如果只是我自己的东西的话，更小一点的衣橱就够了。

虽然觉得整理起来很麻烦，但总比受伤要好。

我把柜子里的东西拿出来，改用纸箱来装。在整理的过程中，看着那些东西，是不是会浮现出相应的回忆？心中会不会有留恋之情呢？那真是一种奇妙的感觉。

我将自己的东西也暂时转移到其他的纸箱里，把柜子搬了出去。虽然柜子要是不竖起来放就没法从房间里出去，但因为并不是很重，我自己一个人也总能想到办法把它拖出去。因为碍事，所以放在了不用的房间里。

以此为契机，我整理了妻子的遗物，之后便叫来废品回收的人处理掉了。我没有找到什么承载着深刻回忆的东西，也没有值得送人或者卖掉的贵重物品。儿子也没有什么想要留作纪念的东西。整理之后，清清爽爽。

在那之后暂时没有发生什么。

然而，事情发生在大概三四天之后。

那一天相当寒冷，我因为尿意而醒来，看看外面天还很黑。因为我年纪大了，醒得很早。

我从床上下来，因感到寒冷而蜷缩着身体，脑中一片空白地迈开步伐，随意地打开门。我是打算去厕所的。正想到走廊上去，我的左脚小趾传来剧烈的疼痛。

又撞上了。

我本能地这样想。真的成了惯性了。明明在妻子生病期间什么事情都没发生过，难道撞上过一次就不能停止了吗？也许在无意识当中，身体自动地重复着同样的行为模式，所以说不加注意的话……

不。

没有必要去注意什么。

柜子……并不在那里。

这是毋庸置疑的，是我自己把柜子搬走的。因为撞了好几次脚，因为危险，所以搬走了。但是，我撞到了什么呢？

我用手按着脚趾，去看我的脚边。

什么东西都没有。放着我的贴身衣物的纸箱放在房间的角落里。

令我感受到撞击和疼痛的周围，什么都没有。

是撞到了墙壁上吗？也只能这么想了。门果然只拉开了一半，难以通过，所以在我打算出去的时候撞到了墙壁吧？因为一直都是撞在柜子上的，所以这次也误以为是那样吧？然而……

就把事情当作是这样吧！这样考虑是顺理成章的吧？没有其他

的可能性了，因为脚边什么都没有。

　　但是从那以后，我多次撞到脚趾。我也想过是不是年纪大了的缘故，但还是觉得很奇怪。我在家里其他的地方也没有撞到过。另外，身体的其他部位也没有发生类似的情况。身体的运动机能确实是在衰退，但是像脚步踉跄或者被绊倒之类的事情也并未增加。

　　无论何时，模式都是一样的。

　　在我刚起床的时候，左脚的小脚趾撞上了卧室门旁边的柜子角。

　　原来如此。我撞上的是柜子的角。不是墙壁也不是门。我的脚撞上的，是不应该存在于那里的柜子的一角。

　　无论怎么考虑，事实也是清晰可辨，并不是我的心理作用。我的脚距离墙壁远远地就受到了冲击，这是毫无疑问的。

　　当时，在我感觉要撞上的瞬间，特意确认了自己的脚边。

　　什么都没有。

　　即便试着用手去触摸，在那个地方也没有受到任何的阻碍。在距离墙壁有相当距离的空间上，剧烈的疼痛就凭空发生了。不，也许应该说，刚好在从墙壁到柜子的距离附近，我感觉到脚趾传来剧痛。

　　在空无一物的空间里，我的脚撞到了什么东西。

　　不合逻辑。

　　竟然会有这么不合逻辑的事。

　　而且，没有声音。

　　我自己站在那里的声音当然是有的。走路的声音，衣服摩擦的声音，呼吸的声音，我的动作确实是有声音的。因为这是现实的事情，所以毋庸置疑。

但是，似乎并没有碰撞的声音。

在碰撞的瞬间，我做出了符合逻辑的反应，比如跳了起来，或者蹲了下去，而且发出了惨叫或惊呼，诸如"哦""啊"这种声音。这些声音当然也都听得到。

但是，仔细想一想，"嘭"或者是"哧"之类的，也就是物体和物体冲击碰撞时发出的声音，却没有听到。

因为冲击是实际存在的，当然就应该发出相应的声音，这是常识，所以可能我在自己的脑中做出了下意识的补充。因此我才并没有注意到没有声音这件事。

除了我自己发出的声音之外，实际上是没有别的声音的，就好像我一个人在演戏一样。像哑剧演员一样，一个人在演戏。

我也想过自己是不是着魔了。

我也曾经听说过，有人会因为强烈的意念，身体上浮现出从未经历过的伤痕。只不过，这种特异的生理现象，大都是狂热的信仰之心的产物。

但是像我这样的人，毫无信仰之心，即便因此受到惩罚也无话可说，对所有的事情都抱有百分之百的怀疑。这样的我，在没有外界因素影响的情况下，是不可能怀有那种能够带来身体上变化的强烈的信仰之心的。这对我来说终究是不可思议的。如果真的有这种事，那就是有意识的信仰或是狂热相信的结果。就是这么一回事。

那是不可能的。即便认为它是可能的，也只能说是我的精神发生了变化。从经验上来说，在我过去的人生当中，在这六十几年之中，这种事情从未发生过。

终于，脚趾的骨头出现了裂缝。

我被医生痛骂一顿。不管怎么看，造成这样的结果一定是存在着物理上的冲击。但是我所撞上的，却是虚空。

医生没有用石膏，而是用了三角带一样的东西把我的脚趾固定起来。仅仅这样处理会让我觉得担心，于是我就在睡觉的时候将两只袜子套在那个三角带上。

即便如此，果然还是又撞上了。

原因不明。柜子已经移走了，被好好地放在别的房间里了。然而，只有柜子的角撞到了我的脚趾这件事，依然残留在卧室之中。

然后，我想起了另外的一件事，那是妻子死后不久的事。

住院中的妻子进入病危状态，我必须在医院守候。我向公司请了假，寸步不离地守在医院里。这期间我也不怎么回家，整整五天都住在医院里。到第五天的时候，妻子去世了，我把各种手续办好之后，把医院里的事情拜托给了儿子夫妇。因为要准备一些通宵守灵的事情，我便自己回了一趟家。

回家之后，我立刻注意到了……

在接到病危通知的那个时候，我正打算把厨房垃圾拿出去。我把厨房的垃圾都收拾了起来，顺便将冰箱里过了保质期的食物也收拾出来，全部装进了垃圾袋。然后，正当我打算把这些垃圾拿到垃圾回收点时，电话来了。我立刻慌慌张张地赶往医院。其实我已经有了心理准备，不论"那个时刻"何时来临都无所谓。对此，我已经做好了必要的准备。

接到电话的我，立刻拿起早已准备好的行李，锁上门后直接离开了家。

也就是说，原本准备拿出去的垃圾并没有拿出去。垃圾在这整整五天的时间里，就一直放在厨房的旁边。

虽然夏天已经过去了，但天气还没有凉爽下来，正是被称为"秋老虎"的时候。实际上，从医院回来，打开自家房门的那个瞬间，我清楚地感受到一股热浪扑面而来。因为气温还是挺高的，而家里又没有换气，也没有其他的通风措施，变成这个样子也是理所当然的。

厨房旁边的垃圾散发出令人难以忍受的臭味。

总之要先扔到外面去。我捏着鼻子拿起来一看，不知是塑料被渗透了，还是什么地方破了，地板上有一摊触目惊心的腐败的液体。

不管怎么样，我先从后门把垃圾拿到了外面，接着将那些液体擦掉。在妻子的遗体回来之前，不把这些弄好可不行。

不知为何，我没有想到用抹布，而是去拿卫生纸。也许是因为我觉得那些液体很脏吧。

我用卫生纸把液体吸掉，又把用过的纸扔进塑料袋里，再用拧干了水的抹布擦拭，大致我是这样处理的。

我拿了家里仅剩的两卷卫生纸过来。就在这时，我踩到了那个肮脏的液体。穿着袜子踩到液体的感觉并不好。那个"吧唧"一声的不快之感，我不想加以说明。

而且，我的袜子所吸收的，是腐败的、臭烘烘的汁液。

真是受够了！

即便如此，我还是面不改色地完成了清扫。

中途，我数次感到恶心，甚至一度想要呕吐。两卷卫生纸全部被我用光了，我把湿了的袜子脱下来，连同用过的卫生纸一起扔掉。随后，我用抹布反反复复地擦拭，甚至还用上了清洁剂，最后撒上除臭剂，用干抹布擦拭。

就算这样，臭味也无法消除。

我觉得自己的脚也沾染了臭味，就到浴室里去清洗。来帮忙做守灵准备的人们前来的时候，我正在浴室里卷着裤腿洗脚。他们来得可真是时候！

这件事情过去之后，也成为谈笑的插曲了。实际上，它确实曾经数次被当作助兴的话题。

问题是在那之后发生的事。

我记得那是在葬礼结束之后一周左右。

当时我正在处理一些杂事。把旧报纸捆扎起来，把空瓶子什么的收拾好，具体的细节我记不清楚了。

我从后门走进屋内。正在这时，异样的臭味冲进了我的鼻子里。

那是……厨房垃圾的腐败臭味。

屋子里没有什么厨房垃圾。葬礼之后，我一直都是在外面吃饭的，所以一次都没有在家里做过饭，更何况因为没有去买东西，冰箱是空着的。

而这毫无疑问是那个臭味。

我也想过是不是下水道堵住了，当时只是觉得叫管道工过来维修好麻烦。

那天的天气已经不那么热了，我记得体感还有些微微的凉意。但是，只有厨房旁边的空间，犹如被热浪包裹着一般。在被墙壁分隔出来的看不见的空间里，似乎灌满了热气。屋内明明处于通风状态，却只有那个空间的空气凝固了，像是被蒸烤着一样。

而且，只有那里，有臭味。

在我侧着头走进去的时候。袜子"吧唧"一声，湿了。不，是感觉好像湿了一样。

地板是干燥的。

但是，脚底的感觉却明显像是踩到了濡湿的地板。虽然不至于有声音，但脚踩到水里那种不快之感是确凿无疑的。没有声音是不自然的，非常不自然。

我试着摸了摸脚尖和地板，二者都是干燥的，只有脚上的感觉好像是湿了一样。

我脱下袜子，试着闻了闻，闻到了差点让我吐出来的异样的臭味。

但是，袜子完全没有湿，而且，一丁点都没有散发出异臭的液体。

是心理作用吧，我想，袜子这种东西也是会臭的吧？我努力地压下自己心底的疑虑。

万幸的是，在这六十几年当中，我没有被人说过脚臭。不过，被人说过脚臭的人应该不在少数。脚臭的话也没办法。也许是我的体质发生了变化？我半是认真地这样考虑。

因为地板上什么都没有，所以我也就没有做什么处理。

但是此后每隔几天，厨房的一侧便充斥着异臭。而且，也有袜子湿了的错觉。

因为我坚信那是错觉，也就没去在意。而且也并非连续出现，即便是叫管道工人来查看管道的情况，也起不了什么作用。

我听说神经过敏的诸多症状当中的一种，就是明明没有什么发出臭味的东西，却感觉自己闻到了臭味。我觉得自己说不定就属于这种情况。

一直到现在，厨房的旁边依然时不时地会散发出臭味，而袜子也会跟着一起出现湿了的感觉。

但是，没错，我一直没有将这两件事——厨房的异臭和卧室的不合逻辑，放在一起来思考。不仅完全没有想到过，实际上，我一点都看不出来他们之间有任何的关联。

但是，在某个时刻，我忽然一下子想到了。

这两件事情难道不是一样的吗？

不，应该说，都是遵循着同样的规律而发生的不是吗？那么……

总而言之就是——已经过去的事情，被反复地重演。

物理上的原因已经完全不存在了。柜子也是，垃圾也是，都已经没有了。但是，就只有事情本身在反复重现。

这样一想，我倒想起了其他几件事。

在妻子住院期间，有一次我打算整理储藏室里的架子上的行李，架子上面掉下一个帽子盒，打在了我的额头上。

因为是很轻的东西，所以并不算疼，当然也没有受伤，我只不过是吃了一惊。不过比起吃惊来，其实更应该说是不爽。我当时大概自言自语地嘀咕了几句"可恶"之类的话。不过这种事情经常会碰到，我也没有在意。

几个月之后，在我整理妻子的遗物时，我曾多次感到一种错觉，

265

觉得上面好像有什么东西掉下来,发出声音,打在我的额头上。

事实上,什么东西都没有掉下来。

在那个架子上,没有什么东西能够给人那种感觉,当然地板上也什么都没有。

那个时候,我感觉从架子上掉下来的,是帽子盒一类的东西。但帽子盒当时全部摆在地板上,不应该掉下来。

当时我以为是错觉。但是,如果只是帽子盒打在额头上这个记忆被反复重现,那会怎么样呢?从那以后,类似的事情就没有发生,那单纯只是因为我没有再去过储藏室,仅此而已不是吗?如果我去了的话……

类似的事情还有一件。

妻子的告别仪式结束之后,事先准备的斋饭还剩下一些,于是我就整理了一下带回家。儿子一家人住在宾馆里。可我讨厌在外面吃,便一个人回到了家里。

当晚我也没有食欲。虽然觉得肚子有点空,但结果我还是没吃,就那样睡下了。

第二天也因为各种各样的事情而忙碌了一整天。到了晚上就剩下我一个人,于是我想起了前一天打包带回来的食物。明明扔掉就好了,可还是觉得有些浪费,我就打开打包盒,试着吃了一口。

当然并不好吃,不过我也没觉得有什么问题,于是就接着吃了下去。

不过,生鱼片确实是不能吃了。并不是口感和味道的问题,而是坏掉了,变得发酸、发软,还带有刺激性的味道,口感当然也十分糟糕。

嘴巴明显产生了拒绝的反应，我立刻吐了出来，漱了口，把剩下的全都扔掉了。

从那以后，我就变得不愿吃生鱼片了。而且，我深信自己不能吃生鱼片。

但是，那次的事情并没有从我这里夺走品尝生鱼片的快乐。至少我自己觉得没有。因为我在那之后也平心静气地吃了生鱼片——应该说——尝试着吃生鱼片。

吃下去之后是同样讨厌的感觉，只得吐出来。

但是，我反复回想，除了那次的斋饭以外，我吃到的其他生鱼片都很新鲜，应该绝对没有坏掉。但是那个时候，因为这件事情导致我把生鱼片全部扔掉了，让我觉得自己做了很浪费的事。

然而在那之后，我对于生鱼片——特别是金枪鱼的红肉部分，只要一吃到嘴里，必然会有一种尝到变质生鱼片的错觉。而在跟别人一起吃饭的时候，当然不能做出吃不下去而吐出来这种事，因为那对于一起吃饭的其他人来说是非常失礼的。

所以我就不吃了。比起当众吐出来，还是让它剩在盘子里比较好。

但是，仔细一想，觉得生鱼片坏了这种事情，不是只有在自己家里发生过吗？

大概……是这样吧。

我离职的时候，在送别会上也吃了生鱼片。

那个时候各种各样的事情在我的脑中来来去去，因此，我将那件事——觉得生鱼片难吃那件事，忘得一干二净了。

当时吃到的生鱼片，我并不觉得它不好吃，应该说——很好吃。毕竟，我原本就是个喜欢吃生鱼片的人。

在外面就什么事情都没有吗？

只有在家里……

只有吃到变质的生鱼片这个记忆本身被反复重现不是吗？

独自生活的我，即便没有发生这件事，将生鱼片摆上餐桌的机会也很少。自从深信自己不能吃开始，我就有意识不去购买，并且注意在外面吃饭的时候也不吃。所以只是我没有注意到而已。

在外面的话，不是能好好地吃下去吗？也就是说我并没有变成不能吃生鱼片的体质。

在外面吃就很正常，只有在家里吃的时候感觉是变质的味道。一定是这样没错。

然后……

3

"请等一下啊！"

深谷打断了我的独自叙述。

"那也就是说——本部长的……殿村先生的记忆反复重演？是这么回事吗？"

"应该算是吧。"

"那样的话，就变成了殿村先生自身的问题不是吗？"

"自身……"

"也就是心理作用啊！殿村先生虽然反复强调说不是心理作用，但生病都是从心理作用、执念这一类情况表现出来的不是吗？那个，坏掉的生鱼片的事情啊……"

深谷站了起来，从冰箱里拿出罐装啤酒递给我。

"现在还拿出啤酒真是不好意思。已经没有其他的酒了。"

"其实什么都可以啊。"我接了过来。

"我在大学的时候，有一次吃煎饺中招了哦。"

"因为煎饺而中招了吗？"我问。

"丢脸地中招了啊！"深谷回答，"那是酬宾日还是什么的，因为便宜所以就吃了很多。但不知道是因为油不好还是别的什么原因，味道很怪。我很快就腹泻了，还卧床不起整整一个星期。总之是很要命啦！但即便如此，因为中招的只有我一个人，也许是我吃得太多了，所以那家店也没有承担什么责任，也没有因此接受卫生部门的检查。不过，几个月后它还是倒闭了，是个不靠谱的店吧？但是，从那以后我就不吃煎饺了。

"原本我是很喜欢吃煎饺的，从小就一直喜欢。但是在那之后，只要一吃煎饺，我就觉得肚子好像不舒服一样。不，实际上也确实拉肚子。因为这样，我渐渐地远离了煎饺，到现在已经完全不吃了。我已经好几年没有吃过煎饺了。确实是有这样的事情啊。像营业部的三田村，听说他是不能吃有虾的辣椒酱，说是因为曾经吃坏过一次肚子。这完全是心理暗示啊。由于心理暗示，感觉味道也变了，甚至肚子也被弄坏了啊,就好像一种心灵创伤一样。"深谷这样说。

"这我能明白。"我说,"但是啊,深谷,我的情况是——不管怎样,只有在家里的时候会发生这样的事。只要脑子里开始形成这样的想法,无论如何都会觉得在意。我想要加以确认,就试着在外面吃生鱼片。"

"怎么样?"

"很好吃,什么问题都没有。然后,我就在那家店里买了寿司,打包之后带回家,立刻试吃。注意——是立刻吃啊,捏好之后不超过三十分钟。然后啊……"

变质了。

不,应该是我尝到了变质的味道。

"这也是心理暗示啊。"深谷说,"殿村先生的情况,就是'在自己家里'是必要条件,不是吗?生鱼片加上在自己家,就会变成这个结果了。"

"深谷啊。"

我拦住了他的话。当然,这种程度的推论我也想到过。

"举例来说,像你这样吃过一次弄坏了肚子,所以你能理解后来的变化。因为所谓的食物中毒啊,是很不愉快的事情。而食物作为引起那种不愉快的疾病的原因,就变成了唤起不愉快之感的主要原因吧?这个我理解。但是啊,事实上我最后并没有吃那个变质的生鱼片,我吐出来了。硬要说的话,在我的肉体上没有发生任何的变化,只是觉得讨厌而已。"

"讨厌吗?"

"把腐败变质的东西送进嘴里，不管是谁都会讨厌吧？对吧，深谷？我的情况是——只有唤起我的厌恶情绪的这种现象反复出现啊！"

"现象……吗？"

"是现象吧？什么都没有，却反复出现。因为什么都没有，就不能被称作记忆不是吗？发生的是似乎能够唤醒记忆的事情啊。"

即使那里什么东西都没有……

帽子盒掉在额头上。

厨房被异臭笼罩着。

袜子被臭水弄湿掉。

生鱼片腐烂变质了。

小脚趾撞在柜子上。

甚至于骨头出现了裂缝……

"要是把这当作是我自身的问题，那我不就是疯了吗？在无意识之中，自己把脚反复地撞在什么东西上，甚至到了骨头出现裂缝的程度？不仅如此，我还坚信自己是撞在了柜子上。这不是已经疯狂了吗？你是说我已经疯了吗？"我质问道。

"不，我没这么说啊！没这回事！"

"我也……这么想。虽然我是主观上想要这么去认为的。如果我是正常的，就只能是那个房子发疯了。"

"房子……发疯了吗？"

深谷露出严肃的表情。

"要是没有柜子的那件事，我也许会把这些统统当成是心理作用。但是，既然柜子的那件事无论如何都无法合理地解释，想要理解这件事而冥思苦想得出的见解，却只能够说明除此之外的事情。那么，如果试着去怀疑所有的事情，不是全都能够引出同样的结论吗？这也是理所当然的吧？"

"说到结论，那个……"

"不管是说记忆，还是说是现象，听起来都好像是在说一些不明所以的事情一样，但不管说多少次都难以解释啊！总之，所谓的记忆，并不是我这个萎缩的大脑中的记忆，而是那座房子的记忆啊！"

"房子的……记忆？"

深谷露出了苦恼的表情。

"是啊。然后，所谓的现象，就是发生在我身上的物理性的变化。实际上，什么都没有发生啊！明明已经没有柜子了，脚却还能撞到柜子上。可是话说回来，我受到冲击、感到疼痛、骨头出现了裂缝，这些也只能称之为现象了吧？"

"房子的记忆被再现，只在您的身体上发生物理的现象，是这么回事吗？"

"是的。也就是说，过去的事情只在我的肉体上被重现。"

"那是……时间的幽灵吗？"深谷说。

"是的。死去的人在死后出现，就是人类的幽灵吧？那么，已经过去的事情，在结束之后再次发生，是不是也可以称之为时间的幽灵呢？我是这样来考虑的。"

"嗯……"前部下沉吟道，"那个嘛……确实，用作祟或者幽灵之类的概念无法说明吧？也不是用心灵现象就能打发的。就算阴阳师或者灵媒师什么的来了，用什么夭折的婴儿啊、落难的武士啊、被唤醒的土地啊之类的任何一个理由也解决不了。驱魔也不起作用。"

"如果有效果的话，不管是要我大扫除还是做法事，无论什么我都会去做啊！但是，与其说是驱除了什么东西，不如说是一种自我安慰罢了。"

很久以前，我就完全不相信驱魔的效果。

"总之，这些事情，如果是好的回忆反复出现的话，我也没有什么话说。有这种想法也许会被人看成是白痴吧？但我也许会下定决心成为幸福之国的住民。在那栋房子里，有着各种各样的回忆啊。和老婆的回忆，和儿子的回忆，多得数不清。但是，这样的东西几乎已经和我没有关系了。高兴也好，悲伤也好；快乐也好，艰辛也好，这样的感情完全被忽略了，就只有……"

就只有讨厌而已……

讨厌啊……

我重复道。

"不管怎样，似乎那栋房子记住的就只有我觉得讨厌的东西而已啊。"

"讨厌……吗？"

"是的。感伤啊什么的已经不存在了，似乎只有让我觉得讨厌的东西被记忆、被重复。每重复一次，我就觉得更加讨厌。越想越觉得讨厌。"

记忆变得愈发浓厚。

"从这个意义上来看，也许房子里的记忆和我的意识的什么地

273

方是连动的也说不定。只是,即使是连动的,那也不是人类的什么东西。"

"讨厌的东西……也是一种感情不是吗?"

"不是感情啊。"我回答,"那和'喜欢''讨厌'是不同的。那是从生理上觉得'不行'那一类的东西,和思维或者情感没有关系。吃惊、臭、难吃、疼痛,这一类的东西不是感情吧?艰难的回忆也是回忆的一部分。疼痛以及难吃这一类的存在,能够成为回忆吗?"

我想那是无法成为的。

疼痛导致了什么样的结果,由于感到疼痛而做了什么事情,或者导致疼痛产生的过程和原因,这些随着时间的流逝,也许总有一天会变成回忆。但是,疼痛本身是无法成为回忆的。即使只有疼痛本身被再现,也只是让人觉得讨厌而已。

"这个无法被称为心灵现象吧?怪异的、不合逻辑的、从某种意义上来说是不可思议的,就算被说成是作祟或者别的什么,也无法接受吧?反正大家也知道是骗人的。因为多少能够接受,所以大家就甘愿被骗不是吗?而我的情况……"

倒不如说想要被骗!

"什么都好!要是能够给我一个理由来解释这些事情,让我接受,不管是驱魔还是祈祷,我都衷心欢迎啊!"

深谷再次沉吟,问道:"是不是心理作用啊?"

"所以就当作是心理作用吧!心理作用是否能够产生什么后果?我只是一直考虑这个问题而已。就像这样,实际上的物理伤害也出现了。"

我抬起左脚。

"不，受伤了也好。受伤可以痊愈。但是心情怎么办呢？我已经觉得受不了了啊！"

不管是幽灵还是外星人都无所谓啊！

不管是谎言还是欺骗，要是明白了原因，心情也就能放松下来了。知道被骗了，就能转而尝试某些对策。即便没有效果，最起码还能贴一枚符咒试试。

但是现在这样……

"也并非是像你说的那样属于哲学上的话题。我……只是一味地觉得讨厌而已。"

"嗯，是很讨厌的啊。"深谷说，"但是，我……那个，我也不知道该怎么说。比方说，改变睡觉的地方啊，在外面吃生鱼片啊，我也只能想到这一类的对策了。"

"那些我也全都尝试过啊。"

实际上，我也正在这么做。

"但是，毫无意义。"

"为什么？"

"只要是我稍微觉得有点讨厌的事情，就一定会再度发生。就像你说的那样，我改变了睡觉的场所，我决定在和式房间里铺上被子睡觉，但是啊……"

给客人准备的被子一直都没有使用。

一般来说，应该晒干、拍掉灰尘，然后再使用吧？就算不这么做，也应该用被子专用的烘干机来烘一烘。但是那个时候的我，无论如何都不愿再次撞到脚趾，就那么直接把被子铺上，睡了下去。

被子湿乎乎的，盖着很不舒服，而且还有一股霉味。

所以第二天早上，我就把被子晒干了。

第二天是个阳光灿烂的好天气，是最适合晒被子的日子。被温暖的阳光晒过之后，被子变得松松软软，有一种让人心情很好的触感。

在太阳落山之前我把被子收了回来，放进抽屉里。原本被压扁的被子膨胀了起来，甚至让我觉得收拾起来很费劲，效果就是好到这种程度。铺开来的触感也是，看上去的感觉也是，前一天的状态根本没法与此相比。

然而，一旦我试着躺下来，就是跟之前完全一样的了。别说躺在松软的被子里了，背上感受到的触感就像是湿乎乎的被压成饼的被子一样。盖在身上的被子也是，实际上明明应该是松松软软的，却感到潮湿、沉重，而且……

有一股霉味。

因为前一天晚上我感到讨厌，所以……

"所以就重复发生了——是这么回事吗？"

"是啊。除此之外还有。比方说，要是在什么地方撞到了或者绊倒了什么的，只要我稍微觉得有一点讨厌的事情，就会反复出现，没完没了啊。一件一件都是微不足道的小事。但是啊，深谷，不管在多么舒适的环境中，都会有觉得讨厌的瞬间吧？"

"那当然是有的。"深谷回答，"总有几个吧？人类是一种任性的生物啊。因为自己的不注意而引起的不便，也都推卸到其他东西身上。从楼梯上摔下来就觉得是楼梯不好，说台阶的高度做得不行、宽度不够什么的。实际上没有那回事啊！那是迁怒啊。明明是自己不好，却认为是自己以外的原因，也就是说……觉得讨厌。

"明明没有什么理由却觉得讨厌，这种事不管是在多么棒的环境里，也一点都不会改变的。对我来说讨厌的东西有很多。这个公寓的电梯很慢。钥匙很难开门。玄关狭小。鞋子最多只能放得下四双。浴缸的水垢很难清洗。拔掉塞子之后浴缸的水很难放干净。浴室的地板会被水弄湿。要挑毛病的话，还真是应有尽有啊！"

"有的吧？"

讨厌的事情，终归是有的。

"但是，无所谓的事也有很多吧？"

"很多啊。也就是说，全都是无所谓的事。但也有能够改善的。事实上，我对浴室的排水管道进行了调整。好像一体化浴室的设置多少有些困难，所以排水口的位置有那么一点偏差，调整之后就能顺利地把水排干净了。"

"尽管顺利地排干净了，但要是觉得没有排干净的话，就很讨厌吧？"

"感觉……啊……"

是的。那只能说是感觉了。

"明明冲水情况很正常，但感觉就像是没有冲干净一样，这样的事情啊……"

"虽然我不了解，不过一定很讨厌！"深谷回答。

"是的，很讨厌啊。即便是无所谓、微不足道的事，无限反复的话会怎么样呢？能够改善的情况也是，明明改善了却好像没有改善一样,会怎么样呢?"

"讨厌……吧?"

讨厌啊。

"而且,这种微不足道的事情连续发生的话,会厌烦的吧?你的情况也是。比方说,那个,钥匙很难把门打开,于是生了一肚子气,因为玄关狭小而满腹牢骚,在这个时候胫骨什么的撞到了鞋柜上,你设想一下看看?"

"那样的话确实会怒从心头起啊。"深谷回答,"我会踢鞋柜的。而那样做的话,又会再度让自己感到疼痛。"

"要是这个流程每天都重复的话会怎么样呢?"

"怎么样……嗯,基本上不会再次发生啊!那样的事情……"

"会重复啊!要是这件事发生在我家,你就等着撞死吧!每天每天,胫骨撞在鞋柜上,一次又一次。不,就算不撞上,也感觉像是撞上了一样啊。很讨厌吧?"我问。

"讨厌。"他立刻回答。

"前些日子,我家的厕所堵住了。不管谁家都有这样的事吧?说来有点失礼,我上完厕所之后一冲,就发出了那种'咕叽咕叽'的声音,堵住了。所以我就用那个,就是像吸盘一样的那个东西,我用那个反复地'咕咚咕咚'通厕所,然后就通开了。但是,从那以后,我家的厕所啊……"

"不通畅吗?"

"通畅。但是啊,会有像是堵住了一样的声音,而且还会有臭味。"

"明明是通畅的，对吗？"

"是啊，明明是通畅的。去察看的话，水流是'咕噜咕噜'地流动着的。但是，耳朵里听到的却是'咕叽咕叽'像是堵住了一样的声音。眼睛看到的和耳朵听到的不一致。这已经违背了物理法则吧？我的耳朵到底是在听什么呢？为什么画面和声音无法配合呢？简直像是刻意弄成这样的啊！因此，我觉得自己已经完全着了魔了。被子铺开来就是湿的。只要睡在床上脚就会被弄疼。厨房臭烘烘、湿漉漉的。帽子盒从储藏室的架子上掉下来。吃生鱼片就会尝到腐烂的味道。其他的也有好多啊。讨厌的事情！只有讨厌的事情反复发生。那样的房子……还能住人吗？"

深谷蹙起了眉头。

4

因为当天已经很晚了，所以我留宿在深谷家中。第二天，我在前部卜的陪伴之下，回到了讨厌的自己的家。

仔细地听了我的话之后，深谷显得相当困惑。

是挺困惑的吧？这么疯狂的话，无论怎样详细地进行说明，我想，也只会给听的人带来困扰而已。

如果我处在深谷的立场上，我也一定会觉得这个老爷子精神不正常了。退一万步来说，哪怕全盘相信这种疯言疯语，也难以提出什么建议来。

事实上,我并不是因为信赖深谷、想通过和他商量来找出解决问题的突破口才来找他的。我连一丝一毫的期待也不曾有过。

对于这种无可奈何的事情,我也只能全盘接受。我只是、只是想跟什么人说一说,让自己喘一口气。

但是深谷出乎我想象地表现出了更加理解的态度,而且还说要跟我一起回去。

比方说,柜子的事情姑且不论,客用的被子除了我之外的其他人睡是不是松软,厨房的异臭除我以外的人能不能闻到,厕所的排水是不是通畅流着——这些事情至少能够先去确认一下。深谷提出了这样的意见。他认为即便这些事情仅仅对于我一个人来说是这样,也能有应对的措施。

前部下在用词方面是经过斟酌的。比方说,我患有特殊的认知症的可能性——也就是说是在暗示我有老年痴呆的可能性吧。深谷注意到了我的感受。当着面说别人患了痴呆症是很难说出口的吧。

然而那种可能性是很高的,我自己也这样认为。但是没有确凿的证据。因为我在自家房子之外的地方就没有那种奇异的体验了,而且我自己也不觉得自己有老年痴呆。

当然,即便来我家拜访的深谷什么也没有感觉到,那也不能就此断定说我患了老年痴呆。

那个房子只记得我感到讨厌的事,并且使其反复发生。对于其他人来说,也许完全不是这么回事。

而且,要是认为那仅仅是针对我的身体发生的话,就根本无法判定是外界的要因引起的现象,还是内部的要因引起的——仅仅是我的错觉。那种东西，在旁观者看来根本没有任何区别。

即便如此，也能成为微弱的提示。

问题的关键还是在于心情。要是所有的事情都是我自己的问题——所有不合逻辑的都是我自身的原因的话，我也许会下定决心离开这个家，住进养老机构之类的地方。

所以我让他和我一起去。

因为是工作日，深谷请了带薪休假。路上我们一直在聊一些无关痛痒的话题。但是从中途开始，情况就变得有些微妙。

概括来说就是——最近，貌似在深谷的周围连续发生不好的事情。

具体的细节我没有过问，但听下来都是诸如精神出了问题、行踪不明、家庭崩溃、抱病住院，全都是这样的事。

这些事件的主角当中，有几个人是我认识的，其中也有我以前十分欣赏的部下。真是令人讨厌的话题。

我既震惊又同情。这世上还是讨厌的事情多啊！这就是我作为旁观者的感想。

"但是真正讨厌的人却没有遇到这种讨厌的事情啊！"深谷说。

"是指龟井吗？"我问。

深谷苦笑。

龟井实在是个讨厌的部下。老实说，他在工作方面很差劲，只会拍马屁而已，也就是所谓的表里不一。

我退下来之后，深谷所在部门的部长获得破格提拔，擢升为本部长，空出来的职位就莫名其妙地滑到了龟井手里，他成了深谷的顶头上司。从深井的话中得知，龟井似乎经常以权压人，还对部下进行性骚扰，在一年的时间里，以蛮横的理由逼迫大量员工辞职。

"要是你把高部弄上去不就好了吗？"我诚心诚意地说。

虽然我对公司没有什么留恋，但只有一点令我感到很遗憾，那就是我没能为后续的工作很好地铺路。

事到如今，就算后悔也无可奈何了。后悔只会变成讨厌而已。

从深谷的公寓到我家，搭乘电车大概需要一个小时。深谷的公寓距离车站只有五分钟的路程，但我家距离最近的车站则需要走上十五分钟左右。

穿过商店街的拱廊，在住宅街中行走。这是我往返了几十年的道路，就算闭着眼睛也能正确地前行而不会迷路。很快，我的视线中出现了我家的那栋房子。

就只是这样看着的话，我的心情是很平静的。没有任何不满之处。一个很棒的家，建造的时候也曾是我相当引以为豪的房子。不，就算现在也并不讨厌。

有回忆，笑着的和哭着的。妻子、儿子都曾住在这里，令人怀念。只要看到房子的外观，便能回想起那些喜怒哀乐、悲伤欢笑。

仅仅从外面来看的话，那就是我那可爱的家。但是，只要打开门踏进屋内一步，在那里等着我的，就只有讨厌的事而已了。

我在门前停住了脚步，看着自己的家。建造数年依然美丽的房子，直到今天我也这么认为。

"是座很好的房子呢……"

深谷说。

"老实说，从我初次拜访的那时起，我就一直很憧憬啊。那个时候我还在出租屋里过日子，想着自己也要有座房子。而等我到了殿村先生盖这座房子的年龄，我也没存下一点钱，什么也做不了。结果虽然买了公寓，但反正都要还贷款，其实还是应该买地皮啊。"

"因为有所谓的时机问题啊。"我回答，"我盖这座房子的时候，地皮虽然也是高价的，但还是在合理的价格区间内。从那以后，地价无止境地一个劲儿飙升。不过，泡沫破裂之后，这回变成买方市场了。刚好在你那个年代是最不合适的不是吗？"

"话虽如此，但也不是轻松就能买下的东西。单身的话也没必要盖什么房子吧。"

也就是说，对于现在的我来说，房子也已经是不需要的东西了吗？

不。

我看向门口挂着的姓名牌。

这是我和妻子一起挑选的姓名牌。"大理石的看起来有种高高在上的感觉，觉得挺讨厌的，还是带有古朴风格的木制姓名牌比较好。"三十年前妻子这样说。现在，这块姓名牌看上去已经完全老掉牙了。

"比起房子，我更想要个老婆啊！"深谷说。

"已经晚了啊。"我故意调侃他，走上前去。

我把自己的手放在我所喜欢的……不，讨厌的房子的正门，从里面的口袋拿出钥匙，插进钥匙孔，转动钥匙……

"奇怪。"

"怎么了？"

"门……是开着的。毫无疑问，我记得我应该是锁上了。"

"这也是你所说的那种事情吗？"

"没这回事！这种事情至今为止并未出现过。这并不是重复。这是……"

讨厌的预感。

我慢慢地打开门。

玄关那里，站着一个男人。

我和他四目相对。我看到的是犹如惶恐的丧家犬一样的眼神。

"谁？！"

我质问道。男人嘴里叫嚷着什么朝我冲了过来。玄关很狭小，我站在那里就要把门堵上了。

腹部受到了强烈的冲击，就好像是被灼热的火筷子捅了一下的感觉。

"本部长——！"深谷大叫。

那个称呼，真讨厌……

我这样想着。忽然，周围就变暗了，意识离我远去。

讨厌。

真讨厌。

醒过来的时候，我躺在医院的床上。深谷坐在我旁边。

"你醒了吗，本部长？"

"所以，我不是本部长啊！"我说。

"对不起。"深谷笑着说，"那个，是闯空门啊。那个人好像是个回收废品的，说什么因为是星期一的中午，所以就理所当然地认为家里应该没人吧，没想到我们会突然回来，好像相当狼狈。"

闯空门吗？

"那么，怎么样了？"我问道。

"我逮捕了他哦！这样一来我也能获得警视总监奖了吧？虽然我也很想这么说，不过，是吹牛的。对面的老人前来助阵，隔壁的太太帮忙打了110，巡逻中的警察立刻赶到，作为现行犯当场把他逮捕了。似乎他正好刚进去，所以什么都没有偷走，不过我想应该还是会有例行的询问吧。"

"我问的不是闯空门。我是问我怎么样了？发生了什么事？"

"被刺伤了啊。"深谷说，"侧腹部被小刀刺了一刀。我简直大吃一惊啊！看到这一幕的时候，我的脸色都发青了，那种慌张的程度，已经完全可以令人发笑了，还因此被医生笑话了。总之伤口似乎很浅，本来是不需要住院的。为防万一进行检查，所以今晚要住在这里，就是这么一回事。虽然暂时会疼，但不会有后遗症，什么都不需要担心。"

"被刺伤……了？"

这样说来，侧腹确实感觉有点疼。

我打算起身，腹部用力的时候，那种疼痛更是清清楚楚。即便如此，充其量也就是一丝尖锐的痛感，并不会想到那是被刀刃刺伤的伤口。

结果，医疗检查和警方闻讯耽搁了两天的时间。深谷回去过一次，第二天也到医院来了，得知我的出院日期推迟了一天之后，他在第三天从公司早退之后过来了。

出院的手续也是他代我去办理的,他把所有的事情都处理得井井有条,真的是帮了很大的忙。深谷说,这是送佛上西天啊。我回答他,远亲不如近邻。

好在,饮食限制和其他的要求也都没有。在回去之前,我们两个人一起喝了一杯,吃了生鱼片。很美味。

不知为何,我忽然觉得很多事情都无所谓了。

在家中发生的各种各样的事情,确实一直都不是令人心情愉快的事。

不愉快,不合理,讨厌。

虽然讨厌,但怎样都无所谓不是吗?那些并不是无法忍耐的事情,只要这样一想,就算讨厌也是自己的房子,是我和妻子曾经居住的家。

一直反复出现的那些讨厌的事,仔细想想,哪一件都是不足为道的小事,真的受到伤害的也只有左脚的小脚趾而已。只要不在那个床上睡觉,这也是无须担忧的事情。

只要这样一想,就会觉得之前的自己真是愚蠢透顶,整个人一下子变得轻松起来。我坚决拒绝了深谷送我回家的提议,独自一个人回到了那个家中。我站在门前,看着姓名牌,随后打开锁,推开房门。这时……

我忽然受到了强烈的冲击,倒在地上。

明明没有人在……

从我的侧腹,"咕嘟咕嘟"地流出了血。我听到了本应该不存在的深谷的声音。

"本部长!"

那个称呼……

真讨厌啊……

讨厌的小说

1

讨厌。

讨厌。讨厌得无法忍受了。感觉几乎要窒息。

真的是个让人讨厌的家伙!

说话的方式、谈话的内容、遣词用句,甚至于换气的方式都令人讨厌。声音也很刺耳,眨眼睛的频率我也不喜欢。姿势、反应、目光、体味、着装风格、发型、发蜡的气味、鞋子的光泽、裤子的褶皱,所有的一切都令我感到不高兴,以至于……讨厌!

这就是俗话所说的——讨厌和尚的话就会连袈裟都觉得讨厌。

我,非常讨厌名叫龟井的这个男人。

因为非常讨厌,所以觉得大概就是俗话所说的这么一回事吧。我怀疑,也许正是由于我讨厌他,才觉得他的一切都令我讨厌吧。

但其实这并不是我的主观偏见。那家伙确实是个非常讨厌的家伙。他所做的每一件事都令我感到厌烦。

不过话虽这么说,实际上,对每一件事都感到厌烦的是龟井那一边。因为那家伙是用这样的眼光来看待我的,所以我用同样厌烦的态度来回敬也没有什么说不过去的吧?

龟井只要一开口，必定是抱怨。大到天气，小到过路者的衣服，这个男人似乎对所有的一切都感到不满。大概全世界都没法令他满意吧。

当然，他应该是讨厌我的。对于自己被讨厌了这件事，我觉得无所谓。喜欢与讨厌之类的情绪谁都会有，这是两个人合不合得来的问题。为人好还是不好，和喜欢还是讨厌是两回事。因为好恶这种事情并不是用道理可以解释得通的，也会有毫无理由地讨厌别人的情况出现。对我来说也有棘手的对象，同样的，我想也有人是讨厌我的吧。

这是相互的，彼此彼此。因为大家都不是幼儿园的小孩儿了，让事情到此为止，完美地相互妥协才是所谓的成年人，我是这样认为的。

但是，龟井不同。他对什么都要挑毛病、找碴儿，而且贬斥别人简直到了不堪入耳的地步。

如果仅仅只是自己本身被讨厌这一点，还是可以忍耐的。但是，自己喜欢的东西，或者自己珍视的东西被嘲弄的话，当然会起无名火。而且，和工作无关的事情——比方说自己的家人啊，个人的兴趣啊，像这一类私人的事情也遭到讥诮的话，当然会更加生气了。

尽管如此，就算是讨厌，也只能回答"这样啊"。

不管是谁都有个人喜好，大家也都是成年人了，就算这种事情一再发生，也没有必要非得格外小心翼翼，硬要去迎合别人。总之，这是相互的。作为一个社会人，从某种程度上说，这是必须遵守的一条规则。在这个意义上，即便龟井事实上已经轻而易举地打破了那条规则，但如果只是自己感到讨厌的话，我觉得也无可奈何。他是上司。他只要说"我喜欢""我讨厌""这样啊"就把事情了结了，通常是不会因为这样的事而导致吵架的。这种事情是因人而异的，所以才说彼此彼此。

一再重复这种对话，任谁都会觉得讨厌的。然而，在龟井那里就行不通，用"啊，是这样吗"之类的回应是没办法轻松过关的。

龟井所讨厌的东西，也就等同于是不行的东西，是劣等的、不好的、不需要的，没有商量的余地，是不可更改的。

这样一来，就算龟井是上司，也无法"是啊""是啊"地表示同意了。自己并不讨厌的东西，被断定是不行的，因而不被需要，是劣等的、不好的，这是让人无法接受的。在这种情况下，不管是拥护还是辩解抑或是支持，都是不可以的，连表示出喜欢的意思都不行。

因为龟井所讨厌的就是不行的、劣等的、不好的、不需要的，当然只能是会被人讨厌的东西。要是说出喜欢这个东西的话来，那就变成无法挽回的事情了。喜欢不行的东西、劣等的东西、不好的东西、不需要的东西的人，也就等同于是一个不行的、劣等的、不好的、不需要的人——事情就会演变成这样。

当然，在龟井的脑中就存在着这样的观念。

龟井深信他自己讨厌的东西就是不好的东西，他相信它们是劣等的、是不需要的、是不行的。他时常把自己的标准当作世上通用的标准，并对此深信不疑。不，在谈论相信还是怀疑之前，龟井大概连这两者之间的区别都不知道吧。

真是白痴。

进一步补充的话，对龟井来说，他自己无法理解的事情也是不好的。龟井理解不了的东西，对于这个世界来说就是不需要的东西，是没有价值的东西，他大概就是这么想的吧。

并且，龟井所不知道的东西也是没有用的东西，是只会带来危害的东西。他一直都是如此坚信的。

举例来说，龟井不擅长用电脑，因此我们就不能使用表格计算软件。

因为不能使用软件，手写形式看起来眼花缭乱，录入数据又很复杂，反而被他抱怨说太花时间、最后会出现计算错误什么的。

没有比这更复杂的计算了，但是软件不会出错。要是软件出错那就是大问题了，那才是无法挽回吧？再说，如果计算机程序出了漏洞，那就变成全国范围的严重问题了吧？因为这是到处都在使用的正式通用软件。

但是龟井却不肯让步。结果因为数字录入的错误，导致最后的结果无法使用。最终，软件被卸载，按照正常模式决定导入软件的人背负起了责任。真是疯狂的命令。

负责实际作业的员工也最终辞职。他辞职的原因只是因为把一个字符弄错了。因为原本手写的字就很难辨认，他把"7"和"1"混淆了，于是在随后长达半年的时间里，他每天每天都被龟井斥责。

从那以后，我们部门的报价单和精算表一类的文件都要在预先印好格式的复写纸上填写数字，用计算器计算出结果，反复验算之后得到他的盖章认可，饱受批评之后再用打字机重新输入电脑——

我们就处在这种根本不知道究竟是什么时代的工作流程中。

流程越是费工夫，错误就越多。

要是非要手写的话也无所谓，好好写也就算了，但是特意重新输入电脑，在数据管理上，这样的方法就显得不合适了。不管怎么说，因为用打字机重新打过，数据本身的形态倒没什么问题了。这个是为了迎合龟井所谓的手写既难看又不便阅读的说法。再说打字机打出来的字体，阅读起来总归是比较容易的。

在这种事情上，他与其叽叽歪歪地发表意见，倒真不如一句话不说。

重新录入的时候也有错误的地方吧？要输进电脑里的话，从一开始就那么做不就好了？不管是销售还是经理，应该都是希望那么做的。无论如何，发生录入错误的概率都是一样的。指出这一点的人，最终也被迫辞职了。

好像龟井无论如何都不能理解。真是个大白痴！

不管怎么说，似乎只有他喜欢的东西才是好的、优秀的、必要的。跟这种浑蛋没法一起工作！这个白痴喜欢的东西只有高尔夫而已。

结果，我们部门不打高尔夫的人全都消失了。似乎龟井就是想要使部门内的所有人都喜欢高尔夫，可是他又讨厌女性打高尔夫。

这个男人，无论怎样都简直不把女性当人来看待，所以性骚扰也很过分。

要是只是幽幽地说出例如"真可爱啊""没结婚吗""有男朋友了吗"这种程度的话来也没什么，但在工作中公然质问人家初次性经验是什么时候，人家说身体不好就问人家是不是月经期、是不是和男人做过头了，竟然说出这种不仅是没有品位，更是没有常识的话来。假期回来之后就问做了几次啊、做到早上了吗，这种极端下流的话，就是在旁边听着都觉得厌恶。我只能红着脸叹气。

不仅如此，他还与女性职员进行身体接触。他对自己感兴趣的职员所进行的身体接触明显超过了正常的次数。此外，还强行要求女职员为他泡茶、做一些清扫之类的事。要是对方有所抵触或者抗议，就算只有一次，他的态度便立刻转变，转为彻底的攻击。而且还是人身攻击，连人家的父母兄弟都一起加以谩骂、嘲讽、讥诮、贬损。

最后大家都辞职了。

白痴。

真的是……无可救药的白痴。

这样的笨蛋却是我的顶头上司。

而且，我莫名其妙地跟这个白痴单独出差，偏偏好死不死，目的地是博多这样比较少去的遥远的地方。龟井选择的交通工具是新干线，车厢里很空。

我已经在我讨厌并应当蔑视的上司身旁屏住呼吸地坐了一个小时了。

讨厌！讨厌得不得了！昨天因为过于讨厌，所以……所以根本没睡着。胃也很疼。实在是最糟糕的状态了。

要说唯一能够称得上是对我的拯救的，大概只有龟井现在正在埋头看一本商品目录杂志这件事了吧。真是不幸中的万幸。若非这样，场面就会显得十分尴尬。沉默会将空气变成毒药，连呼吸都会变得十分困难。

要是变成那样的话，就算没话找话生拉硬扯，也非得找出话题来不可吧？并不是因为他是上司，我就想拍马屁奉承他什么的。这种白痴就算死了也不关我事！虽说这才是我的真心话，但也还是很尴尬的，首先就会为我自己带来伤害。

如果，因为什么事情而妨碍了这家伙的心情……

那么从那以后的数个小时，不，整整三天的时间，就会变成名副其实的地狱吧？这家伙肯定会对我的一举手一投足统统加以刁难，连我呼吸的方式和眨眼的方法都会抱怨，从我的教育方式到我的着装风格，从头到脚都会被他骂个彻底，最后连我的亲戚朋友祖宗八代都会被他骂成白痴。而且还不是一阵噼里啪啦的疾风暴雨就结束了的，他会不分场合不分地点、阴险卑劣地尽可能反复提起，即使一度安静下来也会立刻旧事重提。就算我想道歉他也不会听，稍微分辩几句便会惹来怒骂……

那种情景我仿佛已经可以预见了。

要是事情发展到那个地步，工作也就不可能好好进行了。大概这一次的出差，在商业层面上来说将会以失败告终。

不，也许在那之前便不对劲了。就算假设我的精神意外地强韧，想方设法地维持正常的精神状态回到公司，那么从回去之后开始的每一天，也都不会比现在这样更糟糕了吧？

如果这次的工作进行得不顺利，那就从里到外全部都会变成是我的错。然后我就会被当成世界上最无能、最没头脑的人，日复一日地持续被责难。想挽回名誉便是不可能的。

大概，那样的攻击应该会持续到我从公司辞职为止吧？所谓的走霉运，应该就是这么一回事吧？

讨厌。

讨厌讨厌讨厌讨厌。

讨厌讨厌讨厌讨厌讨厌讨厌。

就算没有这件事，最近也接二连三地发生讨厌的事情。

这段时间，我所尊敬的前任本部长去世了。一开始他是被闯空门的强盗刺伤。我当时也在那个现场，于是理所当然地上前帮忙。当时受的伤只是轻伤，而且明明一度已经痊愈，本部长——殿村先生却在事件发生十天之后，一个人悄无声息地……死去了。死因是失血过多。听说原本应该已经愈合的伤口，却不知何故翻裂开来，就像是被刀子反复刺在同一个位置一样。

在同一批进公司的同事当中，和我关系最好的高部，因为身体不好而请了长假休养，但在某一天却突然发疯了。他的太太也几乎成了一个废人。到底发生了什么事情，我也完全不知道。

同样曾经是同事的洼田，也丢下因为精神疾病而住院的太太，失踪了。跟我关系很好的营业部的河合，也因为一些微不足道的小事而陷入困境，辞去了工作，和漂亮的未婚妻分手，行踪不明。大学时代的学弟郡山，无法和恋人顺利地相处——或者更确切地说，因为深陷于无法和恋人顺利相处的妄想之中难以自拔，最终选择了自杀。

高中时和我同一个年级的木崎，事业失败，身负巨债，为了保护妻子和孩子而选择了离婚，隐藏起自己的行踪。那些不法追债者就不断地威胁他的家人，结果导致了他太太带着孩子一起自杀这种最坏的结果。他们身边也没有亲戚，于是我去了葬礼。虽然后来我费尽周折找到了居无定所的木崎，把这个悲痛的消息告诉了他，但木崎并没有哭。那时的他穷困潦倒，甚至连站都站不起。我想，他大概已经不行了吧。

仅仅不到一年的时间里，我几乎失去了所有和我关系亲密的人。

反过来说，就只有我一个人没事。我也会产生"下一次就是我了吧"这种感觉。

净是些讨厌的事。

我已经受够了。要不是有龟井这种人在，我也不会如此郁闷。此时此刻，这个白痴上司脸上摆着一副看起来很神经质的表情，正在起劲地看着高尔夫商品目录还是什么的照片。我真的很想打他。

"深谷君。"

龟井突然叫我。通过他的语调，我就能判断出他的心情。要是有"嗯……"这样的拉长、带有地方口音的时候，距离他心情不好就只有一步之遥了。

我毫无感情起伏地回应了一句"是"。我的脉搏有些加快。他是准备刁难我，还是打算聊高尔夫的话题？就算他问我，我也说不出什么好听的话来，还是聊工作的话题最为轻松了。

"那个啊……"

龟井说着，眼睛还停留在商品目录上。

"现在是在什么地方？"

"啊……"

我松了一口气。

"还没有到名古屋哦。"

"啊?这样啊。很慢呢。"

慢死了啊,我想。

"那,是在哪里?"龟井再次问道。

"是名古屋附近吧。没有地标,我也不是很清楚啊。"

我觉得就算我把这一带的地名说出来,他也不一定知道吧。我补充说:"大概是在滨松或者静冈那一带吧。"这也只是通过景色做出的推断。只是因为能够看到富士山,所以我觉得应该是那一带吧。老实说,对于每一分每一秒都全力疾驰的新干线,实在是难以推测。

"静冈吗?"

随后龟井沉默了。拜托就这样沉默下去吧!我的心情犹如祈祷一般。他手上拿着的那本商品目录看起来还是有点厚度的,想必一定有很高的阅读价值吧?还有很多完全没有看到的页数不是吗?精力集中,到博多为止都一直给我看下去吧!一句话都不要跟我说啊!

"那个啊,深谷君。"

似乎我的祈祷没有奏效。

"你啊,不觉得自己是在浪费时间吗?"

"啊……"

什么?这有什么不行的吗?

"从刚才开始啊,你就一直那样一言不发地坐在那里,不觉得无聊吗?那个啊,也许你确实忍耐力比较强也说不定,我可是沉不住气啊。你就那么一声不吭地坐着,真叫我毛骨悚然啊。你什么事都不干,就这么坐在我旁边,多少也会分散我的注意力吧?而且一坐就是好几个小时！差不多也该适可而止吧？你好歹也是个商务人士，不好好利用时间怎么行啊？要闭着嘴坐在这里，还不如去睡觉不是吗？要是睡觉的话，我还会觉得啊，你一定很累，一定是平日里的工作太辛苦了。你觉得呢？"

"不……"

我睡不着啊。

"至少听个音乐啊，找点什么事来做不是吗？你看，你们把那个什么，不是不管到什么地方都拿着吗？那个像打字机一样的东西。用那个的话就能看看客户的资料什么的。对啊！你看资料吧！必须做到在自己的脑子里能够做出汇报来，不达到那种程度可不行啊。有很多事要做不是吗……"

资料的话，我已经看得快要烦死了。反复多次的细致阅读使我几乎能够倒背如流。实际上我确实也已经记住了。

而且，汇报是洽谈以后应该考虑的事。现在连对方的面都还没见到，不管决定什么都是没用的。倾向、对策，也都无法推敲。当然，各种各样的准备已经做好了。因为不管在什么样的情况下，备案的数目总是多一点比较好。为了这个，我事先已经做过了调查，也做好了相应的训练。没有白痴会在不做好这些准备的前提下乘上新干线的。上了车才做准备的话，那种临时抱佛脚得到的知识，马上就会像画皮一样被人剥下来吧？基础的准备是很重要的。所以在这一周的时间里，我一直在铆足了劲儿精心准备，以应对这个工作可能出现的各种变化。

但是，龟井对此没有任何的贡献，他甚至连对方公司的名称都会念错,就算让他当花瓶也不合格。碍事,多余。而且什么叫"像打字机一样的东西"?难道那个东西对他来说,除了打文件以外就没有其他功能了吗?

白痴。

但是,我该怎样回答才好呢?

"没用啊!没用!"龟井说,"那样一来,由于浪费了时间,效率就不高了啊。你们就会跟我说做不到、没办法!要收集资料啊!哪怕在吃饭的时候、上厕所的时候,都要想着收集资料啊!"

那他自己又怎么样呢?看高尔夫用品的商品目录有什么益处吗?确实,也有在新干线的车厢里得到资讯、在上厕所的时候浮现出好主意的可能。然而,仅仅依靠这种东西就能让工作进行下去吗?

"别这么沉默啊!立刻就不说话了不是吗?那个啊,深谷君,你跟桦山学一学啊!你啊,是我们部门排老三的人吧?"

是排老大啊!

桦山只是个拍你马屁的跟班不是吗?那家伙明明是个烟鬼,却在你面前装作不抽烟,还买了昂贵的高尔夫用品套装,每天都在迎合你,而且仅仅迎合你一个人!在部门内部,不,甚至在公司内部,他的口碑比你还差啊。再说那家伙,不是已经连续把三个项目都弄砸了吗?

"你可别变成高部君那个样子啊!"龟井说。

"高部……"

"精神不正常了啊。真是要命!再早点解雇他就好了啊!他交辞职申请书的时候你在的吧?"

龟井神经质似地调整了一下眼镜的位置。

"已经超出常识能够理解的范围了吧？无可救药了啊！无可救药了……"

无可救药的是你吧？

高部工作很努力。比起我这种人来，他的表现一直都很出色，对于公司也有很大的贡献。让高部变得异常是其家庭纷争的缘故，内情我不是很了解。

再说高部是个认真而又无懈可击的男人，在他出现异常之前，一直是龟井喜欢的员工之一。当时他可是几乎每天都表扬高部呢，不是吗？

所以高部在职的时候，这个白痴上司的目标就是我。虽然这样说不太好，但我能从他的目标当中被移除，却像现在这样继续工作而没有被迫辞职，都是因为高部变得异常之故，没有其他的原因了。

"你也想发疯吗？"龟井说了莫名其妙的话，"那样的话，你就闭着嘴干坐在这里吧！我是让你适可而止啊！看点漫画什么的至少还能解个闷啊！"

"不……"

"不什么不啊？！"

"并不是这样的。"

讨厌。别再继续纠缠下去了。

"事实上，我很难跟您攀谈。"

"什么？为什么？"

"因为部长一直在兴致盎然地看着那个、那个。"

"才没这回事啊！这个是商品目录啊！这种东西一看不就知道了吗？"

"不，就算是商品目录，也可能会有资讯在里面，有什么能带来启发的。"

"你是白痴吗？"龟井说，"哪里会有那种事？商品目录就是商品目录啊！算了！那，什么事？"

"您是说什么？"

"所以说啊！你说你想跟我说话吧？那么你说就好了。这样才能展开对话不是吗？拐弯抹角的！"

"不，我是想说我可以看书吗，但是觉得大概会被部长拒绝吧，因为内容是与工作没有直接关系的……小说，我觉得很难开口，所以……"

"所以说你看就好了嘛！"

龟井像是不愿再理会我一样，再次将目光投向商品目录。

2

我在自己家公寓的二楼发现了一个旧书店。

虽然"发现"这种说法有点微妙，但实际上也只能这么说了。到底是之前就有，还是刚开业不久，我完全无法确定。总之，我的生活就是处于完全不知道二楼旧书店存在的状态下的。明明我就住在三楼。也就是说，那个旧书店的正上方，恰好就是我家。

即便如此，我也完全没有注意到。

我平常都是坐电梯上下楼的。虽说只有三楼，就算走楼梯上去也是可以的，但我乘坐电梯并不是因为懒散。我们这栋公寓的楼梯，是所谓的"内楼梯"，一定要从入口特意绕到停车场那里才能找到楼梯。

大概是在十天之前，殿村先生的告别仪式的那一天。

我在下午四点左右回到了公寓。这是个比较尴尬的时间，当时电梯正在维修。因为工作日的时候我是不会在八点之前回家的，双休日也不怎么在家，所以几乎没有碰到过电梯维修的情况。无奈之下，我只能走楼梯上去。

二楼的紧急出口贴着一张纸。

专营稀有旧书、绝版书籍——猿屋

猿？

首先跳进脑中的就是这个念头。写在绘画用纸上的美术字体，这算是招牌吗？因为我确实稍微有点兴趣，便探过头去看了看。走廊上空荡荡的，只有一扇门是开着的，在那扇开着的门的外面放着一个画架，撑着类似于招牌一样的东西。

果然是读作"猿屋"的。

我愈发产生了兴趣。虽然在我看来那并不像是一家店的样子，但也朝着它走了过去。房间的布局大致上和我的房间是一样的。到底是怎么做生意的呢？我对这一点也很感兴趣。

玄关是完全一样的。无论如何还是要脱鞋进去的吧？要是说一句"有人在吗"也挺怪的，于是我就沉默着走了进去。

大体看来，书店的样子是有的。将两个房间打通改装成店铺，里面大概依然保留着原来的样子作为居住空间使用吧。

但是这样就能做生意了吗？我担心着不该我去担心的事。

在这种经济不景气、出版业的萧条更是由来已久的艰难时世中，连放在外面的招牌都没有的一家旧书店，真的能够经营得下去吗？最近在网络上开设旧书店也很盛行，就像以前说的那种无店铺贩卖的情况也很多，这样传统的模式还能够维持吗？我觉得，或许网络经营的方式才是现在的风潮吧。

不过，店里并没有像样的东西，很脏。

不，也许并不是肮脏的缘故，主要还是陈旧。有书脊破碎的，还有书皮破烂的，书架的整体也已经变成褐色了。我不是旧书爱好者，并不是很懂行。也有种可能，就是说不定这些全都是罕见的珍本，所以才会如此陈旧。但以这样的状态应该很难卖得出去吧，至少很难卖出高价。我这样想着。

虽然我不是收集旧书的狂热爱好者，但在学生时代还是时不时会去逛逛旧书店，因为我所需要的与设计相关的西方书籍在一般的书店里买不到。所以虽然知之不详，但还是略知一二的。

总之，现在说到旧书店，大概都是指连锁经营的新型旧书店吧，那种类型的书店和卖新书的书店看起来几乎没有什么区别。不过要说到真正的旧书店，和卖新书的那一类书店还是明显不同的。

当然，因为是旧书店，所以书架上摆放的商品中没有任何的新

303

品。但即便如此,也不至于破败到这样的程度吧。

即便是旧的、二手的书,也是流通贩卖的商品,应该是以出售为目的买下来的。而越是古老,就越是应该小心翼翼地对待吧?既然是有价值的东西,哪怕收购进来的时候有所损伤,也应该加以修复啊。更加古旧的那些则被排列在陈列橱里,看上去反而干净整洁。即便没有做生意的意思,我也觉得很少有旧书店不好好对待书籍的。因为我认为,哪怕对此稍微有一点厌恶之情,都是无法从事旧书买卖这个行当的。

这儿连旧书店独有的那种墨水和灰尘混在一起的气味也没有,好像是在熏着似乎是印度还是别的什么地方的香。沉浸在那种民族风的气氛之中,那些书页都像是被放在红茶里煮过的纸卷一般,被堆放在廉价的钢铁书架上,真是令人难以置信。

由于是看上去一碰就会弄坏的样子,我也没法去碰那些书。不仅如此,书的标题也不太能看得清。有的被划伤了,有的脱落掉了,有的存在破损,均难以辨认。

我勉勉强强地分辨出那并不是西方的书籍。大概是从明治年间到大正时代和昭和初期的书。虽然很陈旧,但能看出来是日式的线装书,所以我才会认为是那个时候的书吧。

至于价值方面,我就完全不清楚了。

偶尔能辨别出来的书名,也都是些什么《近代妇女的修养》《山羊饲养法》之类的,这些书不知道都是写给谁看的。也许这个世上有着各种各样喜好钻研的人,因此也无法断言说这种书就一定是没有用的。即便如此,我还是认为,如果是有人没有看到内容而仅凭感觉买了下来的话，大概会大吃一惊吧。

不管是多么稀奇罕见的书名，损伤到这个程度也有点过分了。即便是没有所谓的古董收藏价值，有资料性的价值也说不定。可即便如此，书籍处在这样的状态下也无法阅读吧？

不知为何，我感到头晕眼花。

刚刚从葬礼上回来的我，整整一天都持续不断地闻着线香和沉香的香味，在那之后又被迫身处印度香料的香味之中，真是要命。我想尽快离开这里。

这个念头刚刚成型，我便看到了一个像是店主的男人，我与他四目相对。

在店铺的最里面有个柜子，柜子后面坐着一个老头儿。大量的褐色纸张以及民族风格的香味给了我巨大的压迫感。一开始，我并没有注意到那个老头儿的存在。看到他的时候，我多少有些吃惊。

虽然说是老头儿，大概也就五十岁的样子吧。不，也许和我的年龄并没有那么大的差距。总之，那是个没有什么特征、脸很长的男人。

老头儿目不转睛地看着我。大概是很少见到活生生的客人吧？

这样一来，我那原本打算什么都不买、就这样默默离开的念头，不由得就有些退缩了。

如果这是一间普通的旧书店的话，我买一本无关痛痒的文库版的便宜书，也就蒙混过关了。虽说这个办法也不是说不行，但在这种满眼一片灰蒙蒙褐色的状态下很难实行。我连价格都不知道啊。

不，说老实话，这些东西对我来说几乎都跟纸屑没有区别，虽

305

说如此，但还是无法得知它们的价格。标价是店主说了算的，就算把画在彩色纸上的幼稚图画标上十万日元的价格，把小学生作文一样的蹩脚诗集的复印本标上一百万日元的价格，也都是标价者的自由。只不过谁也不会去买就是了。

更何况，我连价格本身标在哪里都不知道。

那些书的破烂程度都已经到了——如果取出来的方法不对就有可能损坏的地步，要是能把损坏的书标上超出合理限度的价格，那也是挺了不起的。

老头儿愈发紧盯着我不放，让我有种好像自己偷了东西一样的不安之感。我当然没有偷东西，这里也没有能让我偷的东西，这个地方就算想站着看书也做不到啊。

虽说可以就这么离开就好，但总觉得这样做就好像输了似的。到底是什么输给了什么？怎么样才算是赢了？虽说这是个不管怎么说都很愚蠢的想法，但当时的我就是这样想的。

我沿着书架走近店主。

店主毫无反应。他并没有特别注意到我，此外大概也没有燃起对抗意识。要是店里有客人的话，作为店主也不能无视。大概说的就是现在这种状况吧？

如果换作是机灵的店员，就会表现出像是在留意你的动作却又像是没有留意的姿态来；反过来，如果他想向你推销，就会热情周到地来招呼你。不巧，我却进了这么一个店里来。

大概是因为原本客人就很稀少，所以也没办法吧？我一边走一边强行说服自己。

我像是对峙一般站在老头儿的正面，朝柜子看去。我并不是要找碴儿跟他吵架，也没有什么好问询的，就是自然而然的动作而已。

那个柜子里不知为何没有书，摆放着好像石块一样的东西，也没有标注价格。

这都是什么啊？

作为替代——说"替代"这个词也挺奇怪的。柜子的上面摆放着几本书，都是比较干净的，和其他那些形成了鲜明对比。应该说，这几本至少保持了能够拿在手里的外观。

我顺势拿起其中的一本看了看。真的完全是"顺势"，只是因为这样做比较自然，我才这么做的。我对那本书本身并没有兴趣。

似乎并不是那么古旧的书。虽然我也不记得书名，毫无疑问是不知名作者的不知名作品。只不过，出版社的名字我是知道的。虽不是出版界的龙头老大，但也是一家很有实力的出版社。我啪啦啪啦地翻了翻，漫不经心地看了看内页，不由得怀疑起自己的眼睛——这本书并没有出版多久，看那个出版日期，搞不好就算放在出售新书的书店里也不奇怪。然而，看上去书却很陈旧。

难道是刻意弄成古朴的设计吗？我倒也不觉得会是这样。怎么说呢？说不吉利也好，说吓人也罢，反正那个装帧给人的感觉很不好。

虽然这么说，但感觉上并不是恐怖小说或者怪谈小说。不，虽然也许可能是的，但基本上没有什么让人感觉恐怖的意图。我带着这样的想法去看其他的书，也都是同样阴沉、令人不快的不祥的装帧。我想也许是推理小说吧，又伸手拿了一本，去看书的内页。

这本更新，竟然是去年发行的。但不管是摸上去的手感还是看上去的样子,怎么看都好像是三四十年前的东西。

"这个是……"

我无意之中脱口而出。

老头儿很酷地淡然回答道:"是我写的书。"

这并不是旧书啊?或者我应该问,老头儿原来是作家吗?

我又一次看了看老头儿那张长脸,再转而看向手中的书。

《讨厌的小说》。

很奇妙的书名。

还特意把小说这个名头强调出来,虽然确实是小说,也只是由于作者喜欢所以才取这样的名字吧?我不觉得这是纯文学性的作品。而作为娱乐性的作品,又要怎么评价与推荐呢?不仅是书名,整体上也都让我感觉很讨厌。在这种意义上,也许是为了迎合书名而设计的封面装帧也说不定。在我看来,这也是出版社的常用做法。

我虽然不在出版社工作,但也是在相似的行业里做着类似的工作,就算别人跟我说这样的东西卖得出去,我也会抱有困惑。

"讨厌吗?"我问了十分愚蠢的问题。不管怎么说,在写这本书的本尊——作者本人的面前问这种问题,还是很愚蠢的吧。

"啊,非常讨厌。"那个男人这样说。

"讨厌吗?"

"是啊,已经很讨厌了。"

我以定价的价格买下了这本书。

为什么要买,我自己也不知道。就算是弄错了,我也不会觉得这本书很有趣。实际上恰恰相反。首先,连作者本人都说讨厌。就算不说这个，这也是一本给人讨厌之感的书。倒不如说，我完全不觉得它有趣。

因为无论如何，书名是"讨厌的小说"。

再说，我对那个老头儿也不感兴趣。也不是输给了老头儿的压力，我还不至于没用到因为被人瞪了一眼，就买下自己不想要的东西。那么，是因为一个其他的顾客都没有，还是因为卖书的就是作者本人？我也搞不清楚。

总之，我都已经走到老头儿的面前了，不买下来总觉得不好。终究是住在同一栋公寓里的邻居，以后还是要打照面不是吗？我想我大概是爆发了如这样的社交辞令般的心情，从而导致了买书行为的发生吧。

但是不管怎么说，我都已经买下了那本书。

是不是有什么令我在意呢？我并不是被吸引住或者感兴趣，绝对没有。我对它一点兴趣都没有，倒不如说是有种被诓骗了、被迷惑了之类的感觉吧。

在从葬礼回来的路上，穿着丧服买的这本陈旧的《讨厌的小说》，就被我暂时原封不动地放在了电视机的旁边。

那段时间，我一直在为这次的出差做准备，反复确认、研究资料，根本没有空闲去看那种毫无兴趣的、写的似乎很差劲的小说。

我把它遗忘了两三天。有一天早上，在我要出门的时候无意中看到了那本书，我的注意力一下子被吸引了。

看起来像是非常陈旧的书。不，虽然那本书原本就很陈旧，但过了两三天之后再一看，感觉更加陈旧了。该不会是因为在书店见到的时候，它被包围在周围更加陈旧的书或者说纸张里，而我家却一本那样的书都没有，所以形成了一个对比？当时，我在心里揣测着这样的结论。

但是，下班回来之后，我再去看到那本讨厌的书，竟然觉得比早上看到的时候更旧了。那本书日复一日地，不——是我每次看到的时候，感觉都要变得更加陈旧一些。

这是心理作用。

灰尘也多得要命，就好像房间里的灰尘都被它吸过去了一样。整个房间里只有那本书的上面以及它的周围陈旧变色。我觉得这应该也已经没办法了，但是我不愿把它放进我的书架。总觉得好像一放进书架里，书架上所有的书以及书架本身，都会跟着一起变得陈旧了。那样的话，也许到最后，家中所有的一切都会变得陈旧也说不定。

那也是心理作用。

但是，那个似乎是印度香料一样奇妙的味道，确确实实地萦绕在家里。

似乎只有那里的时间进度加快了。也就是说，只有那本书所在的空间，在以肉眼所能见的速度老朽下去。这样一种奇妙的情景一直在我家上演了十天。我趁着这次出差的机会，把那本讨厌的书带了过来。

3

奇怪。

出奇地奇怪。我几乎要发出声音来，随后还是遏制住了。

龟井似乎正在睡觉，我不能把他弄醒。我希望他就这么一直睡到博多。下午的阳光照进来，车厢内的温度急剧上升。车体发出噪声和震动，伴随着固定的节奏，睡魔也跟着变得十分活跃。

但是，我睡不着。

很热。对于睡不着的人来说，这是濒临不快临界点的温度。

也就是说，我很明显是不快的。而凌驾于不快之上的困惑，也在这个时候支配着我。没有比称之为"困惑"更合适的了。比起吃惊，果然还是应该说困惑。

我为了躲过龟井的锋芒，开始阅读那本《讨厌的小说》。

那好像是一本短篇小说集。我不觉得写得有多好，老实说，在阅读最初的几页时是很痛苦的。但是为了避开龟井，我也只能硬着头皮读下去。为了从这种讨厌的状况之中摆脱出来，我硬逼着自己埋首其中。

然后，读到一定程度之后，我突然被那蹩脚的小说吸引了。

书中的设定好像曾经在哪里听到过。第一个故事描写的是一个在郊区买了一栋独门独院的房子的公司职员。以妻子的流产为诱因，他们夫妻之间的关系变得生疏起来。他将自己的不安和不满全部藏在心里，默默地继续着生活。就是这样的一个男人的故事。一个非常讨厌的故事。而在那个故事里，我出现了。

不，并不是我本人出现在小说里，而是名为"深谷"的角色。也许"深谷"这个名字是不算特别常见，但也不是特别罕见的那一种。在小说里也不会用全称来写，只不过是和自己同姓的出场人物出现了，仅此而已。

但是，那个主人公，很明显是高部。

那是——已经发疯了的高部的故事。一直到高部夫妇二人精神崩溃为止的经过，被写成了小说。小说里的高部和深谷的交谈，和现实之中我和高部之间的谈话，分毫不差。

会有这么愚蠢的事吗？

直到看到一半为止，我一直都把这当作偶然。我觉得这是个可怕的偶然，除此之外也无法做其他考虑了。但是，在那篇小说里⋯⋯

龟井也出场了。

龟井被描写为极度无能的最差劲的上司。小说里的深谷被那个龟井欺负，心情抑郁，恰如一年之前的我那样。

我回想起那个"猿屋"老头儿的长脸。要是写这本小说的真的是那个老头儿的话，那不就是说那家伙在偷窥我的私生活吗？那个男人是跟踪狂吗？从二楼用纤维镜[①]还是什么的窥视我的房间吗？

[①] 纤维镜：一种可以随意弯曲、细小、柔软的内腔镜，由导光性良好的玻璃纤维制成。

我的房间在那家伙的店的正上方。

不对。

偷窥的话就能知道了吗？那只能了解我那懒散的日常生活而已。

那就是窃听吗？也不对。我每天几乎就只是回到那个公寓睡觉而已，而且小说里描写的我和高部的对话都是在外面进行的不是吗？我不由自主地到处触摸自己的身体。我在想是不是我自身被安装了窃听器。

虽然不可能会有这种事。

不管怎么懒散，就算是我，也是差不多每天都换衣服的。只要窃听器不是被埋进了我的身体里，就不可能窃听。难道我被绑架过吗？窃听器被植入我的身体之中了？那家伙是传说中的外星人吗？

太愚蠢了。

随即，我开始怀疑高部。

在小说中，旁人不可能知晓的高部的真实情感和私生活，都被相当细致地描写了出来。要是把这当作凭空想象之作，未免太过生动，而且和我认识的那个高部的人物形象大致吻合。然而……

就连我这个自认为大概是高部最亲近的朋友之一的人都不知道的事，大量地被写在小说里。那也就是说……

这是高部本人所写的，还是高部告诉了那个老头儿？只有这两种可能性。

我半强迫地逼着自己这样来解释，继续阅读下去。

小说的内容，是描写一个令人毛骨悚然的孩子扰乱了高部夫妇的生活。

这样说来，高部确实说过那样的话吧？我按照这样的思路继续看下去，小说里的高部和小说里的深谷商谈的段落也被描写了出来，看上去简直似曾相识。

然后，小说里的高部，把辞职书扔给正在我旁边睡觉的这个龟井，痛快淋漓地骂了他一顿，随后坠入了疯狂的世界中。

要是就像小说所写的那样，就是因为那个令人毛骨悚然的孩子引起了高部夫妇的精神崩溃的话，尽管实际上是荒唐无稽的事，但却是合理的。我所知道的部分几乎被完全忠实地写了下来。确凿无疑的事实的部分和那意外的荒唐无稽的部分，被完美地整合在一起。那样的话……

等等。

高部辞职之后立刻就发疯了。要是把这认定为是高部所写，就等于说这篇小说是发疯的高部所写的。要不是这样的话，就是某人把和一个发了疯的男人的谈话写成了小说。这不可能吧？我不能草率地下这样的结论。

不可能有这种事情的。

这么讨厌的事情，是不可能发生的。

但不管怎么说，在小说中出现真实的姓名又是怎么回事呢？这勉勉强强也算是出版物。虽然我没有亲眼见到过，一定也曾摆放在书店里、被不特定多数的人们阅读过吧？虽然我觉得卖出去的册数并不会太多，但也应该不止一两个人看过这本书。

我还无所谓，龟井那边就很棘手了，相当棘手。他肯定会生气的，那种愤怒我都难以想象。如果是那样的情况，我就相当难办了。在小说当中，我对龟井的愚蠢曾有过滔滔不绝的抨击，而且不管怎么说，都不能责备发疯的高部。

龟井对这篇小说可能会产生的不满，全部都将由我一个人承担吧？要真是那样的话，我也不可能维持正常生活了。

怒气涌了出来。

我心中浮现出了针对那个时刻的各种搪塞和借口。我觉得其实这件事完全没有我什么责任，但这是个现实的问题。和这个最差劲的男人的攻防战对现在的我来说是生死问题。讨厌，我讨厌这个样子。

于是，在没有想出任何更好的对策的情况下，我翻到了下一篇。不管怎样，我还是先看一看第二个故事吧。

反正，记叙的大概也都是同样的奇谈怪论吧？龟井也不是很清楚高部的事，用偶然来解释是最好的，我开始这样想。那样的话，先好好确认一下应该是无关紧要的第二篇故事，我觉得也许能够借此平复一下自己的心情。

第二篇小说讲述了一个苦恼于行为异常的老人的家庭主妇的故事。

老人的异常行为真的是很讨厌的。这大概也是根据什么人的亲身经历改写而成的吧？也许是完全虚构的？那样的话最开始的故事也真的是偶然吧……

不对。

在第二篇小说里，我也出现了。

这是……失踪了的洼田家的故事。我不寒而栗。洼田失踪之前，确实以要带太太的亲戚去医院为由，向公司请了一天假。那个时候，洼田家里发生了什么事，警察询问到公司来，当时负责应对的人……

是我。

我继续往后翻。

下一篇是木崎的故事。

事业失败、无家可归、成为流浪汉的木崎的故事。

怎么会有这么愚蠢的事？这么……这么愚蠢的……

下一篇不就是河合的故事吗？

是吗？河合因为讨厌那个佛龛，所以消失了吗？

接下来不是郡山的故事吗？

原来如此。确实，郡山一直说他女朋友很讨厌。

讨厌讨厌、讨厌讨厌讨厌得不得了，因而大家都逃走了。

从公司里、从人生中、从日常生活、从身为人类的自己……

就是这么回事吧？无法忍耐吧？

这么讨厌的、讨厌讨厌的事情……

要是讨厌的事情接二连三发生的话……

我用力摇了摇头。

我……

在想些什么呢？

这么……

这么愚蠢的事情，实际上是不可能发生的不是吗？我已经完全着了魔了。这种无聊的小说和拙劣的虚构，我竟然稀里糊涂地相信了！高部也好，洼田也好，木崎也好，河合也好，郡山也好，确实精神出了问题、身体遭到折磨、工作受到挫折，然后分别从他们各自所走的人生道路上逃走了。但是……所以说……

这种愚蠢的理由，是不可能存在的！不可能的！

小说里所写的，不管这个还是那个，全部都是脱离现实的、不合逻辑的、缺乏常识的、无知虚妄的事，终归无法将它们认定为现实。因为除此之外的部分是真实的。只是因为我知道那些部分是真实的，才会用那种思维进行思考。这种一文不值的小说，毫无相信的价值！

我被欺骗了吗？

我继续翻页。虽然讨厌，但不翻下去也不行。

这真是让人感到恶心到家的恶作剧！我只能认为这是恶作剧了吧？对我的周围进行周密细致的取材，将素材加入极度恶趣味的调味写成小说，还特意印刷装订出来……

所以这本书给我的感觉才如此奇妙吗？

但是，做这种事情会得到什么呢？

原本，我走进那个奇妙的旧书店就是偶然不是吗？若非如此，那么那家店，只是为了让我讨厌而开的吗？一直等着我注意到那家店的存在，然后走进店里吗？在我家的正下方，隐藏着气息，一直、一直，仅仅是等待，等待着我的到来？

那样的话，那真的是令人疯狂的行径了。可那也是不可能的吧？就算我走进店里，我也不一定会拿起那本书，就算拿了起来，也不确定我会不会买下来。要是我是这一类冷门书籍的狂热爱好者的话，事情还另当别论。但不凑巧，我是几乎不看小说之类的书的人。我到现在也不知道自己为什么买下这本书。这本书对我完全是没有用的。

完全是愚蠢的。虽然愚蠢……

下一个故事,理所当然是殿村先生的故事。不,是殿村先生和我的故事。写在那里的那篇奇异的故事,通篇我都知晓,而且,全都是除了我之外别人不可能会知道的内容。殿村先生跟我说,他住在一座只有讨厌的事情在反复重演的讨厌的房子里。我详细地听了他所讲述的经历,觉得终归是难以置信的妄想,类似于一种噩梦。小说里写着一模一样的内容,我所不知道的仅仅只有一个地方。

——只有暗示了殿村先生死亡原因的最后的部分,是我不知道的。

我似乎不知不觉地提高了声音。

"怎么了?"

龟井——

龟井醒过来了吗?

"不,不,殿村先生的……"

我不小心随口说了出来,然后慌慌张张地合上书。

"殿村?最近死了的那个殿村?他怎么了?"

"要说怎么了……"

"死了就完蛋了吧?"

龟井草率地说着,感觉稍微有点生气。

"完蛋……"

"完蛋了啊!那个人也是白痴啊!社长都说啊,留下来吧留下来吧,他却一脚踢开!留下来的话就是常务了吧?那样的话,就是公司出面替他办葬礼了不是吗?那个有气无力的葬礼算什么啊?"

"有气无力……"

"没有亲属的缘故吧。"龟井继续说。

"让社长的好意打水漂,简直就像叛徒一样不是吗?所以才落得那么凄惨的死法啊!死在玄关是吧?玄关啊。背叛公司的家伙不能死在榻榻米上啊!这么说来啊,和那种辞职的家伙关系亲密,是什么用处都没有的啊!呐,深谷君!而且还会死在路边哦!你在想着那种人的事情吗?什么用都没有啊,深谷君!"

我无法回答。

不管是"嗯"还是"不"都不能说,更何况我也不想回答。我讨厌在这样的男人手下工作,我真心这么想。

"喂喂!"龟井继续。

"那个啊,要是你有空去想那个死在路边的老头儿的事情,还不如去做别的事情呢,深谷君。你看,你们把那个什么,不是不管到什么地方都拿着吗?那个像打字机一样的东西。用那个的话就能看看客户的资料什么的。对啊,你看资料吧!必须做到在自己的脑子里能够做出汇报来,不达到那种程度可不行啊。有很多事要做不是吗……"

资料的话,我已经看得快要烦死了。反复多次的细致阅读使我几乎能够倒背如流……

等等。这个台词是……

我沉默地看着龟井。放在膝盖上的商品目录翻开着。难道他没有睡觉吗?

"那样一来，因为浪费了时间，效率就不高了啊。你们就会跟我说做不到、没办法！要收集资料啊！哪怕在吃饭的时候、上厕所的时候，都要想着收集资料啊！"

所以说那他自己又怎么样呢？——不对。这个台词也……

"别这么沉默啊！立刻就不说话了不是吗？那个啊，深谷君，你跟桦山学一学啊！你啊，是我们部门排老三的人吧？"

咦？

"这样下去，你会像殿村一样变成被淘汰的人啊！你也想死在路边吗？"

所以说，这个是……

"那样的话，你就闭着嘴干坐在这里吧！我是让你适可而止啊！看点漫画什么的至少还能解个闷啊！"

"不……"

"不什么不啊？！"

"并不是这样的。"

我明明是在看书……

书不在我的膝盖上。

这是……梦吗？我在梦中看了那本书吗？那本小说是……

不，要是这样的话我就明白了。那是我头脑中的小说。这样的话就能说得通了。

所以说，现在还能看见富士山，一定还在静冈。

龟井神经质似地看着我。

这样下去会变成最坏的事态。

"事实上,我很难跟您攀谈。"

"什么?为什么?"

"因为部长一直在兴致盎然地看着那个、那个。"

"才没这回事啊!这个是商品目录啊!这种东西一看不就知道了吗?"

"不,就算是商品目录,也可能会有资料在里面,有什么能带来启发的。"

"你是白痴吗?"龟井说,"哪里会有那种事?商品目录就是商品目录啊!算了!那,什么事?"

"您是说什么?"

"所以说啊!你说你想跟我说话吧?那么你说就好了。这样才能展开对话不是吗?拐弯抹角的!"

"不,我是想说我可以看书吗?但是觉得大概会被部长拒绝吧,因为内容是与工作没有直接关系的……小说,我觉得很难开口,所以……"

"所以说你看就好了嘛!"

龟井像是不愿再理会我一样,再次将目光投向商品目录。

我从公文包里拿出那本书。

在奇妙的旧书店里买到的、那本古旧的新书。

在参加葬礼那天穿着丧服买了之后就丢在那里不管的肮脏的书。

讨厌的——小说。

我翻开书页。

立刻愕然。

我果然出现了,就像我刚才读到的那样。高部、漥田、木崎、河合、郡山,然后是殿村先生,全都是大家经历了讨厌遭遇的小说。全都是讨厌的事情。只有讨厌的事情被细致地加以描写的小说。

这么……

愚蠢……

我翻着书页,采用跳读的方式往后看。后面、后面,全都是一样的。

完全相同。

我只是现在才刚刚开始看这本书而已。

感觉似乎变得很微妙。我心跳加快,呼吸似乎要停滞了。有什么不对劲。我混乱了。因为和龟井单独两个人相处,所以动摇了、错乱了。要不是这样的话,这种事情是不可能的。奇怪。真奇怪。

讨厌。

我再次确认,就是那本小说。书的内容,和我深信自己初次阅读所看到的,完全相同。既视感。这是完美的既视感。

"深谷君。"

龟井突然叫我。通过他的语调,我就能判断出他的心情。要是有"嗯……"这样的拉长、带有地方口音的时候,距离他心情不好就只有一步之遥了。

我毫无感情起伏地回应了一句"是"。我的脉搏有些加快。他是准备刁难我,还是打算聊高尔夫的话题?就算他问我,我也说不出什么好听的话来,还是聊工作的话题最为轻松了。

"那个啊……"

龟井说着,眼睛还停留在商品目录上。

"现在是在什么地方?"

"啊……"

"所以现在是什么地方?"

"这个……"

大概还没有到达名古屋吧?一定是的。

富士山还在和刚才同样的位置上。

"……还没有到名古屋。"

答案我现在还记得呢。

"啊?这样啊。很慢呢。"

慢死了啊,我想。

"那,是在哪里?"龟井再次问道。

"是名古屋附近吧。没有地标,我也不是很清楚啊。大概是滨松或者静冈那一带吧"。

我也只能通过景色来判断了。不是能够看到富士山吗?

"静冈吗?"

这是……

这确实是在循环。最糟糕的状态在循环。大概很快龟井就会叫我,然后刁难我沉默地坐在他旁边这件事情,然后……

我的膝盖上没有书。

为了从这种最糟糕的状态中逃离,我从公文包里拿出那本书。在奇妙的旧书店里买到的那本古旧的新书。在参加葬礼那天穿着丧服买了之后就丢在那里不管的肮脏的书。

讨厌的——小说。

翻开书页，追逐文字。但是，那些文字我都已经阅读过了。

"那个啊，深谷君。"

龟井叫我了。

"你啊，不觉得自己是在浪费时间吗？"

觉得啊。很觉得！

这个时间就是浪费本身了啊！

"从刚才开始啊，你就一直那样一言不发地坐在那里，不觉得无聊吗？那个啊，也许你确实忍耐力比较强也说不定，我可是沉不住气啊。你就那么一声不吭地坐着，真叫我毛骨悚然啊。你什么事都不干，就这么坐在我旁边，多少也会分散我的注意力吧？而且一坐就是好几个小时！差不多也该适可而止吧？你好歹也是个商务人士，不好好利用时间怎么行啊？要闭着嘴坐在这里，还不如去睡觉不是吗？要是睡觉的话，我还会觉得啊，你一定很累，一定是平日里的工作太辛苦了。你觉得呢？"

"我……打算看书。"

而且，已经看过两次了。

"什么书？"龟井发出了愚蠢的质问。

书就是书。讨厌的书啊。我从公文包里拿出了书。

"和工作没有直接关系的——小说。不是资料也不是别的什么。资料我多少已经看过了……"

虽然也许不一定派得上用场。

"所以说你看就好了嘛！"

龟井像是不愿再理会我一样，再次将目光投向商品目录。

讨厌的男人。真的，讨厌到想要杀掉他的地步。和这种最差劲的浑蛋单独出差什么的，简直糟糕透顶！然后，更加糟糕的是……

时间正在循环。

我从公文包里拿出讨厌的书。就算讨厌，不看也不行吧？反复阅读同样的书，而且还是自己并不喜欢的拙劣的小说，这是一种痛苦。虽然痛苦，但我不知道如果我不看的话又能怎么样。比起和这种浑蛋聊高尔夫的话题什么的，还是痛苦地看书来得好一点吧。

尽管我非常讨厌这本书。

讨厌的事情实在是太多了。而且，已知的情节反反复复，反反复复……

啊啊！讨厌！

深谷君。——是……是，还不到名古屋啊！——你讨厌沉默吧——所以我在看书了啊——不是资料是小说。

这是……

不会终结吗？永远地……

真的会有这样讨厌的事吗？

我突然被恐惧支配了。于是，我从书中抬起头来。

"从刚才开始啊，你就一直那样一言不发地坐在那里，不觉得无聊吗？那个啊，也许你确实忍耐力比较强也说不定，我可是沉不住气啊。你就那么一声不吭地坐着，真叫我毛骨悚然啊。你什么事都不干，就这么坐在我旁边，多少也会分散我的注意力吧？而且一坐就是好几个小时！差不多也该适可而止吧？你好歹也是个商务人士，不好好利用时间怎么行啊？要闭着嘴坐在这里还不如去睡觉不是吗？要是睡觉的话，我还会觉得啊，你一定很累，一定是因为平日里的工作太辛苦了。你觉得呢？至少听个音乐啊，找点什么事来做不是吗？你看，你们把那个什么，不是不管到什么地方都拿着吗？那个像打字机一样的东西。用那个的话就能看看客户的资料什么的。对啊，你看资料吧！必须做到在自己的脑子里能够做出汇报来，不达到那种程度可不行啊。有很多事要做不是吗……"

还在滨松还是静冈吧？

富士山，还是能够看到的。

不是我的错觉。确实是在循环。

"那样一来，因为浪费了时间，效率就不高了啊。你们就会跟我说做不到、没办法！要收集资料啊！哪怕在吃饭的时候、上厕所的时候，都要想着收集资料啊！你看啊，别这么沉默啊！立刻就不说话了不是吗？那个啊，深谷君，你跟桦山学一学啊！你啊，是我们部门排老三的人吧？要是你一直这样下去的话，会变成那个营业部的河合那样哦！他也是舍弃人生逃走了吧？真奇怪啊！已经超出常识能够理解的范围了吧？无可救药了啊！无可救药了……"

无可救药吗？无论如何都没办法了吗？

我，非要永远这样下去，忍受这个浑蛋劈头盖脸的谩骂，一边在意着他的心情，一边害怕着这个浑蛋，和这个浑蛋单独两个人、从新干线的座位上看富士山不可吗？

然后永远地看着这本讨厌的书，这本只写着讨厌的事情的讨厌的小说，反反复复反反复复地阅读吗？

那样的话……

还不如去死呢！

疯狂了。不，到了这个地步，我已经完全疯狂了吧？正因为已经疯狂了,这种在常识上不可能容许的狂乱的情况正在发生——不，是我觉得正在发生吧？那是一定的。那是不可能的。

脱离现实的、不合逻辑的、缺乏常识的、无知虚妄的。

完全和小说中的他们所经历的事情一样不是吗？

时间在循环什么的，又不是低水准的科幻小说！而且，就算时间真的在循环，为什么只是这种讨厌的场面，以很短的时间跨度在循环呢？

讨厌讨厌讨厌讨厌讨厌讨厌。

无法摆脱吗？要是无法摆脱的话……

我从公文包里拿出讨厌的小说。

是啊，做不同的事情就好了不是吗？

"深谷君！深谷君！"

龟井叫我。

"吵死了！"

我如此回答。

龟井瞪圆了眼睛。

"明明笨得要死还装得好像伶牙俐齿一样！你啊，算什么东西啊！部长？别开玩笑了啊！别说工作了，你连一件很小的事情都做不好不是吗？像你这样的部长真让人瞧不起啊！你完全就是派不上用场的废物啊！更何况你作为一个人来说也是最差劲的！死了最好啊！"

"深……深谷君，你没事吗？"

"没事什么啊，混账东西！浪费时间？那是你的事情啊！光是你乘坐新干线这件事就是浪费经费了啊！不要到公司里来，一个人去打高尔夫也好，去干什么也好，不是很好吗？你要是明白了的话，就不要再张开你那张臭嘴说话了！耳朵都要烂了啊！"

龟井哆哆嗦嗦地颤抖着。

"想打我吗？想打就打啊！我不会还手啊！你敢打我就叫列车长来！以伤害罪的罪名起诉你啊！大家都会高兴啊！要是没有你的话，公司的业绩会翻倍哦！明白了的话就给我闭上嘴老老实实地坐着吧！"

我，尽可能地狂乱怒吼。

然后翻开膝盖上的书。

我还没有看最后的一篇——第七个讨厌的故事，殿村先生之后的讨厌的故事。在我的预想当中，最后的一篇里应该写着现在的这个情形。主角是我，描写的大概是讨厌的状况永远持续地循环下去这种奇谈怪论吧。

我翻了过去。

比什么都讨厌的事，刚才已经在你的身上发生了。

就只写着这么一句话。

"很快就要到博多了。"车内的广播听起来很遥远。外面的天空已近薄暮。龟井正在看着我。

讨……

讨厌。

4

比什么都讨厌的事,刚才……

讨厌。

京极夏彦系列作品

讨厌的小说

★鬼才作家京极夏彦打开魔盒，嫌恶、厌倦、抗拒、不满……在生活上空盘旋、聚散。

★违背常理、疯狂诡异的怪事横生，确凿无疑的事实和荒唐无稽的意外被完美地整合在一起。厌烦、沉重、不快充斥感官，被离奇淹没还是安全逃脱？

★读时大呼"讨厌"、读过后悔必至的怪奇小说，就在这里。

偷窥者小平次

★千呼万唤的时代小说，京极夏彦风格浓郁的江户怪谈隆重登场。

★嫉妒、仇恨、悲叹，恩怨纠缠，阴谋谎言，人人浮沉在这虚妄的世间。

★一切全是虚构的谎言，悉数尽皆空造之事。

★藏于壁橱中的窥视之眼，冷漠看透尘世幽微人心。

幽　谈

★暧昧模糊的此岸与彼岸，死生之间，如梦似幻。恬静淡然、令人"心动"的现代怪谈，展现京极小说的别样天地！

★神秘的味道、昏暗的色调、奇诡的音律、纤细的感知，交错成八重光怪陆离的梦。

★恐惧，在每个人心中都有不同的样貌。因为，真正的恐惧源于自己的内心。

冥　谈

★如梦似幻的妄想，若远若近的记忆，真真假假的传说，爱恨交织的情感，死生难辨的呼吸……淡然笔触描绘玄妙魅惑的世界。

★八则精致的故事，八种时空的异象，怪异中蕴藏怀念之感。一本有声音，有温度，又充满奇异光辉的现代怪谈。

旧怪谈

★爱欲、嫉恨、谎言、妄想、冲动、执念……原来人世幽冥只隔一线。现实与异界转瞬变换，真假虚实难辨，那些想不通的、不可说的，到底是超自然事物的出现，还是人心的幻觉与妄念？

★三十五个发生在日常中的不可思议之事，三十五篇古典与现代风格交织的奇闻怪谈。字里行间迷雾重重、鬼影幢幢，一个接一个的谜团，到底真相为何，最终也无人知晓答案。